마
의
산
II

일러두기

- 이 책은 Thomas Mann, 『*Der Zauberberg*』(Internet Archive, 2015 / H.T Lowe – Porter 번역, 영역본, 1928)을 참고했습니다.

Der Zauberberg

마의 산

Ⅱ

토마스 만 지음

알림

마의 산 Ⅱ **차례**

제2부

제
2
부

제6장

변화들

시간이란 무엇인가? 신비이고 허구이면서 전능한 것이다. 시간은 외부 세계를 조건 짓는다. 시간은 공간 속 물체의 '존재' 및 그 물체의 '운동'과 결합되고 혼합되어 있는 하나의 '운동'이다. 그렇다면 운동이 없다면 시간은 없는가? 시간이 없다면 운동은 없는가? 우리는 또 묻는다. 시간은 공간이 행하는 기능인가? 혹은 시간이 행하는 기능이 공간인가? 혹은 둘은 같은 것일까? 질문만 메아리가 되어 돌아올 뿐이다. 시간은 기능을 갖고 있으며 동사적인 속성을 갖고 있다. 우리는 시간에 의해 그 무언가 야기되었다고 말한다. 그 무언가 변한 것이다. '지금'은

'그때'가 아니고 '여기'는 '거기'가 아니다. 그 사이에 운동이 놓여 있기 때문이다. 하지만 시간의 척도가 되는 운동은 순환적이며 그것도 닫힌 원 안에서의 순환이다. '거기'가 그 자체 끊임없이 '여기'서 반복되고 '과거'가 '현재' 속에 반복되기 때문이다. 따라서 이러한 운동은 운동의 정지, 혹은 정체라고도 볼 수 있다. 게다가 우리가 아무리 노력해도 시간과 공간의 마지막 경계를 정할 수 없기에 우리는 그것들을 영원하며 무한하다고 생각하기로 결정했다. 대단히 성공적인 결정이라고 볼 수는 없지만 그래도 다른 것들보다는 나은 결정이리라는 바람이 그 속에는 숨어 있다. 하지만 영원과 무한을 긍정한다는 것은 시간과 공간의 모든 경계 즉, 그것의 유한성을 논리 – 수학적으로 파괴해버리고 시간과 공간을 제로(0)에 가까운 것으로 환원해버리는 것이 아닐까? 영원 속에서 어찌 벌어진 일의 앞뒤가 있을 수 있으며 무한 속에서 어찌 물체가 점하고 있는 공간의 전후좌우가 있을 수 있겠는가? 거리, 운동, 변화의 개념들, 더 나가 이 우주 속에 제한되어 있는 물체들의 '존재'라는 개념 자체가 우리가 채택한 '영원', '무한'이라는 가정과 모순 없이 양립할 수 있을까? 우리는 다시 묻는다. 하지만 여전히 메아리만 들릴 뿐이다.

한스 카스토르프는 머릿속으로 이런 질문들을 떠올려 보았다. 우리는 그가 이곳에 도착하자마자 이런 식의 밑도 끝도 없는 사색에 자주 빠졌음을 잘 알고 있다. 그리고 불길하면서도 강렬한 그 욕망이 어느 정도 충족되어감에 따라 그 사색이 더욱 예리해져 갔으며 대담하게 이것저것 따지게 되었는지 모른다. 그는 그 질문을 스스로에게도 던졌고, 선량한 요아힘에게도 던졌으며 눈에 덮인 채 광활하게 펼쳐져 있는 골짜기를 향해서도 던졌다. 물론 그 어디로부터도 대답다운 대답을 기대할 수 없었다. 그리고 무엇보다 그 자신이 자신의 질문에 대한 답을 알지 못했다. 하지만 바로 그 때문에 그는 그런 질문을 계속 던졌다.

황급히 지나가 버렸으면서 동시에 아득한 옛날처럼 느껴지는 6개월 동안, 골짜기는 항상 눈에 덮여 있었다. 골짜기와 산은 조용히 흘러가는 지상의 시간에 휩싸여, 그 흐름 속에 묵묵히 선 채로 때로는 짙푸른 하늘 아래에서 빛을 발했고 때로는 자욱한 안개에 휩싸였으며 때로는 저물어 가는 석양에 비쳐 붉게 물들기도 했고 때로는 달밤의 매혹적인 아름다움 속에서 다이아몬드처럼 차갑게 빛나기도 했다.

우리가 이런 이야기를 하고 있는 '현재'뿐 아니라 한스 카스토르프가 그와 운명을 같이 한 동료들과 함께 흘려보낸 '과거'까지 시간은 쉼 없이 흘러갔고 변화를 가져왔다. 하지가 눈앞에 다가온 것은 아니었지만 부활절은 이미 골짜기 위로 지나갔고 4월이 성큼 다가와 성령 강림절이 임박해 있었다. 봄이 온다고 눈이 모두 녹는 것은 아니고 레티콘 봉우리 협곡에는 사시사철 눈이 녹지 않고 그대로 남아 있을 것이지만 어쨌든 해가 혁신되었고 희망찬 변화를 가져온 것이다. 우리의 주인공을 중심으로 말하자면, 한스가 쇼샤 부인으로부터 빌린 연필을 돌려주면서 대신 그 무언가를 받은 날, 그가 지금까지 호주머니에 넣고 다니는 그 기념품을 받은 날로부터 6주가 흘렀다. 한스가 원래 이곳 위에 체류할 예정이었던 3주의 두 배가 되는 시간이 그렇게 훌쩍 흘러가 버린 것이다.

그렇다. 요아힘이 자기 방으로 돌아간 뒤에도 한스가 쇼샤 부인과 오랫동안 함께 남아 이야기를 나눈 그날 밤으로부터 6주가 흐른 것이다. 그다음 날 그녀가 코카서스 산맥 동쪽 저편 다게스탄으로 잠정적 여행을 떠난 지 6주가 흐른 것이다. 이번 여행이 잠정적이며 언제인지는 몰라도 그녀가 반드시 돌아오리라는 다짐을 한스는 쇼샤 부인에게서 단단히 받았다. 우리가 소개한 대화를 끝내고 한스가 34호실 자기 방으로 돌아가기 전

제6장

11

에, 그는 그 다짐을 받은 것이다. 그리고 다음 날 오후 3시에 쇼샤 부인은 요양원을 떠났다.

쇼샤 부인이 썰매를 타고 떠나는 모습을 발코니에서 바라보고 있던 한스는 의자에 털썩 주저앉아 가슴 안주머니에서 기념품, 그 보물을 꺼냈다. 이번에는 옛날처럼 연필 부스러기가 아니라 불빛에 비춰야만 그 위에 무엇이 있는지 볼 수 있는 얇은 유리판이었다. 바로 쇼샤 부인의 엑스레이 사진으로서, 그녀의 얼굴이 아니라 상반신의 섬세한 골격을 여러 기관과 함께 보여 주는 초상이었다.

그때부터 시간이 흐르면서 변화가 생기는 동안, 말하자면 클라브디아 쇼샤 없이 이곳에서 지내는 데, 공간적으로 그녀와 멀리 떨어진 곳에서 지내는 데 익숙해지는 변화가 일어나는 동안 그는 그 얼마나 자주 그 엑스레이 사진을 바라보며 입술에 대어보았던가! 여하튼 그러한 적응은 생각보다 빨리 쉽게 이루어졌다. 비록 적응이 안 되는 것에 적응한다는 의미를 띠고 있음에도 불구하고 이곳 베르크호프에서의 시간은 누구나 모든 것에 적응되어야 한다는 것을 목적으로 짜여 있었고 운영되고 있었다. 다섯 번의 푸짐한 식사가 시작될 때 늘 들리던 쾅 하고 문이 닫히는 소리는 이제 더 이상 들리지 않았고 기대할 수도 없었다. 쇼샤 부인은 이제 어딘가 아주 먼 다른 곳에서 문을 쾅 닫고 있을 것이다. 하지만 비록 그녀가 눈에 보이지 않았다 할지라도 한스에게는 그녀가 여전히 보이고 있었다. 그녀는 그 장소의 수호신이었고, 한스는 평지의 평화로운 소곡(小曲)과는 전혀 어울리지 않는 이곳의 독특한 '사악한' 시간 속에서 그녀를 알아보았고 그녀를 소유하고 있었으며 오래전부터 격렬하게 뛰고 있는 그의 심장에 그 수호신의 그림자를 고이 간직하고 있었다.

그날 밤, 그러니까 사육제 날 밤에 한스는 떨리는 입술로 외국어와 모국어를 섞어가며, 거의 무의식적으로 숨을 헐떡이며 정신 나간 제안을 그녀에게 했다. 물론 그런 터무니없는 구상이 쇼샤 부인의 동의를 얻을 리 없었다. 예컨대 한스는 자신이 코카서스 산맥 저쪽까지 그녀와 동행하고, 그녀가 다음 거주지로 정한 장소에 미리 가서 기다리겠다는 둥, 그녀와 다시는 헤어지지 않겠다는 둥 무책임한 말들을 마구 쏟아냈던 것이다. 이 단순한 청년이 그 진지한 모험의 시간을 통해 얻어낸 것은 결국 그녀의 내부 그림자인 엑스레이 사진, 그리고 그녀에게 자유를 부여해주는 그 병 여하에 따라 그녀가 네 번째로 이

제6장

13

곳으로 다시 올 수도 있으리라는 가능성밖에 없었다.

그런 모든 대화를 하면서 이 수호신은 그를 계속 '자그마한 얼룩을 지니고 있는 귀여운 소시민님'이라고 불렀다. '인생의 걱정거리 자식'이라는 세템브리니의 말을 자기 방식으로 패러디한 것이었다. 문제는 '소시민'과 '걱정거리 자식'이라는 복합적인 요소 중 어느 것이 더 강한 것으로 입증되느냐에 있었다.

사육제 날 밤 쇼샤 부인의 예언 하나가 적중했다. 그날 밤 한스의 체온 곡선이 좋지 않았던 것이다. 체온은 톱니 모양으로 가파르게 올라갔고 얼마 뒤 2~3도 떨어져 수평을 유지했다. 그는 그것을 그대로 체온표에 기입했다. 그 기록을 본 베렌스는 이런 수치가 계속 이어지는 것은 이상 현상이라며 일주일에 두 번, 즉 수요일과 토요일 아침에 가벼운 산책을 마친 뒤 실험실에서 주사를 맞으라고 처방했다. 한스는 주사를 맞는 동안 베렌스 원장과의 은밀한 대화를 통해 혹시 쇼샤 부인에게서 연락은 없는지, 그녀가 언제 돌아올 수 있을지 알아내려 애썼다. 하지만 아무 소용이 없었다.

이제 한스는 쇼샤 부인의 소식을 그 누구에게서도 들을 수 없는 형편이 되었다. 그녀는 편지를 쓰지 않을 것이고 그로서도 쓰고 싶어도 쓸 방법이 없었다. 게다가 편지를 쓴다는 생각

자체가 황당하다는 생각이 들지 않을 수 없었다. 그녀가 곁에 있었을 때도 대화가 불필요하다고 생각했고 바람직하지 않다고 느끼지 않았는가? 사육제 날 밤에 정말 그녀와 교양 있는 유럽인답게 '대화'를 나누었는가? 전혀 세련되지 못한 방식으로 꿈속인 양 외국어로 말하지 않았는가? 그런데 지금 와서 가족들에게 편지를 쓰듯 편지를 써야 한단 말인가? 클라브디아도 병 덕분에 자유를 얻은 몸이니 편지 쓸 의무를 느끼지 않는 것이 당연하지 않겠는가? 말하기와 쓰기는 극히 인문주의적이고 공화제적인 정신의 첫 번째 관심사일 뿐이다. 미덕과 악덕에 관한 책을 써서 사람들에게 어법과 예절을 가르치고 정치의 규칙에 따라 국가를 이끄는 법을 가르치는 데 유용할 뿐이다.

그런 생각을 하다가 한스의 머리에 로도리코 세템브리니가 떠올랐다. 그리고 언젠가 그 문필가가 자기 방으로 들어와 불을 켰을 때처럼 얼굴이 붉어졌다. 그는 휴머니스트였기에 한스 카스토르프가 품고 있는 초감각적인 미스터리에 대한 질문에는 답해줄 수 없을 것이다. 그는 지상 생활에 관계되는 문제를 해결하려 애쓰는 사람인 때문이었다. 물론 그에게 도전하고 불평한다는 의미에서 질문을 던질 수는 있을지 몰라도 대답은 기대할 수 없었다.

사육제 날 밤, 세템브리니가 흥분해서 피아노실에서 나가 버린 후 한스와 이탈리아인 사이는 서먹서먹해졌다. 한쪽에서 는 양심의 가책이, 다른 쪽에서는 교육자로서의 불쾌감이 작용 한 것으로서 둘은 서로를 피하면서 몇 주 동안 한마디 말도 나 누지 않았다. 모든 도덕이 이성과 미덕 안에만 들어 있다는 관 점을 가진 사람의 눈으로 본다면 한스는 이제 더 이상 '인생의 걱정거리 자식'이 아님에 틀림없었다. 세템브리니는 그를 이미 구제 불능으로 보고 포기했음이 틀림없었다. 그리고 젊은이도 마음이 굳어버려 세템브리니와 마주치면 입술을 삐죽 내밀었 고 이탈리아인은 말없이 책망의 눈길로 그를 쏘아보았다.

하지만 몇 주일간의 침묵 끝에 서로 스쳐 지나치면서 이 문 필가가 처음으로 한스에게 말을 거는 순간 한스의 적개심은 즉 시 눈 녹듯 사라져버렸다. 무슨 신화적 암시였기에 한스는 그 의 말을 처음에는 쉽게 알아듣지 못했다.

그날 점심 식사 후 두 사람은 이제 더 이상 쾅 하고 닫히지 않는 문 앞에서 마주쳤다. 세템브리니는 발걸음을 멈추지 않은 채 지나가면서 그에게 말했다.

"그래, 엔지니어 양반, 석류 맛 좀 보셨나?"

한스 카스토르프는 반가움의 미소를 지었지만 동시에 당황스럽기도 했다.

"그게……, 무슨 뜻인지, 세템브리니 씨……. 식탁에 석류가 있었나요? 나는 아직 한 번도 먹어본 적이……."

한스와 지나쳐 가던 세템브리니가 고개를 돌리더니 한 마디 한 마디에 힘을 주어 말했다.

"신들과 인간들은 가끔 저승을 방문했다가 돌아올 수 있었지. 하시만 그 과일을 단 한 번이라도 맛본 사람은 반드시 저승 식구가 된다고들 하더군."

늘 입고 다니는 밝은 체크무늬 바지 차림의 세템브리니는 그 말만 남기고 휙 지나가버렸다. 한스는 여러 가지 뜻이 담긴 그 말에 그야 말로 '폐부를 찔린' 셈이 되었고, 어느 정도로는 실제로 폐부를 찔렸다. 세템브리니의 황당한 짐작에 화가 날 정도로 당황한 한스는 "카르두치 라티니 휴마니여(라틴인 휴머니스트인 카르두치여), 나를 가만 내버려두오!"라고 혼잣말로 중얼거렸다. 하지만 그는 세템브리니가 그런 식으로 침묵을 깬 데 대해 내심 무척이나 기뻤다. 비록 쇼샤 부인에게서 받은 은밀하고 음산한 작은 선물을 전리품으로써 가슴 깊은 곳에 품고 있었지만, 그는 여전히 세템브리니에게 의지하고 있었고 그의 성격이나 의견을 중시하고 있었다. 따라서 그에게서 완전히 그리고 영원히 버림받았다는 생각은 학교에서 완전히 쫓겨난 소년보다 더 무겁게 그의 마음을 짓누르고 있었다. 하지만 그는 그의 사부가 몇 주일 후 다시 '인생의 걱정거리 자식'에게 다시 한번 접근할 때까지 먼저 말을 걸 용기를 내지 못하고 지냈다.

세템브리니가 한스에게 다시 말을 걸어온 것은 부활절 무렵이었다. 우리가 이미 알고 있다시피 이곳에서는 생활의 단조로움을 피하기 위해 명절이란 명절은 모두 성대하게 치렀다. 부활절 무렵 모두 약간 들뜬 분위기에 사로잡혀 있을 때, 세템브리니가 식사를 마치고 이쑤시개를 입에 문 채 사촌들의 식탁으로 다가오더니 말했다.

"소위님, 당신은 배를 타고 여행해본 적이 있습니까? 엔지니어 당신은? 내가 배를 타고 있을 때 육지에서의 부활절 축제를 배 안에서 경건하게 떠올렸던 기억이 나서 묻는 겁니다. 배에 있는 사람들은 모두 바깥세상을 생각하고 있었지요. 거기서는 달력에 민감하기 마련이니까요. '육지에서는 오늘 부활절이겠구나. 오늘 주님의 부활을 축하하고 있을 거야'라고들 말했지요. 이곳 우리들도 우리 나름대로 할 수 있는 만큼 축하하고 있습니다. 우리도 역시 인간이니까요. 그렇지 않아요?"

사촌들은 그의 말에 동의했다. 특히 한스는 그가 말을 걸어준 데 대해 감격한 데다 양심의 가책 때문에 목청을 높여 그의 말이 지당하다고 말했다. 이어서 한스는 그의 말에 맞장구라도 치려는 듯, 일장 연설과도 같은 장광설을 늘어놓았다. 그는 배 안의 생활이라는 것에서 인간의 오만함이 느껴진다고, 선상에서의 호사스런 생활은 인간 정신과 존엄성의 위대한 승리를 내포(!)하고 있다고 자신이 무슨 말을 하는지도 모른 채 장황하게 말했다.

그러자 세템브리니가 말했다.

"당신 입에서 '오만'이라는 단어가 나왔군요. 하지만 자연의 어두운 힘에 맞서는 인간 이성의 오만, 그것이 가장 숭고한 인간성의 표현입니다. 그로 인해 질투심 강한 신들의 복수로 방주가 암초에 부딪쳐 바닷속 깊은 곳에 가라앉는다 해도 그것은 명예로운 파멸입니다. 신의 금기를 깨고 인간에게 불을 가져다준 프로메테우스의 행위도 오만함의 결과였고 그가 코카서스 산장에서 당한 고통도 가장 숭고한 순교입니다. 하지만 다른 종류의 오만도 마찬가지일까요? 인류에 대해 적대적인 힘, 비이성적인 힘을 이용해서 부정(不淨)한 행동으로 파멸에 이르게 되는 오만 말입니다. 그것도 명예로운 오만일까요?"

한스는 말없이 빈 커피 잔만 휘젓고 있었다.

"엔지니어 양반, 당신은 애욕에 사로잡혀 있던 인간들을 끓는 물에 튀기고 회오리바람에 휘날리게 하는 제2 지옥(단테의 신곡에 나오는 두 번째 지옥 - 옮긴이 주)이 두렵지 않은가요? 쾌락을 위해 이성을 희생한 불경한 사람들을 벌주는 회오리바람 말입니다. 오, 맙소사! 나는 당신이 위아래로 곤두박질치며 회오리바람에 휘말려 있는 모습을 그려보면 너무 슬퍼서 그 자리에 쓰러지고 싶을 뿐입니다."

하지만 내용과는 달리 세템브리니는 마치 시를 읊듯 유쾌하게 말했기에 한스와 요아힘은 즐거운 기분으로 마음껏 웃음을 터뜨렸다. 그러자 세템브리니가 덧붙였다.

"엔지니어 양반, 사육제 날 밤 포도주를 마시며, 말하자면 내게 작별을 고한 셈이지요. 어쨌든 그 비슷한 거였습니다. 그런데 오늘은 내가 작별을 고하러 왔습니다. 난 이 요양원을 떠납니다."

두 사촌은 소스라치게 놀랐다.

"그럴 리가! 농담이시겠지요!" 한스가 소리쳤다.

"절대로 농담이 아닙니다. 말 그대로입니다. 실은 당신에게 처음 전하는 말도 아닙니다. 내가 전에 말한 적이 있지요? 내게 일할 수 있는 희망이 없는 것으로 드러나면 다른 곳에서 거주할 곳을 찾아보겠다고. 지금 그 순간이 찾아왔습니다. 내 병은 완쾌될 가망이 없습니다. 말하자면, 종신형이라는 판결을 받은 겁니다. 베렌스 원장이 쾌활하게 내게 선고했습니다. 나는 그 판결에 따라 행동하는 겁니다. 저 아래 방도 빌렸고 보잘것없는 작업 도구들과 짐들을 그곳으로 옮길 작정입니다. 도르프에 있으니 앞으로도 만날 기회가 있을 것입니다. 엔지니어 양반, 앞으로도 나는 당신을 늘 지켜볼 겁니다."

세템브리니가 그 말을 털어놓은 것은 부활절 일요일이었다. 두 사촌은 감동했다. 이어서 셋은 세템브리니가 지내게 될 집에 대해 이런저런 이야기를 나눈 후 헤어졌다.

하지만 그들의 대화도 이미 과거의 일이 되었다. 시간은 꾸준히 흘러 여러 가지 변화를 일으켰다. 내가 아무리 서두르지 않고 상세하게 이 이야기를 끌고 가려고 마음먹었다 하더라도 간단히 줄여서 말해야 할 때도 있는 법이다. 그 시간의 흐름 속에서 변한 것들을 간추려보기로 하자.

4월도 훌쩍 지나고 봄이 가까워지고 있었다. 세템브리니는 이제 베르크호프를 떠나 몇 주 전부터 부인복 재단사 루카체크의 가게에서 살고 있다. 그동안 많은 사람이 요양원을 떠나 식당에도 빈자리가 여기저기 생겼다. 또한, 블루멘콜 박사처럼 이미 세상을 떠난 사람들도 많았다. 당연히 한스와 요아힘의 식탁에도 빈자리가 생겼고 사람들도 바뀌었다.

그리고 오늘도 내일도 끝없이 흰색, 흰 눈에만 익숙해 있던 사람들의 눈에 녹색이 보이기 시작했다. 그 녹색은 이루 말할 수 없을 정도로 부드럽고 신선했다.

"식물학자가 되고 싶을 정도야." 한스가 산책길에서 요아힘에게 말했다. "이 산 위에서 겨울을 지낸 자연이 봄에 눈뜨는 것을 한껏 즐거운 마음으로 바라보노라면 저절로 그런 생각이 들어. 저기 저거, 용담이야. 저기 산비탈에 보이는 거 말이야. 그리고 저건 노란 제비꽃의 일종이고 이건 미나리아재비인데 평지에서 보는 것과 별로 다르지 않아."

"6월이 되면 더 아름다워지겠지." 요아힘이 말했다. "이곳에 피는 꽃들은 유명하거든. 하지만 난 아마 그때까지 남아 있지 않을 거야."

변화에 대해 이야기하고 있으니 한 가지 꼭 이야기할 것이 있다. 한스가 회진을 온 크로코브스키 박사와 자주 이야기를 나누었다는 사실이다. 기본적으로 이상주의적인 색채를 띠고 있는 두 사람 사이에 얼마나 이야깃거리가 많았겠는가? 게다가 이제 크로코브스키 박사는 한스 카스토르프를 아예 동지라고 부르고 있었다.

요아힘은 그들이 무슨 이야기를 나누는지 별로 궁금해하지 않았다. 게다가 군인 정신이 투철한 그가 그들의 대화 내용을 엿들었을 리도 없다. 우리도 요아힘을 모범으로 삼아 그들의 대화 내용에 귀를 기울이지는 말자. 다만 한스가 어느 날인가 크로코브스키 박사의 '정신 분석실'을 요아힘 몰래 방문해서 '정신 분석'을 받았다는 사실만 밝히기로 하자.

새로운 사람

긴 날들이 이어졌다. 하지만 일조 시간과 연관해 객관적으로 말할 때만 긴 날들일 뿐이었다. '그날들'의 천문학상의 길이도 '그날들'이 빠르게 지나가는 것을 막을 수는 없었다. 개별적인 '하루하루'도 그러했고 '그날들'의 단조로운 흐름도 그러했다.

춘분이 지나간 지 3개월이 되어 이제 하지가 되었다. 하지만 실제 계절이 달력상의 계절보다 늦게 오는 이곳 산 위에서는 이제야 겨우 봄이 시작되었다고 말할 수 있었다. 아직 여름의

빽빽한 공기는 느낄 수 없었고 향기롭고 상쾌하며 가벼운 봄기운이 완연했다. 푸른 하늘은 은빛으로 빛나고 있었고 초원에는 울긋불긋 꽃들이 만발했다.

한스 카스토르프는 그가 작년에 이곳에 왔을 때 요아힘이 환영의 뜻으로 몇 송이 꺾어주었던 톱풀꽃과 방울꽃들을 다시 발견했다. 그것들을 보고 한스는 해가 한 바퀴 돌았음을 새삼 깨달았다. 골짜기와 산비탈에는 그 외에도 끈끈이 패랭이꽃, 야생 삼색 제비꽃, 데이지, 노란 앵초 등 수많은 꽃들이 피어 있었으며 한결같이 저 아래 평지에서 보던 같은 종의 꽃들보다는 훨씬 더 크고 아름다웠다.

한스는 그 꽃들을 꺾어 집으로 가져왔다. 방을 장식하기 위해서가 아니었다. 그에게는 분명한 과학적인 의도가 있었다. 그는 일반 식물학 교본 한 권, 식물 표본 한 권, 확대경 하나와 식물학 관련 도구들을 장만하고 발코니에서 식물 연구에 들어갔다. 시간이 넉넉했으므로 그는 린네의 식물 분류법에 따라 그가 가져온 꽃들을 유(類), 군(群), 과(科), 종(種), 속(屬)으로 분류하는 작업에 착수했으며 라틴어 학명도 꼼꼼하게 기입했다. 한스가 요아힘에게 자신의 작업 결과를 보여주자 요아힘은 꽃들의 특성까지 자세하고 정확하게 기입한 그 결과물들에 놀라지 않을 수 없었다.

한편 밤이면 한스는 별들을 관찰했다. 순환하는 한 해(年)에 대해 깊은 관심이 생긴 때문이었다. 그가 지상에 사는 동안 벌써 20회 이상 지구가 공전했지만 그는 이제까지 그에 대해 관심을 가져본 적이 없었다. 요아힘과의 산책길에 그는 춘분, 하지, 추분, 동지 등이 천문학적으로 어떤 의미를 갖는지 거의 전문가에 가까운 지식을 요아힘에게 늘어놓아, 요아힘을 깜짝 놀라게 해주었다. 그리고 점성술과 예언에 능했던 칼데아인들에 대해 찬탄을 늘어놓은 뒤 말했다.

"정말 웅대하지 않아? 그게 인류라는 거야."

"인류? 너도 세템브리니 씨처럼 인류라는 표현을 쓰는구나."

"맞아. 하지만 똑같은 의미는 아니야. 있는 그대로의 인류의 모습이라기보다는 좀 더 웅대한 의미의 인류랄까. 이렇게 누워서 칼데아인들이 이미 알고 있던 행성들을 바라보고 있자면 그런 생각이 들어. 그리고 그들이 친밀하게 여겨져. 미래로 향하는 인류라기보다는 친밀하게 느껴진다는 의미에서의 인류. 나는 그런 걸 느껴. 내 눈앞에는 하지에 활활 타오르는 횃불 주위를 돌면서 춤을 추는 자연인들의 모습이 보이는 것 같아. 가을이 시작되는 여름의 첫날 밤을 그렇게 축하하는 거야. 하지는 한 해의 절정을 의미해. 그때부터 내리막길이 시작되는 거지. 그런데 왜 자연 상태의 인간들이 그토록 환호성을 지르며 기뻐하는 걸까? 너는 짐작할 수 있겠니? 그때부터 세상이 어둠 속으로의 하강을 시작하기 때문일까? 이제까지 계속 올라오기만 하다가 전환점에 이르러 눈물과 웃음이 뒤섞인 순간을 맞이했기 때문일까? 그냥 내게 떠오르는 대로 말하고 있는 거야. 비극적인 환희, 의기양양한 슬픔! 그래, 우리의 조상들이 환호성을 지르며 불꽃 주변을 맴돌면서 춤을 춘 것은 그 때문일 거야. 그들의 춤은 광기(狂氣)어린 순환, 지속(持續) 없는 영원에 대한 경의(敬意)의 행동이야. 그 안에서 모든 것들이 되돌아오니까. 네가 좋다면 순수한 절망에 빠져서 추는 춤이라고 해도 돼."

"난 그런 건 아무래도 좋아. 제발 내게 그런 짐을 떠맡기지 마. 치료한다고 누워서 정말 웅장한 생각에 잠겨 있군, 그래."

"그래, 네가 보다 현실적으로 러시아 문법에 몰두해 있다는 건 인정해. 얼마 안 있어 능통해지겠지. 그리고 만일 전쟁이라도 일어나면 큰 도움이 되겠지. 신이 금지한 전쟁이."

"신이 전쟁을 금지했다고? 너 여느 민간인처럼 말하는구나. 전쟁은 필요해. 전쟁이 없다면 세상은 조각나서 썩어버릴 거라고 몰트케(제1차 세계 대전 당시 독일군 참모총장 – 옮긴이 주)가 말했어."

그때였다. 바로 앞에 걸어가던 두 명의 신사가 그들의 대화에 관심이 있는지 자기들끼리 나누던 대화를 그치고 뒤를 돌아보았다. 그곳은 요양 호텔 앞 번화가였고 다보스 도르프 쪽으로 가는 길이었다.

한스와 요아힘은 어떤 낯선 남자와 함께 있는 세템브리니를 알아보았다. 그런데 무슨 연유인지 세템브리니는 그들을 못 알아본 척 고개를 돌리고 걸음을 계속했다. 그는 다시 동행인과의 대화에 열중했고 심지어 걸음을 재촉하는 것 같기도 했다. 그를 알아본 사촌들이 걸음을 재촉해 그의 옆으로 다가가 인사하자 그는 짐짓 깜짝 놀라는 표정을 짓더니 "어이쿠, 여기서 만나다니 뜻밖입니다"라고 말하며 걸음을 늦추었다. 마치 사촌들에게 어서 지나가라고 하는 것 같았다. 사촌들은 그가 왜 그러는지 도무지 이해할 수 없었다. 그가 자신들을 피한다는 것은 생각조차 할 수 없는 일이었다. 사촌들은 오랜만에 그를 만난 것이 반가워 그의 곁에서 발걸음을 멈추고 안부를 물은 후 악수를 나누었다. 그리고 세템브리니가 그 낯선 동행인을 소개해주기를 기다렸다. 세템브리니는 동행인과 사촌들을 서로 소개해줄 수밖에 없었다.

세템브리니와 동년배인 그 남자는 세템브리니와 함께 부인복 재단사 루카체크의 집에 세 들어 살고 있는 사람으로서 이름은 나프타였다. 키가 작고 야위었으며 말끔하게 면도를 한 날카로운 인상에 얼굴이 너무 추하게 생겨 사촌들이 놀랄 정도였다. 그의 얼굴 전체가 날카로운 느낌을 주었다. 얼굴을 굽어보고 있는 듯한 매부리코, 오므리고 있는 폭이 좁은 입, 가느다란 테에 두꺼운 렌즈를 끼운 안경에다가 안경알 뒤의 엷은 회색 눈, 심지어 일단 입을 열었다 하면 예리한 논리적인 말이 터져 나올 것만 같은 침묵까지 한결같이 날카로운 인상을 풍기고 있었던 것이다. 모자는 쓰지 않았고 외투도 입지 않았지만 점잖으면서도 유행을 따르고 있는 흰 줄무늬의 파란색 플란넬 양복 등 대체로 잘 차려입은 모습이었다. 그의 손도 두 발과 마찬가지로 작고 아담해서 그의 작은 체구에 걸맞았다. 간혹 약하게 기침을 하긴 했지만 그다지 심한 것 같지는 않았다.

젊은이들을 뜻밖에 만난 것에 당혹해하며 언짢은 것 같은 기색을 보이던 세템브리니는 즉시 그런 기색을 떨쳐버리고 기분 좋은 표정을 지었다. 그리고 농담을 섞어가며 서로를 소개했다. 그는 나프타를 '스콜라 학파의 우두머리'라고 소개하며 아레티노라는 이탈리아 시인의 시를 인용해 '자신의 가슴에 빛나는 궁전을 소유하게 되어' 기쁘다고 말했고 그 기쁨은 봄철의 축복 때문에 온 것이라고 시를 읊조리듯 말했다.

넷은 나란히 길을 걷기 시작했다. 그러던 중 나프타가 오른편에서 걷고 있는 세템브리니를 턱으로 가리키며 금이 간 접시를 손가락으로 두드리는 것 같은 음성으로 한스에게 말했다.

"저 볼테르주의자, 합리주의자가 하는 말을 들어보세요! 저 사람은 자연이 그 신비한 증기로 우리의 눈을 흐릴 수 있을 때조차 건조하고 고전적인 명증함을 유지하고 있기에 자연을 찬양한다고 말합니다. 자연에 좋은 정신이 깃들어 있어야 한다는 듯 말입니다."

그러자 세템브리니가 목소리를 낮추어 차분하게 말했다.

"자연에는 당신이 말하는 정신이 필요하지 않아요. 자연은 그 자체 정신이니까요."

"당신의 그 단원(單元)론이 따분하지도 않습니까?"

"그렇다면 당신이 신과 자연을 억지로 나누고 이 세상을 적대적인 두 세상으로 나누는 것이 순전히 지적 유희에 불과하다는 것을 스스로 고백하는 셈이로군요."

"내가 '정념'과 '정신'이라는 단어를 쓰면서 오로지 지적 유희를 즐기고 있다고요? 거 참, 재미있는 지적이네."

그러자 세템브리니가 약간 정색을 하고 말했다.

"당신은 그런 하찮은 일에 써먹으려고 그런 거창한 말을 사용하면서 내가 너무 수사(修辭)적이라고 나를 비난하는 건 좀 그렇지 않소?"

"어쨌든 정신 자체가 이원적이라는 것은 너무 자명합니다. 이원론, 대조법이야말로 정신의 살아 있는 원칙, 열정적인 원칙이며 변증법적인 원칙입니다. 세계를 두 대립적인 극으로 나누어보는 것, 그것이 바로 정신입니다. 모든 단원론은 지루해요. 아리스토텔레스도 언제나 투쟁을 좋아하지 않았나요?"

"아리스토텔레스요? 그는 한 개인에게 범우주적 보편성이라는 이념을 부여하지 않았나요? 그게 바로 범신론입니다." 세템브리니의 반박이었다.

"틀렸어요. 당신이 독립된 존재를 개인이라고 가정할 때, 사물의 본질을 보편성으로부터 개별 현상으로 이동시킬 때—전형적 아리스토텔레스주의자인 토마스 아퀴나스와 보나벤투라가 바로 그렇게 했지요—그것은 세계와 지고한 이념(이데아) 간의 통일성을 파괴하는 것이 되는 거예요. 당신은 세상을 신 밖에 놓음으로써 신을 초월적인 존재로 만들고 있어요. 고전적인 중세가 바로 그런 것이지요."

"고전적인 중세! 어떻게 그런 표현이!"

"미안합니다. 그냥 고전적이라는 개념을 적절하게 적용해서 사용했을 뿐입니다. 말하자면 어떤 이념이 정점에 달했을 때를 뜻하는 거지요. 나는 당신이 '절대'라는 개념에 반감을 갖고 있다는 것을 알고 있습니다. 게다가 당신은 '절대정신'도 원치 않지요. 당신은 '정신'이라는 것을 오로지 민주주의적 진보와 거의 동일한 의미로 사용하고 있어요."

"나는 제아무리 절대적이라 힐지라도 정신은 걸코 빈동을 옹호해서는 안 된다는 신념을 우리 둘이 공유하고 있다고 생각하는데요. 그 점에 있어서 우리는 하나가 아닌가요?"

"하지만 당신은 여전히 정신을 자유의 옹호자라고 선언하고 있군요."

"왜 '하지만'이라는 표현을 사용하는 겁니까? 인류애를 아우르는 법칙은 바로 자유가 아닌가요? 니힐리즘이나 무자비함이 그 법칙은 아니잖습니까?"

"어쨌든 당신은 마지막 둘을 무서워하고 있는 게 분명하군요."

세템브리니가 그만하자는 듯 팔을 치켜 올렸다. 논쟁의 전초전이 끝난 것이었다. 요아힘은 놀라서 두 사람을 번갈아 바라보았고 한스는 눈을 치켜뜬 채 발밑을 바라보고 있었다. 나프타는 반론의 여지가 없다는 듯 단호한 말투였고 그에 비해 세템브리니는 평소의 명랑한 어투와 따뜻함을 잃지 않고 있었다.

논쟁이 끝나자 세템브리니는 사촌들에게 나프타에 대해 좀 더 자세하게 소개했다. 나프타는 개의치 않는다는 듯 세템브리니가 하는 대로 내버려두었다.

세템브리니의 말에 의하면 나프타는 '프리드리히 국왕 학교'의 고대어 교수였다. 세템브리니는 이탈리아인답게 나프타를 가능한 한 치켜세웠다. 그는 5년 전에 건강 때문에 이곳으로 왔으며 장기 체류가 필요하다는 사실을 알게 되자 요양원을 떠나 재단사의 집에서 지내게 되었다는 것이다. 세템브리니는, 이 지역 어느 고등학교에서 이렇게 출중한 라틴어 학자를 교사로 모시게 된 것은 그 학교의 영광이라고 말했다. 이어서 세템브리니는 나프타에게 사촌들의 신상에 대해서 우리가 이미 잘 알고 있는 내용들을 들려주었다. 말하는 품으로 보아 이전에도 이미 그들에 대해 나프타에게 말한 적이 있음이 틀림없었다.

소개가 끝나자 나프타가 얼굴을 찡그리며 말했다.

"두 분에게는 웅변가 변호인이 있는 셈이로군요. 세템브리니 씨가 두 분의 생각과 소망을 제게 충분히 제대로 전달한 것 같습니다."

이어서 그는 한스를 바라보며 말했다.

"카스토르프 씨는 일의 세계로의 복귀를 기다리고 있다고 요? '일'이라는 것이 바라던 효과를 전혀 내지 못하던 시대, 인 류의 이상과는 정반대되는 것이 높이 평가받던 시대가 있었지 요. 예를 들어 중세의 수도원장이었던 베르나르 드 클레르보는 로도비코(세템브리니)가 꿈꾸고 있는 것과는 정반대되는 진보의 길에 대해 설파했습니다. 그 길이 어떤 건지 궁금하지 않아요? 가장 낮은 단계는 '방앗간' 단계이고 두 번째는 '경작지' 단계 이며 세 번째는 참으로 훌륭한 단계로서—세템브리니 씨는 귀 를 막았으면 좋겠군요—'휴식의 침대' 단계입니다. '방앗간' 단 계란 고된 노동의 단계를 뜻하는 것이 아니라 지상에서의 세속 생활을 뜻합니다. 뭐, 나쁜 모습을 뜻하는 것은 절대로 아닙니 다. '경작지' 단계의 '경작지'란 속인의 영혼을 나타내는 것입니 다. 그 밭을 가는 것은 성직자와 스승이 해야 할 일이지요. 그건 '방앗간' 단계보다는 높은 단계입니다. 하지만 그다음 단계인 '침대 위'에 비해서는……."

"그만하면 됐어요. 이제 다 알아들었으니." 세템브리니가 외 쳤다. "두 분, 이 사람은 이제 추잡한 침대의 목적과 사용법에 대해 장황하게 설명할 겁니다."

"로도비코, 난 당신이 그렇게 점잖은 사람인 줄 몰랐어. 아가

씨들을 바라보는 눈길은 그렇지 않던데……. 이교도로서의 항심(恒心)은 어디에 두었나? 자, 계속하겠습니다. 침대란 구애(求愛)자와 구애를 받은 사람이 교접하는 자리입니다. 상징적으로는 신과 접촉하기 위해 세상으로부터 경건하게 은둔하는 것을 뜻합니다."

"제길, 이제 그만!"

이탈리아인이 거의 울상이 되어 상대방의 말을 막았고 모두들 웃음을 터뜨렸다. 그러자 세템브리니가 위엄을 갖추고 말을 이었다.

"난 유럽인이고 서구인이오. 당신이 말하는 진보의 단계는 순전히 동양적인 것이고. 동양은 행동을 싫어해요. 노자는 천지간에 무위(無爲)가 가장 유익하다고 가르쳤어요. 지상의 모든 사람이 그 무언가 하던 짓을 그만둘 때 이 지상에 완전한 평화와 행복이 찾아오게 될 거라고 했어요. 그게 당신이 말하는 신과의 동침을 의미하는 겁니다."

"저런! 서양의 신비주의는 다 어디 갔지? 페늘롱(17~8세기 프랑스 신학자 – 옮긴이 주)이 추종했던 정적주의는? 정적주의도 일체의 행동이 잘못된 것이라고, 신만이 행동을 원하므로 인간이 행동하려는 것은 신을 모독하는 것이라고 가르치지 않았나요? 정적에서 행복을 찾으려는 정신은 어디에서나 볼 수 있는 인류의 보편적 경향이에요."

바로 그때 한스가 끼어들었다. 그는 허공을 바라보며 자신의 견해를 피력했다.

"귀의(歸依), 은둔, 거기에는 분명 뭔가가 있습니다. 이 위의 우리들은 사실 고도의 은둔을 실천하고 있는 셈입니다. 그건 의심의 여지가 없습니다. 1,500미터 고지에서 훌륭한 의자에 누워 우리는 저 아래 세상과 그 안에 있는 모든 것에 대해 생각에 잠깁니다. 생각하면 할수록 나는 '휴식의 침대'에 누워 있다는 확신이 듭니다. 물론 접이식 침대를 말하는 겁니다. 그리고 그 휴식의 침대에서 보낸 10개월이 저 아래 '방앗간'에서 지낸 수십 년보다 더 많은 양식(糧食)을 주었다고 확신하게 됩니다. 그건 부정할 수 없습니다."

그러자 세템브리니가 안타까운 눈길로 한스를 바라보며 나지막이 말했다.

"이봐요, 엔지니어 양반! 내가 얼마나 자주 말했어요? 인간은 무엇보다 자신이 누구인가를 알고 그에 걸맞은 생각을 해야 한다고. 그 어떤 주장도 괘념치 말아요. 우리 서구인의 유산은 이성이에요. 이성과 분석과 행동과 진보! 수도사의 전통에 속하는 나태한 침대가 아니에요."

세템브리니는 한스에게만 들으라고 한 말이었지만 나프타가 그 말을 듣고 말았다. 그는 고개를 돌리고 말했다.

"수도사의 전통이라고요? 나태하다고요? 마치 유럽 문화가 수도사에게는 아무것도 빚진 것이 없는 듯 말하는군. 독일, 프랑스, 이탈리아가 원시림과 늪에 덮여 있지 않고 곡식과 과일과 포도주를 우리에게 베풀 수 있게 된 것이 그들 덕분이 아닌 것처럼 말하는군. 이봐요. 수도사들은 정말 근면한 일꾼들이었어요."

"아니, 그래서? 그게 어쨌다는 거요?"

"자, 들어봐요. 그 종교인들은 일 그 자체를 목적으로 일한 것이 아니에요. 말하자면 거기에 취(醉)한 것이 아니었어요. 그렇다고 그 목적이 이 세계의 진보나 경제적 이득을 취하려는 것도 아니었어요. 그것은 순수한 고행이었고 속죄 행위의 한 부분이었고 구원의 방법이었어요. 일을 통해 그들은 감각을 억제했으며 육욕의 유혹에 대항했어요. 그렇게 함으로써, 좀 미안한 말이지만, 그들에게 일은 완전히 비사회적 행동이 된 겁니다. 그것은 지극히 순수한 종교적 이기주의였어요."

그러자 세템브리니가 말했다.

"이렇게 깨우쳐주시니 고맙군요. 게다가 노동의 축복이 인간의 의지에 반해서 그 자체로 주어질 수 있다는 것을 알 수 있게 되어 기쁘군요."

"맞아요. 인간의 의도에 반하는 거지요. 우리는 여기서 유용성과 인간성의 차이에 대해 유념해야 합니다."

"당신 또 세상을 둘로 갈라놓으려고 하는군요. 그게 영 불만입니다."

"그게 불만이라? 하지만 구별은 필요합니다. 그래야 신인(神人, Homo Dei)이라는 개념을 불순한 요소로부터 보호할 수 있습니다. 당신들 이탈리아인은 은행, 환전을 발명해냈지요. 신이여, 저들을 용서해주소서! 하지만 경제 사회 이론을 만들어낸 영국인들을 인류의 수호신은 절대로 용서해주지 않을 겁니다."

"아, 인류의 수호신이 저 섬나라의 위대한 경제사상가들 안에도 살아 있었군!" 약간 빈정거리는 투로 말을 마친 세템브리니는 이번에는 한스를 바라보며 말했다. "아, 엔지니어 양반, 당신 뭔가 하고 싶은 말이 있는 모양이로군."

한스 카스토르프는 그렇지 않다고 손사래를 치면서도 입을 열었고 나프타와 세템브리니는 귀를 기울였다. 둘 다 약간 긴장한 모습이었다.

"나프타 씨, 당신 말을 들으니 당신은 분명 내 사촌의 직업에 공감할 것 같아요. 나도 군인이라는 직업에 대해 나름대로 이해를 하고 있고 호감을 지니고 있습니다. 군인에게는 지독할 정도로 진지한 측면이 있지요. 당신이 쓴 표현대로라면 '금욕적'인 면이 있다고 할 수도 있겠지요. 그리고 성직자와 마찬가지로 언제나 죽음이 자신에게 닥쳐올 수 있다는 생각에 사로잡혀 있습니다. 그래서 군인은 단정함, 서열, 복종, 말하자면 스페인식의 명예를 존중합니다. 군인이 빳빳한 칼라가 달린 제복을 입고 있는 것이나 성직자가 풀 먹인 깃을 한 제복을 입고 있는 것이나 마찬가지입니다. 다시 말씀드리자면 '금욕적'이라는 점에서 공통점이 있는 것 같은데……, 제가 제대로 설명을 했는지 잘 모르겠습니다. 어쨌든 나프타 씨, 당신이 말했듯 경제적인 목적에서도 완전히 벗어나 있고 영국인의 '경제사회학'과는 아무 상관이 없지요."

그러자 세템브리니가 한스의 말을 가로막고 나섰다.

"소위님의 기분을 상하게 하려는 뜻은 없지만, 군인에 대해서는 정신적으로 논의할 여지가 없어요. 순전히 형식적일 뿐 내용이 없는 존재이기 때문입니다. 군인의 원형은 기본적으로 용병(傭兵)입니다. 대체 군인이 무엇을 위해 싸우는지 알아야 그에 대해 논의를 할 수 있는 것 아니겠어요?"

그러자 이번에는 나프타가 나섰다.

"싸운다는 것 그 자체가 군인으로서의 그 존재를 특별하게 만들어주는 겁니다. 우리 거기까지만 동의하기로 합시다. 그것이 군인을 논쟁의 장으로 끌어들일 충분한 특성이 될 수는 없을지 몰라도 삶에 대한 당신의 시민적, 혹은 부르주아적 이해의 영역에서 멀리 벗어나 있다는 것은 분명합니다."

세템브리니가 덧붙였다.

"당신이 삶에 대한 부르주아적 이해라고 말한 것은 이성과 윤리라는 이념을 위해, 그리고 그 이념을 통해 동요하는 젊은 이를 올바른 방향으로 인도하기 위해 언제고 투쟁할 준비가 되어 있다는 뜻입니다."

잠시 어색한 침묵이 흘렀다. 얼마간 침묵 속에 발걸음을 옮긴 후 세템브리니가 사촌들에게 말했다.

"이 사람과 내가 이렇게 길게 논쟁하는 모습을 보고 놀랄 것 없습니다. 어디까지나 우호적인 분위기에서 서로 간의 양해 아래 벌어지는 일이니까요."

이어서 나프타와 세템브리니는 세계정세에 대해, 러시아에 대해, 범게르만주의에 대해, 민족국가에 대해 토론을 했고 한스도 가끔 끼어들었다. 우리가 여러 번 확인했듯이 세템브리니는 이성에 의한 인류의 진보를 확고하게 믿고 있었고, 그 진보를 통해 모두가 선하고 행복한 세상이 올 수 있으리라고 믿고 있었다. 예컨대 그는 한스에게 다음과 같이 충고했다.

"당신, 너무 곰곰이 생각에 빠지거나 꿈에 빠지면 안 돼요. 당신을 행동으로 이끄는 당신 나이, 그리고 당신 종족의 본능에 단호히 몸을 맡겨야 해요. 당신이 지닌 자연 과학적 교양에 따라 진보의 이념에 맞게 살아야 해요. 당신은 생명이 아메바로부터 인간으로 진화, 발전한 것을 알고 있어요. 또한, 인간에게는 무한한 발전 가능성이 열려 있는 것을 알고 있어요. 18세기 계몽주의의 가르침에서 새로운 힘을 얻도록 해요. 즉, 인간이란 원래 선하고 행복하고 완전했는데 사회적 결함 때문에 왜곡되고 타락했을 뿐이라는 가르침 말이에요. 사회 제도를 비판하고 개선함으로써 다시 선하고 행복하며 완전하게 될 수 있다는 가르침 말입니다."

그 말을 듣고 나프타가 가만히 있을 리 없었다.

"세템브리니 씨, 그 말에 몇 가지 덧붙일 게 있다는 사실을 잊고 있군요. 루소(장 자크 루소, 18세기 프랑스 철학자-옮긴이 주)가 말하는 목가(牧歌)는 인간이 원래 자유롭고 죄가 없는 상태였다는 교회의 교리를 궤변적으로 개악한 데 불과하다는 사실 말입니다. 애초에 신과 가까이 있었으니 종국에는 신의 곁으로 돌아가야 한다는 교리 말입니다. 하지만 신의 나라 재건은 지상에서 이루어지는 것이 아니라 지상의 것과 천상의 것이 만나는 곳에서, 물질적인 것과 정신적인 것이 만나는 곳에서 이루어집니다. 속죄는 초월을 의미합니다. 그리고 선생, 당신이 말한 자본주의적 세계 공화국에 대한 내 생각인데, 그 말을 하면서 당신이 본능에 대해 하는 말을 들으니 정말 이상하다는 생각이 듭니다. 본능적인 것은 전적으로 민족적인 측면에만 존재합니다. 신이 인간들의 가슴에 각각 여러 나라로 쪼개지라는 본능을 심어놓은 것입니다."

이어서 그는 이 세상에 존재하는 이념들에 대하여 비판한 후, 세템브리니가 말하는 인류 통합의 이념이란 교회 권력이 막강해졌을 때 교회가 지녔던 전횡적 힘과 다를 바 없다고 세템브리니를 비판했다. 이어서 둘은 자연법과 국제법에 대해 논쟁을 이어갔으며 그들이 목적지에 도착하지 않았다면 언제까지 이어질지 알 수 없을 정도였다.

"아, 이제 논쟁을 끝낼 때가 되었군요." 세템브리니는 그렇게 말하더니 담장 뒤의 작은 집을 지팡이로 가리켰다. 작은 정원이 있는 소박한 집이었다. 1층에는 가게가 있었고 나프타는 2층에 살고 있으며 자신은 다락방에서 살고 있다고, 아주 조용한 서재로서 안성맞춤이라고 세템브리니는 말했다. 헤어지면서 나프타는 놀랍게도 사촌들을 만나 너무 반갑고 즐거웠다며 언제고 한번 방문해달라고 그들을 초청했다.

한스와 요아힘은 그들과 헤어져 요양원으로 돌아가면서 그날의 만남에 대해 특히 나프타라는 사람에 대해 이런저런 이야기를 나누었다.

신의 나라, 그리고 악에 의한 해방

한스 카스토르프는 발코니에서 식물을 분류하고 있었다. 그는 약 1년 전 그곳까지 성급하게 무리한 산책을 해서 코피를 흘렸던 바로 그 장소에서 채취한 미나리아재빗과의 매발톱꽃, 일명 아퀼레지아를 정리하고 있었던 것이다. 이곳 생활에 적응하고 보니 사실 그곳은 그다지 먼 곳이 아니었다. 그는 오후 차 마시는 시간과 저녁 식사 사이에 홀로 그곳을 자주 찾았다. 물론 요아힘이 검진이나 엑스레이 촬영, 혈액 검사와 주사, 체중

측정 등으로 하루 일과가 꽉 차서 그와 동행할 수 없을 때에 한해서였다.

그는 꽃들을 채집하기 위해 그곳을 찾았지만, 그것만이 유일한 목적은 아니었다. 그는 그곳에서 수개월 동안 그가 겪었던 일을 되돌아보며 홀로 사색에 잠기기 위해 그곳을 찾았다. 그동안 겪은 일들이 너무 뒤엉켜 있어 한스는 그것들이 실제로 일어났던 일인지 꿈속에서 겪은 일인지 아니면 순전히 상상의 소산인지 구별하기가 힘들었다. 다만 한 가지 공통점이 있다면 기본적으로 그 모든 일들은 환상적인 성격을 띠고 있어, 마치 그가 이 위에 처음 왔을 때처럼 그의 심장을 일순 멈추게 하는 듯하다가 격렬하게 뛰게 만든다는 사실이었다. 혹시 그가 이곳에 앉아 온몸에 기력이 떨어져 코피를 흘렸던 그때, 프리비슬라프 히페의 모습이 눈앞에 생생하게 떠올랐던 그때와 마찬가지로 아퀼레지아가 변함없이 피어 있는 모습을 보고, 그가 이곳에 온 지 1년이 되어간다는 사실을 상기하고 가슴이 격렬하게 뛰는 것일까?

그는 이제 더 이상 코피를 흘리지 않았다. 이제 그는 이곳에 완전히 적응한 것이다. 위의 소화 기능도 정상으로 돌아왔고 여전히 평지에 주문해서 받아보는 마리아 만치니의 맛도 충분히 느낄 수 있었다. 그는 마리아 만치니를 주문하면서 저 아래 친척들에게 안부를 전했다. 그는 엑스레이 사진으로나 검진 결과로나 병이 완쾌되었다고 볼 수는 없지만 병세가 호전되고 있는 것은 분명하며 조금만 참고 견디면 완치가 되어 다시 이곳을 찾을 필요가 없을 것이라고 썼다. 평지의 친척들은 그의 편지에 간단한 답장과 함께 돌아가신 아버지의 유산에서 나오는 이자를 생활비로 보내주었다. 그 돈을 이곳의 돈으로 환전하면 상당한 액수여서 이곳에서 생활비가 모자란 적은 결코 없었다.

그가 이곳에 완벽하게 적응했음을 보여주는 또 다른 징표가 있었다. 더 이상 프리비슬라프 히페의 모습이 나타나지 않는 것이다. 이제 벤치에 조용히 누워 있자면 더 이상 그의 자아는 저 아래 평지에서의 아득한 현재, 그곳에서의 일들 사이를 배회하지 않았다. 어쩌다 평지에서의 추억이 주마등처럼 스쳐가더라도 그것들은 이제 비정상적으로 지나치게 생생하거나 선명하지 않았고, 건강하고 정상적인 수준에 머물렀다. 한스 카스토르프는 그런 추억에 잠길 때마다 가슴 안주머니에 고이 간직하고 있는 기념물을 꺼내어 보곤 했다. 시냇물 소리에 귀를 기울이며 탐스럽게 피어 있는 푸른 매발톱꽃과 이 기념물을 번갈아 바라보노라면 그의 가슴은 격렬하게 고동쳤다.

그런데 그럴 때마다 동시에 떠오르는 얼굴이 있었다. 바로 손풍금장이 교육자인 세템브리니 씨였다. 그리스에서 태어난 그의 아버지가 인간에 대한 사랑을 정치와 웅변과 반항으로 표현했다면 그는 시민으로서의 창(槍)을 '인류'라는 제단에 바친 사람이었다. 또한, 한스는 자신을 '동지'라고 부르는 크로코브스키에 대해, 얼마 전에 그와 함께 컴컴한 밀실에서 행했던 '정신 분석'에 대해 생각했다. 그는 '정신 분석'이 지니고 있는 밝으면서 동시에 어두운 이중적인 성격에 대해 생각했다. 그리고 그것이 현실적으로 적용이 가능해서 진보에 도움이 될 수 있는지, 아니면 무덤과 또한, 역겹기만 한 해부와 관련이 있는지 자문해보았다. 그는 서로 다른 이유에서 검은 옷을 입고 다닌 두 할아버지를 비교해보았으며 더 나가 형식과 자유, 정신과 육체, 명예와 치욕, 시간과 영원이라는 광대한 개념들에 대해서도 숙고했다. 그리고 매발톱꽃이 다시 피어나고 어느새 일 년이 흘렀다는 생각에 순간적으로 아찔함을 느꼈다.

이어서 그는 최근에 만난 나프타에 대해서 생각했다. 그는 산책길에 만난 그의 이야기에 흥미를 느끼고 요아힘과 함께 한번 방문해보기로 마음먹고 있었다. 물론 그는 자기와 요아힘이 그를 만나는 것을 세템브리니가 꺼리고 있으며 불쾌하게까지 생각하고 있음을 알고 있었다. 세템브리니는 이 '인생의 걱정거리 자식'이 나프타로부터 교육적으로 나쁜 영향을 받을까 봐 두려워하고 있음이 분명했다. 그가 보기에 한스는 아직 그런 것을 소화해낼 만큼 성숙하지 않았던 것이다. 하지만 세템브리니가 그런 마음을 겉으로 드러내지 않은 것이 다행이었다. 한스는 그의 마음을 전혀 눈치채지 못한 순진한 제자인 척, 나프타를 찾아가 보기로 작정했다. 나프타를 만난 지 며칠이 지난 어느 일요일 오후 한스는 정오 요양을 마친 직후 마지못해 따라오게 된 요아힘과 함께 그를 찾아 나선 것이다.

베르크호프로부터 포도 넝쿨이 자라고 있는 작은 집 대문까지는 몇 분 정도밖에 걸리지 않았다. 둘은 안으로 들어갔다. 오른쪽 문은 가게로 향하는 문이었다. 그들은 갈색의 좁은 계단을 올라 2층 문 앞에서 초인종을 눌렀다. 초인종 옆에는 '부인복 재단사 루카체크'라는 명함이 붙어 있었다. 잠시 후 하인 복장의 어린 소년이 나타났다. 사촌들은 소년에게 자신들의 이름을 밝힌 후 나프타 교수가 안에 있느냐고 물어보았다. 소년은 문을 열어둔 채 안으로 들어갔다. 입구 맞은편 열린 틈으로 재단사의 작업실이 보였다. 한스가 재단사에게 인사를 했고 셋은 서로 인사를 나누었다.

　잠시 후 소년이 돌아와서 둘을 서재로 안내했다. 안으로 들어간 두 사람은 깜짝 놀랐다. 유리창이 둘이나 달린 서재가 놀라울 정도로 화려했던 것이다. 보잘것없는 작은 집, 초라한 복도와 계단에 비춰볼 때 그 안에 이토록 호화로운 방이 있으리라고는 상상조차 힘들었다. 그 대비가 너무 확연해서 나프타의 거처의 분위기와 우아한 장식은 사실이 아니라 마치 우화(寓話)같다는 느낌을 주었다.

　방에는 비단 천지였다. 방을 가리는 커튼도 비단이었고 창문 커튼, 가구에 씌워 놓은 커버도 비단이었다. 그뿐만 아니라 바로크 양식의 탁자와 의자도 고급이었고 역시 바로크 양식의 소파도 고급 비단 벨벳 천으로 된 것이었다. 두 창문 사이에는 책꽂이를 겸하고 있는 마호가니 책상이 놓여 있었으며 소파 왼쪽 구석 받침대 위에는 채색한 목각 조형물이 놓여 있었다. 그리스도의 시체를 품에 안고 있는 성모 마리아 상(像)이었다. 그런데 놀랍게도 조형미가 전혀 없어 그로테스크하다는 인상마저 주었다. 베일을 쓴 성모 마리아는 고통에 일그러진 표정으로 입을 반쯤 벌린 채 예수 그리스도를 품에 안고 있었다. 그리스도의 머리에는 가시 면류관이 씌워 있었고 얼굴과 사지에는 온통 피가 묻어 있었다. 전체적으로 균형이 맞지 않았고 해부학적으로도 과장이 심했다.

"잠시 들렀습니다." 한스 카스토르프가 구석에 놓인 경건하면서도 섬뜩한 느낌을 주는 조각상에 눈길을 보내며 말했다. 주인이 이렇게 찾아주어 고맙다며 앉으라고 권했지만 한스는 무엇에라도 사로잡힌 듯 곧장 조각상 앞으로 가서 그 앞에 계속 서 있었다.

"이게 무슨 작품이지요?" 한스가 낮은 목소리로 물었다. "정말 좋은 작품입니다. 정말 고통에 대한 묘사가 생생해요! 물론 오래된 작품이겠지요?"

"14세기 작품입니다." 나프타가 대답했다. "라인강 부근에서 만든 작품일 겁니다. 감명받았습니까?"

"아주 큰 감명을 받았습니다." 한스가 대답했다. "그 누군들 감명을 받을 겁니다. 정말로 이렇게 추하면서—용서해주십시오—동시에 이렇게 아름다운 게 있을 수 있는지 몰랐습니다."

나프타가 말을 받았다.

"영혼과 감동을 표현하는 예술 작품이란 언제나 추하면서 아름답고 아름다우면서 추할 수밖에 없습니다. 그게 법칙입니다. 그 아름다움은 살(肉)의 아름다움이 아닙니다. 그런 건 무미건

조할 뿐이지요. 그 아름다움은 정신의 아름다움입니다. 게다가 육체적 아름다움은 추상적입니다. 오로지 내면의 아름다움, 종교적 표현에서 나타나는 아름다움만이 구체성과 현실성을 지니고 있습니다."

"정말로 명쾌한 분류를 해주셨군요. 감사합니다. 그런데 14세기 작품이라고 하셨지요? 그렇다면 작가가 누군지 물어도 되겠습니까?"

"그런 게 무슨 상관있습니까? 그런 걸 물어서는 안 됩니다. 저 작품이 만들어진 당시에도 묻지 않았으니까요. 이것은 어떤 개인의 천재성에 의해서 창조된 작품이 아닙니다. 이것은 익명의 다수에 의한 공동 작품입니다. 이 작품은 중세의 고딕 양식으로서 금욕의 상징입니다. 이 작품에는 십자가에 못 박혀 피흘린 그리스도에 대한 옹호와 미화가 들어 있지 않습니다. 즉 가시 면류관을 쓴 그리스도의 당당한 승리에 대한 묘사는 전혀 없습니다. 이 작품이 두드러지게 보여주는 것은 인간의 고통과 육체의 무력함입니다. '금욕의 상징'이지요. 당신 혹시 이노센트 3세의 『인간 조건의 비참함에 대하여』라는 책을 읽어보셨나요? 정말로 기지가 넘치는 책입니다. 12세기 말에 나온 책인데 이 조각과 같은 양식의 삽화들이 들어 있습니다."

"나프타 씨." 한스가 깊은 한숨을 내쉬며 말했다. "당신 입에서 나오는 한 마디 한 마디가 제겐 정말 흥미롭습니다. '금욕의 상징'이라고 하셨던가요? 그 말을 꼭 기억해 두겠습니다. 그리고 이노센트 3세에 대해서는 부끄럽게도 들은 바가 없습니다. 그런데 그 책이 금욕에 관한 책이면서 기지가 넘친다고 하셨습니다. 금욕과 기지가 조화를 이루리라고는 전혀 생각해보지 못했습니다. 그 책을 구해볼 수 있나요? 제 라틴어 실력을 총동원하면 그럭저럭 읽어볼 수 있을 것 같습니다."

"나에게 그 책이 있습니다." 나프타는 고갯짓으로 책장을 가리키며 말했다. "원하시면 빌려드리지요. 그나저나 좀 앉으십시오. 앉아서도 피에타(죽은 예수를 안고 비통해하는 성모 마리아 – 옮긴이 주)는 얼마든지 감상할 수 있으니. 마침 차가 나왔으니 어서 이리 오십시오."

문을 열어주었던 소년이 차와 과자를 가져왔다. 예쁜 은제 바구니에 얇게 썬 케이크도 들어 있었다. 그런데 소년의 뒤를 이어 "어이쿠, 이거 반갑군요"라며 미소를 띤 채 들어선 사람이 누구였을까? 바로 세템브리니였다. 그는 사촌들이 오는 것을 창을 통해 내다보고는 집필 중이던 백과사전 항목을 서둘러 마치고 내려오는 길이라고 말했다. 방 주인은 전혀 놀라는 기색

없이 불시의 방문객을 맞아들였다. 한스는 그가 이 방으로 내려온 의도를 금세 눈치챌 수 있었다. 자신과 요아힘이 혹시 나프타로부터 나쁜 영향을 받을까 봐 두려워 이른바 교육적 균형을 잡아주기 위해 내려온 것이 분명했다. 하지만 그가 케이크를 먹으며 맛있다고 찬사를 늘어놓는 것으로 보아 이 호화로운 방에서 차를 마시며 즐기고 싶다는 생각도 한몫한 것 같았다.

세템브리니가 들어온 후에도 피에타에 관한 이야기는 계속되었다. 한스는 자신의 견해를 말하면서 세템브리니 쪽으로 고개를 돌렸다. 그의 의견이 어떤지 묻고 싶어서였다. 그가 이 조각을 얼마나 혐오하는지는 한스를 바라보는 그의 표정에 역력히 나타나 있었다. 그는 이 작품이 지닌 형식적 결함보다는 그 형식 자체에 배어 있는 원칙에 동의할 수 없다며 그리스와 로마의 문화유산, 고전주의, 형식적 아름다움, 이성 및 자연 앞에서의 경건한 쾌활함만이 감동을 주는 것이라고 역설했다. 이어서 그는 특별히 한스에게 눈길을 주면서 말했다. 한스가 그토록 추하고 그로테스크한 조각상에 흥미를 갖는 것이 못마땅해서임이 분명했다.

"당신, 당연히 알고 있겠지요? 자연에 대한 반항이 명예로울 수 있는 경우는 오로지 인간의 아름다움과 인간의 존엄성의 이름으로 그 반항이 행해질 때뿐이라는 것을. 다른 모든 반항들은 결국 인간의 타락을 가져올 뿐입니다. 애당초 그것이 목적이 아니었다 할지라도 마찬가지입니다. 당신은 저 작품을 낳은 시대에 그 얼마나 비인간적인 잔인한 짓이 횡행했는지, 그 시대가 얼마나 흉악할 정도로 편협한 시대였는지 잘 알고 있을 겁니다. 저 끔찍한 종교 재판을 상기하는 것으로 충분합니다. 당신은 칼과 화형(火刑)이 박애를 실천하는 도구라고 인정하지는 않겠지요."

그러자 그때까지 아무 말이 없었던 나프타가 입을 열었다.

"하지만 종교 재판소에서 그 도구들을 사용한 것은 이 세상에서 바람직하지 않은 사람들을 몰아내기 위해서였습니다. 교회의 모든 형벌들은, 심지어 화형이나 파문까지도 영원한 저주로부터 영혼을 구원하기 위해서 가해졌습니다. 그것은 자코뱅(프랑스 대혁명 당시 과격파-옮긴이 주) 당원들의 살육을 위한 살육과는 거리가 멉니다. 내세에 대한 믿음에 토대를 두지 않은 재판과 형벌은 그 어떤 것이건 오로지 짐승처럼 어리석은 짓일 뿐이라는 것을 지적하고 싶군요.

게다가 인간성이 타락해온 역사는 부르주아 정신이 성장해온 과정과 정확히 일치합니다. 르네상스, 18세기 계몽의 시대,

19세기의 자연 과학과 경제주의는 오로지 인간성을 타락시키기 위해 온갖 짓을 다 했으며 온갖 것을 다 가르쳤습니다. 천문학을 예로 들어봅시다. 천문학은 모든 것의 중심인 이 지구를, 신과 악마가 피조물인 인간을 서로 손에 넣기 위해 싸우고 있는 이 존엄한 무대를 하찮은 작은 행성으로 만들어버렸습니다. 결국, 우주에서 인간이 차지하고 있는 위대한 지위에 '당분간' 종지부를 찍게 했지요."

"아니, 당분간이라고요?" 세템브리니가 마치 종교 재판관과 같은 표정으로 반문했다. 마치 피의자가 심문에 걸려들어 스스로 죄를 고백하기를 기다리고 있는 것 같았다.

"물론입니다. 말하자면 몇 백 년간은 말입니다." 나프타는 차갑게 단정하듯 말했다. "일이 잘못되지만 않는다면 스콜라주의에 대한 새로운 정당한 평가가 진행될 겁니다. 코페르니쿠스(지동설 - 옮긴이 주)가 프톨레마이오스(천동설 - 옮긴이 주) 앞에 무릎을 꿇게 될 것입니다. 태양 중심설은 점차 지적인 반격에 직면하게 될 것이고 그 반격은 소기의 목표를 달성하게 될 것입니다. 과학은 지구가 차지하고 있던 최고의 권위라는 지위, 교회가 부여했던 그 지위를 다시 철학적으로 지구에게 부여할 수밖에 없게 될 것입니다."

"뭐라고요? 지적인 반격? 과학이 철학적으로 지위를 부여한다고요? 당신이 지금 공표한 게 대체 무슨 주의(主義)입니까? 당신 말대로라면 도대체 순수 지식과 과학은 무엇이란 말입니까? 그 진리를 향한 자유로운 탐색은? 자유와 불가분의 관계에 있는 그 진리는? 당신은 진리의 순교자들을 지구에 대한 범죄자로 간주하는데, 그들은 오히려 진리의 왕관에 박혀 있는 보석들이 아닌가요?"

세템브리니는 대들 듯 말하며 자신도 모르게 언성을 높이고 말았다. 그는 상대방이 부끄러워 입을 다물 수밖에 없으리라고 확신하는 것 같았다. 하지만 나프타는 불쾌할 정도로 침착하게 대답했다.

"이보세요, 순수 지식 같은 건 없어요. 과학에 관한 교회의 가르침은 의심할 바 없이, 절대적으로 정당해요. 그 가르침은 '나는 이해하기 위하여 믿는다'는 아우구스티누스(교부 철학의 창시자─옮긴이 주)의 신조에 집약되어 있어요. 믿음이 지식의 수단이며 지성은 부차적입니다. 당신이 말하는 순수 과학은 신화예요. 믿음, 우주에 대한 개념, 이념, 간단히 말해 의지(意志)가 언제나 존재하는 것이며 지성의 역할은 그것을 설명하고 증명하는 데 있어요. 언제 어느 곳에서건 중요한 건 설명과 증명 자체가 아니라 무엇을 증명하느냐에 있어요.

심리학적으로 말한다면 스스로 자명하다는 개념 속에도 의지(意志)가 강하게 개입되어 있단 말입니다. 12~3세기의 위대한 스콜라 철학자들은 신학적으로 그른 것은 철학적으로도 참이 아님에 동의했어요. 원한다면 신학 이야기는 그만합시다. 대신 철학적으로 그른 것은 과학적으로도 참일 수 없다는 사실을 인정하지 않는 인류애에는 인류애라는 이름을 붙일 수 없어요. 종교 재판소가 갈릴레이에 대해 내린 판결은 그의 명제가 철학적으로 부조리하다는 것이었습니다. 그보다 더 압도적이고 명쾌한 심문은 있을 수 없지요."

"아니, 도대체 무슨 말을! 그 위대한 천재의 논증은 결국 정당하다는 것이 입증되었는데! 자, 좀 더 진지하게 이야기를 해봅시다. 교수님, 저 젊은이들이 듣고 있는 앞에서 확실하게 대답해주시길. 당신은 진리를 믿습니까? 객관적이고 과학적인 진리, 가장 드높은 도덕률(道德律)이 추구하는 진리, 권위에 대해 그 진리가 승리를 거둠으로써 인간 정신사에서 가장 영광스러운 페이지를 장식하게 될 그 진리 말입니다."

나프타가 대답했다.

"당신이 말하는 그런 승리란 있을 수 없어요. 권위란 인간 그

자체이며 인간의 주된 관심사이고 그의 재산이며, 그의 존엄성
이고 그의 구원이기 때문입니다. 따라서 권위와 진리 사이의
갈등은 있을 수 없어요. 그들은 하나입니다."

"당신 말대로라면 진리란……."

"그 무엇이건 인간에게 유익한 것, 그것이 진리입니다. 인간
속에 자연이 포함되어 있고 모든 자연 중에서 인간만이 창조되
었으며 모든 자연은 오로지 인간을 위해 존재할 뿐입니다. 인
간은 만물의 척도이며 인간의 복지만이 유일한 진리의 척도입
니다. 그 어떤 이론에 입각한 과학도 인간의 구원에 실질적으
로 적용될 수 없다면 아무런 의미도 없으며 거부되어야만 합니
다. 기독교가 융성했던 시대에는 자연 과학이 인간에게 아무런
가르침도 줄 수 없다는 것이 사실로 받아들여졌습니다. 콘스탄
티누스 대제가 아들의 스승으로 삼은 락탄티우스는 '나일강의
발원지가 어디인지 안다고 해서, 물리학자들이 천체에 대해 이
러쿵저러쿵 떠드는 것에 대해 안다고 해서, 대체 어떤 하늘의
축복을 받을 수 있겠는가?'라는 질문으로 그런 입장을 명확히
밝혔습니다.

어디 당신이 한번 대답해보시지요! 우리가 왜 플라톤의 철학
을 여타의 철학들보다 존중하는 것입니까? 바로 그의 철학이

자연에 대한 지식이 아니라 신에 대한 앎을 다루고 있기 때문이 아닙니까? 나는 지금 인류가 바로 그 지점으로 되돌아가려 하고 있다고 당신에게 단언할 수 있습니다. 과학의 임무는 신의 부재 속에서 세상을 이해하는 데 있는 것이 아니라는 것, 그런 과학은 해롭다는 것, 그러한 모든 관념적인 이야기들은 아무 의미가 없다는 것을 인류는 곧 자각하게 될 겁니다. 그런 관념적 과학 대신에 본능, 절도, 선택을 선호하게 될 겁니다. 교회가 빛보다 어둠을 옹호했다고 비난하는 것은 유치한 일입니다. 교회가 '아무런 제약 없이 사물에 대한 순수 지식을 좇아 온갖 힘을 쏟는 모든 행위'를 불법이라고 응징한 것은 정말로 너무나 잘한 일입니다. 그 행위에는 정신적인 것에 대한 고려는 전혀 없으며 인간의 구원 문제는 배제되어 있기 때문입니다. 인간을 어둠으로 몰고 간 것, 또한 몰고 갈 것은 바로 그 제약 없는, 무(無)철학적 자연 과학입니다."

그러자 세템브리니가 응수했다.

"당신의 실용주의를 정치적인 용어로 옮겨놓기만 해도, 그게 얼마나 치명적으로 위험한지 훤히 알 수 있어요. 당신 말대로라면 국가에 이익이 되는 것이 곧 선이고 진리이고 정의가 되겠군요. 국가의 안전과 명예와 힘이 유일한 도덕의 기준이 되겠군요. 좋다고 칩시다. 그렇다면 국가의 이익의 이름으로 모든 범죄의 문을 활짝 열어놓는 꼴이 된다는 생각은 안 하는 겁니까? 인간의 진리, 개인적 정의, 민주주의 이런 것들이 어떻게 될지……."

그러자 나프타가 끼어들어 세템브리니의 말을 정정했다.

"당신의 그 전제를 좀 논리적으로 풀어봅시다. 나라면 이런 식으로 문제를 제기하겠어요. '프톨레마이오스와 스콜라 철학이 옳고 세계가 시간과 공간 속에서 유한한 것이라면 신은 초월적인 존재가 되어 신과 인간 사이의 대립은 영구 지속되고 인간은 이원론적 존재가 된다. 그 결과 인간의 영혼에 관한 문제는 온통 정신과 물질 간의 투쟁 문제로 환원되어 모든 사회적 문제는 부수적인 것이 된다.─이것이 내가 당신들 논리에서 유일하게 일관성이 있다고 인정할 수 있는 '개인주의'입니다─ 그런데 르네상스 천문학자들이 진리를 발견했다. 우주는 무한하다는 것이다. 초감각적인 세계는 존재하지 않으며 이원론도 존재하지 않는다. 세상은 모두 단원(單元)적이다. 내세는 현세에 병합되고 신과 자연 간의 대립은 무너져 내렸다. 인간은 두 개의 적대적인 원칙 간의 싸움의 장(場)이길 그치고 조화롭고 통일적인 존재가 되었으며, 이제 오로지 개인의 이익과 집단의 이익 간의 대립만 남았다. 그리고 국가의 의지가 교묘한 속임수에 의해 모든 도덕의 율법이 되었다. 이제 남은 건 국가냐 개인이냐 양자택일의 문제뿐이다.' 당신의 논리가 이런 것 아닌가요?"

"동의할 수 없어요!" 세템브리나가 찻잔을 들고 있던 손을 주인을 향해 뻗치며 외쳤다. "근대 국가가 사악한 목적으로 개인을 노예로 만들었다고 비방하다니! 우리보고 프러시아주의와 고딕식 반동 중의 하나를 택하라고 억지로 강요하는 당신의 생각에 동의할 수 없어요. 민주주의의 의미는 모든 종류의 국가 절대주의에 개인주의를 맞세움으로써 국가 절대주의를 수정하는 것 바로 그것에 있습니다. 개인의 도덕성이 보물처럼 여기는 것은 바로 진리와 정의입니다. 때로는 그것이 국가의 이익에 맞서거나 혹은 적대적으로 보이는 경우도 있지만, 그것은 국가의 보다 드높은, 과감하게 말해서 국가의 보다 드높은 정신적인 복리를 증진하겠다는 목표를 눈앞에 두고 있을 때뿐입니다. 르네상스로부터 국가 숭배주의가 탄생했다니! 세상에 그런 궤변이 어디 있습니까? 르네상스, 그 지성의 부활에 의해 우리는 과거로부터 인격과 자유와 인간의 권리 바로 그것을 힘들게 물려받은 것입니다."

한스 카스토르프는 두 사람의 열띤 논쟁에 넋을 잃고 몰두한 나머지 팔꿈치를 탁자에 괸 채 턱을 두 손으로 받치고 두 사람을 번갈아 바라보았다. 요아힘조차도 두 사람의 논쟁에 흥미를 느끼는 것 같았다. 그는 비록 프로이센주의에 대한 공격 부분이 있긴 했어도 세템브리니의 말에 공감을 느꼈다.

세템브리니의 말에 이어 나프타의 반론이 펼쳐졌다.

"나는 우리 논쟁에 논리를 끌어들이려 했는데 당신은 고상한 감정으로 답을 해주는군요. 이른바 자유(진보)주의, 즉 개인주의와 시민성이라는 휴머니즘 개념이 르네상스의 산물이라는 정도는 나도 이미 알고 있어요. 하지만 나는 그런 것에는 조금도 흥미가 없어요. 당신이 말하는 영웅적 시대, 진리와 정의가 국가의 이익과 싸우는 영웅적 시대는 이미 지나가버렸기 때문입니다. 그 시대의 이상은 이미 죽어버렸으며 최소한 마지막 숨을 할딱거리고 있어요. 그것에 최후의 일격을 가할 사람들의 발걸음이 이미 문 앞에 와 있어요. 내가 잘못 안 게 아니라면 당신은 혁명가로 자처하고 있습니다. 하지만 미래의 혁명이 자유에서 나올 것이라고 생각한다면 크게 잘못 생각하고 있는 겁니다. 지난 500년 동안 자유의 원칙은 너무 오래 지속되어서 그 효용성을 상실했어요. 오늘날의 교육 시스템은 계몽 시대의 후예라고 자처하면서 비판 정신, 자아의 해방과 찬양, 절대시되어 온 생활 양식의 폐지를 가르치고 있어요. 그런 시스템은 그 공허한 수사(修辭) 덕분에 당분간 수확이 있겠지요. 하지만 그런 시스템이 얼마나 반동적인지는 너무나 명백하게 드러나 있습니다. 그 이름에 합당한 제대로 된 교육 편제는 언제나 궁극적으로 의미 있는 교육의 원칙이 어떤 것이어야 하는지를 잘 인식하고 있었어요. 말하자면 절대적 명령, 절석같은 유대(紐帶), 규율, 희생, 자아의 포기, 인격의 연마 같은 것이 그 원칙이었지요. 마지막으로, 젊은이가 자유에서 기쁨을 느낀다고 생각한다면 정말 잘못 알고 있는 겁니다. 그들의 가장 깊은 기쁨은 복종하는 데 있어요."

나프타의 말에 요아힘은 자세를 바로잡았고 한스는 얼굴을 붉혔다. 세템브리니는 흥분해서 그의 콧수염을 꼬고 있었다.

"맞아요." 나프타가 말을 이었다. "해방과 개인의 발전이 우리 시대의 핵심 문제가 아닙니다. 우리 시대가 요구하는 것은 그게 아닙니다. 우리 시대가 요구하는 것, 우리 시대가 창조하려 하는 것, 그것은 바로 테러리즘입니다."

그는 마지막 말을 몸을 꼼짝도 않은 채 앞선 말들보다 낮은 목소리로 말했다. 다만 그의 두 눈만이 한순간 번쩍였을 뿐이다. 그의 말을 듣고 세 사람은 움찔 놀랄 수밖에 없었다. 하지만 세템브리니는 곧 평정을 되찾고 미소를 지었다. 그가 입을 열었다.

"한 가지만 물어도 되겠습니까? 너무 의문투성이라서 어떻게 물어야 할 것인지조차 모르겠군요. 누가, 혹은 무엇이 그것, 다시 입에 담기도 싫은 단어이지만, 바로 당신이 말한 테러의 담당자라고 보는 겁니까?"

나프타가 안경알을 번쩍이며 입을 열었다.

"기꺼이 대답해 드리지요. 내가 인간의 이상적인 상태, 정부도 권력도 없는 그런 원초적 상태, 인간이 신의 직접적인 자식으로서 존재하던 상태, 즉 지배도 예속도 없으며, 법이나 형벌도 없고 죄도 없고 육신의 결합도 없던 상태, 계급의 차이도 없고 노동도 재산도 없으며 오로지 평등과 박애와 윤리적 완전성만이 존재하는 상태를 가정하고 있다는 점에서는 당신과 견해가 같다고 해도 틀린 말이 아니겠지요?"

"좋아요, 동의합니다. 다만 육신의 결합이 없는 상태는 제외합니다. 육신의 결합이 없던 시절은 없었고 앞으로도 없을 것이 분명하니까. 인간은 고등 척추동물로서 다른 동물들과 마찬가지로……."

그러자 나프타가 말을 잘랐다.

"그건 좋을 대로 하십시오. 중요한 것은 법이 없던 원초적 상태, 신과 직접 만나던 상태가 존재했다는 것, 인간의 타락으로 인해 그 상태를 상실했다는 점에 대해서는 당신과 내 견해가 일치하는지 확인하는 거니까요. 그런 의미에서 우리는 함께 손잡고 몇 발자국 함께 갈 수도 있을 겁니다. 당신과 나는 공히 국가라는 것이 그 타락을 염두에 두고 악으로부터 인간을 보호하자는 취지에서 행한 하나의 사회 계약이라는 견해를 갖고 있습니다. 절대 권력이라는 것은 바로 거기서 발생했다고 보는 것도 의견이 일치하고."

"탁견입니다!" 세템브리니가 소리쳤다. "사회 계약이라! 그래, 바로 그것이 계몽이고, 루소야! 미처 몰랐네!"

"잠깐, 진정하시길. 그런데 바로 거기서부터 우리는 갈라섭니다. 모든 권력, 지배력은 원래 국민들에게 부여된 것인데 그 지배력을 입법권과 함께 국민이 군주에게 넘겨준 것입니다. 그로부터 당신 학파들은 가장 시급한 것은 군주에 항거할 국민의 권리를 일깨우는 것이라고 주장하고 있습니다. 하지만 우리들은 반대로……."

'우리들?' 한스가 숨을 죽인 채 생각했다. '우리들이 대체 누

구를 말하는 거지? 나중에 세템브리니 씨에게 물어봐야겠다.'

나프타가 말을 이었다.

"우리도 당신들 못지않게 혁명적입니다. 우리는 계속 교회가 세속 권력에 대해 우위를 갖는다고 추론해 왔습니다. 국가란 결국 민중의 뜻에 의해 설립된 것이며 교회는 신의 뜻에 의해 건립된 것입니다. 비록 국가 자체가 사악한 힘에 의해 세워진 것은 아니라 할지라도 죄악에 빠지기 쉬운 불완전한 존재이기 때문입니다."

"이보세요, 국가란……." 세템브리니가 말을 하려 했으나 나프타가 계속 말을 이어가는 바람에 입을 닫을 수밖에 없었다.

"당신이 국가를 어떤 식으로 생각하는지 나는 잘 알고 있습니다. '조국애와 명예를 향한 채워지지 않는 갈증이 모든 것에 우선한다'라는 베르길리우스의 말을 금과옥조로 삼고 있지요. 거기에 자유주의적 개인주의를 가미해 수정하면 곧 민주주의가 됩니다. 하지만 국가와 개인의 관계에 대한 기본 발상은 조금도 달라진 것이 없습니다. 민주주의의 영혼은 금권(金權)입니다. 반박할 수 없을 것입니다. 고대 국가가 국가를 숭배했기에 기본적으로 자본주의적이었다는 사실을 부정하지는 않겠지요. 그리스 민주주의가 기본적으로 돈에 의해 움직였다는 것은 자명한 사실이니까요. 중세 기독교는 세속적 국가에 자본주의적 속성이 내재해 있다는 것을 분명히 인지(認知)했습니다. '돈이 황제가 될 것이다.' 이것이 11세기의 예언이었습니다. 오늘날 그 예언이 그대로 적중했다는 사실, 그로 인해 인간의 삶 자체가 극히 황폐화되었다는 사실을 부인하겠습니까?"

"나프타 씨, 어디 계속해보시지요. 테러를 과연 누가 가져올 것인지 그 위대한 미지의 사람, 혹은 미지의 것이 어떤 건지 궁금해 죽겠습니다." 세템브리니의 말이었다.

"자유의 기수(旗手)로 자처하는 사회 계급의 대변인 격인 당신이 그런 호기심을 지녔다니! 세상을 파멸의 구렁텅이로 빠뜨린 것이 바로 그 자유인데! 당신들의 목표는 민주주의적 제국주의 아닙니까? 민족 국가의 원칙을 보편적인 것으로 신격화시켜 세계 국가를 이룬다는 것이 꿈 아닙니까? 그렇다면 그 세계 제국의 황제는 누구일까요? 우리는 너무나 잘 알고 있습니다. 당신들이 꿈꾸는 유토피아는 끔찍합니다.

하지만 이 부분에서 우리의 의견은 다시 일치합니다. 당신들이 꿈꾸는 자본주의적 세계 공화국은 사실상 초월적인 성격을 지니고 있기 때문입니다. 세계 국가라는 것은 초월적인 세속 국가입니다. 그리고 우리는 둘 다 저 멀리 지평선에 희미하게 모습을 보이며 누워 있는 국가는 인간의 원초적인 완전함을 지니고 있어야 한다는 믿음을 공유하고 있습니다. 신의 나라를 세운 위대한 그레고리 1세 시대로부터 교회는 인간을 신의 통치하에 두는 것을 목표로 삼았습니다. 그레고리 1세가 선언한 세속적인 권력은 그 자체가 목적이 아니었습니다. 그것은 속죄에 이르기 위한 수단이었습니다. 속죄란 이교도적인 국가로부터 천국으로 옮겨 가기 위해 통과해야 할 단계입니다.

당신, 좀 전에 이 선량한 학생들에게 교회가 얼마나 피비린내 나는 짓을 저질렀는지, 얼마나 많은 처벌을 가했는지, 교회가 얼마나 비관용적이었는지 말했지요. 참으로 어리석은 말입니다. 신의 나라를 향한 열정은 결코 평화적일 수 없다는 것이 당연하기 때문입니다. 그레고리 1세도 '칼에 피를 묻히기를 꺼려하는 자여, 저주받을지어다'라고 말했습니다. 우리는 그 힘 자체는 사악한 것임을 알고 있습니다. 하지만 신의 왕국을 실현하려면 선과 악, 권력과 정신, 이승과 저승의 이원적 구분은 잠정적으로 폐기되어야만 합니다. 그렇게 해서 금욕과 지배를 통합하는 단 하나의 원칙에 길을 내주어야 합니다. 내가 테러가 필요하다고 하는 것은 바로 그런 뜻입니다."

"그 테러의 주도자는? 기수(旗手)는?"

"아니, 아직도 물어볼 게 남았어요? 당신의 맨체스터식 자유주의는, 경제에 대한 인간의 승리를 주장하는 경제학파가 이미 존재한다는 것도 모르나요? 그들이 내세우는 원칙이 바로 신의 왕국의 원칙과 일치한다는 것을 모르나요? 기독교 교부들은 '내 것', '네 것'이라는 단어 자체를 해롭고 위험하다고 여겼습니다. 그들은 사유(私有)의 개념을 비난했습니다. 신의 법칙, 자연의 법칙에 의하면 토지는 만민 소유이며 토지에서 수확하는 것도 만민 공동 소유이기 때문입니다.

그들은 타락의 결과인 탐욕이 사유권을 낳은 원천이라고 가르쳤습니다. 그들은 충분히 인도적이었고 충분히 반상업적이었습니다. 모든 상업적 활동이 인간의 영혼과 영혼의 구원에 위험하다고 본 것입니다. 그들은 돈이나 금융을 증오했고 가격이 수요와 공급에 의해 결정된다는 시장 논리를 마음 깊이 경멸했습니다. 이웃의 궁핍함을 미끼삼아 부를 취하는 착취 행위로 본 것입니다. 그런데 교부들이 볼 때 그보다 더 사악한 것은 바로 시간의 착취였습니다. 시간의 흐름에 따라 프리미엄, 즉 이자를 받는 그 끔찍한 행태가 바로 그것입니다. 달리 말한다면 신이 주신 만인 공동 소유의 시간을 갖고 누구는 이익을 취하고 누구는 손해를 보는 행태 말입니다."

"탁견입니다." 나프타의 말을 듣고 있던 한스 카스토르프가 흥분해서 세템브리니가 누군가를 칭찬할 때 쓰는 말을 흉내 내어 외쳤다. "시간이 신이 주신 만인 공동의 신성한 것이라……, 정말로 너무 중요한 말씀입니다."

"물론이지요." 나프타가 말을 이었다. "지극히 인도적인 교부들은 금전의 자동적 증가를 혐오의 대상으로 삼았고, 모든 이자 거래와 투기를 고리대금업이라는 개념으로 묶었습니다. 그리고 부자는 모두 도둑이거나 도둑의 상속인이라고 선언했습니다. 토마스 아퀴나스가 그랬듯, 이들은 한 걸음 더 나가 이익을 얻기 위해 물건을 사고파는 상거래 전체를 수치스러운 일로 간주했습니다. 그들은 노동 자체를 높이 평가하지 않았습니다. 그것은 윤리적인 것에 속하기에 종교적인 문제가 아니며 신을 섬기는 행위가 아니라 생활 자체를 위한 것이기 때문입니다. 그리고 그 경우 인정하고 존중해야 할 것은 그 노동에 의해 무엇이 생산되었느냐는 생산 활동 자체라고 했습니다. 따라서 그들이 보기에 존중받아야 할 사람들은 상공업자가 아니라 노동자와 농민이었습니다. 이들은 필요한 만큼 생산했지 대량 생산을 하지 않기 때문입니다. 이 원칙과 기준은 수 세기 동안 무시되다가 현대 공산주의 운동에 의해 부활했습니다. 국제 산업과 금융에 맞서 국제 노동이 세계를 지배해야 한다고 선언한다는 점에서 둘은 완벽히 일치합니다. 그것이 바로 프롤레타리아 지배 세계로서 자본주의적 부르주아의 부패한 기준에 맞선다는 점에서 인도주의적 신정 정치의 이상과 정확히 일치합니다.

우리 시대가 구원의 수단으로 요구하고 있는 프롤레타리아 독재는 지배 자체를 위한 지배도 아니고 영원히 그 독재를 지속시키겠다는 것도 아닙니다. 그것은 십자가의 이름하에 정신과 권력 사이에 존재하는 모순을 잠정적으로 폐기한다는 뜻입니다. 세계를 지배함으로써 세계를 극복한다는 의미입니다. 그 안에는 초월성과 과도기성, 즉 신의 왕국이라는 의미가 들어 있습니다. 프롤레타리아는 그레고리 1세의 과업을 떠맡은 것으로서 그 안에는 그레고리 1세의 종교적 열망이 불타오르고 있으니 손에 피를 묻히는 것을 두려워해서는 안 됩니다. 그들의 과업은 이 세상 치유를 위해 이 세상에 테러를 행하여 궁극적으로 인간의 구원과 해방을 완수하는 것, 인간을 신의 자식으로서의 원초적 상태, 즉 법도 계급도 없는 궁극적 자유에 이르게 하는 것입니다."

나프타의 열변을 듣고 세 사람은 잠시 아무 말이 없었다. 두 청년은 세템브리니를 향해 고개를 돌렸다. 이제 그가 나설 때임을 느끼고 있었던 것이다. 세템브리니가 입을 열었다.

"놀랍습니다. 충격을 받은 걸 인정합니다. 이런 말이 나올 줄은 정말 몰랐습니다. '로마는 말했노라!' 그런데 그 말의 뜻이! 나프타 씨는 우리 눈앞에서 성직자의 곡예를 선보였습니다. 성직자와 곡예라는 단어가 모순처럼 보이지만 당신 말 속에서 그런 모순이 잠시 허락된 셈이더군요. 그래요! 다시 말하지만 놀라운 일입니다. 자, 교수님, 오로지 그 모순의 관점에서 당신 이야기에 의문을 제기해보겠습니다. 당신은 바로 몇 분 전에 기독교 개인주의가 신과 이 세상 간의 이원론적 대립에 토대를 두고 있음을 우리에게 납득시키려 애썼습니다. 그리고 신이 모든 정치적 도덕에 우선한다고 말했습니다. 그런데 얼마 지나지도 않아 당신은 사회주의를 옹호하며 독재와 공포 정치를 찬미하고 있습니다. 이 두 논변이 어떻게 조화를 이룬다는 겁니까?"

"대립되는 것들은 서로 일관성을 이루는 법입니다. 중간에 있는 것, 이것도 아니고 저것도 아닌 것만이 앞뒤가 맞지 않는 법입니다. 내가 이미 지적했듯 당신의 개인주의는 결함투성이입니다. 그것은 나약함의 고백일 뿐입니다. 그것은 이교도적인 국가 도덕에 약간의 기독교주의, 약간의 인간의 권리, 소위 약간의 자유를 가미해서 약간의 수정을 가하자는 것일 뿐이며 그것이 전부입니다. 개인의 영혼이 우주적인, 그리고 점성술적인 관점에서 중요하다는 인식으로부터 출발한 개인주의, 달리 말해 사회적이 아니라 종교적인 개인주의는, 인간적인 것을 자아와 사회 간의 갈등으로 보지 않고 자아와 신 간의 갈등, 살(肉)과 영혼 간의 갈등으로 봅니다. 그러한 진정한 개인주의는 당신의 어정쩡한 자유주의가 아니라 가장 구속력이 강한 공산주의와 훌륭하게 조화를 이룰 수 있습니다."

"익명이면서 동시에 공동체적인 것이로군요." 한스가 말했다.

그러자 세템브리니가 그를 빤히 쳐다보며 말했다.

"엔지니어 양반, 당신은 좀 잠자코 있어요. 당신은 배우려고만 해요. 당신 의견을 말하지 말고."

그는 다시 나프타를 향해 말했다.

"최소한 답은 되는 셈이로군. 하지만 석연치 않아요. 자, 그로부터 도출될 결과들에 대해 생각해봅시다. 당신네 기독교 공산주의는 공업을 부정함으로써 기술, 기계, 물질적 진보를 부정해요. 그리고 당신들은 돈과 재정, 고대 사회에서 농업이나 수공업보다 높이 평가되었던 상업을 부정함으로써 자유도 부정하는 셈입니다. 그렇게 되면 중세와 마찬가지로 공적이건 사적이건 모든 사회관계가 토지에 얽매이게 되리라는 것은 불을 보듯

뻔하니까요. 이런 말을 입 밖에 내는 게 좀 꺼림칙하긴 하지만 개인의 인격도 토지에 얽매이게 됩니다. 토지만이 사람을 먹여 살릴 수 있게 된다면 토지를 소유해야만 자유를 얻을 수 있으니까요. 농부의 지위가 아무리 존중받는다 할지라도 토지를 소유하고 있지 못하면 토지를 소유한 자의 피소유물이 되어버립니다. 실제로 중세 말기에 이르기까지 인구의 대부분, 심지어 도시에 사는 사람들까지 노예 신분이었어요. 당신은 당신의 논리를 펴면서 인간 존재의 존엄성에 대해 수차례 언급했습니다. 하지만 당신은 개인으로부터 자유와 존엄성을 앗아갈 경제 체제가 도덕적이라고 옹호하고 있군요."

그러자 나프타가 대답했다.

"존엄성과 존엄성의 상실에 대해서는 아주 많은 논의가 필요할 것입니다. 하지만 지금으로서는 자유라는 것이 그저 멋진 제스처가 아니라 진지한 문제라는 것을 당신이 알게 된 계기가 되었다면 만족하겠습니다. 당신은 기독교 도덕이 제아무리 훌륭하고 온화해 보여도 결국 예속적이라고 확신하고 있습니다. 반면에 나는 자유의 문제는—구체적으로 말한다면 결국 도시의 문제이겠지만—보다 드높은 윤리적 문제였다는 것, 그 문제는 역사적으로 상업적 도덕의 비인간적인 타락과 관련이 있다고 보고 있습니다. 즉 현대 산업주의와 투기가 빚어낸 온갖 참혹한 결과들 및 돈과 금융업이 악마적으로 세상을 지배하게 된 것과 연관이 있다고 보고 있습니다."

"나프타 씨! 나는 당신이 그렇게 회의(懷疑)와 이율배반의 동굴에 숨지 말고 스스로 가장 음험한 반동(反動)의 편에 있다고 솔직히 밝히기를 권합니다."

"'반동'이라는 개념에 대한 두려움으로부터 자유로워지는 것이 참된 자유와 인간애에 도달하는 첫걸음일 것입니다."

"나프타 씨! 이제 그만합시다." 세템브리니가 자리에서 일어나며 말했다. "오늘은 이것으로 충분합니다. 이만하면 하루치로 충분합니다. 교수님, 맛있는 다과를 대접해준 데 대해, 또한 매우 정신적인 대화를 나눌 수 있게 해준 데 대해 감사합니다. 베르크호프에서 온 이 젊은이들은 요양하러 돌아가야 하고, 그전에 저 위의 내 골방을 구경시켜줘야 합니다. 자, 두 분 갑시다. 안녕히 계십시오, 신부님."

한스는 그 호칭에 눈썹을 치켜올렸다. 아니, 그를 신부라고 부르다니!

작별 인사를 하며 나프타는 두 젊은이에게 언제 다시 한번 찾아와 달라고 당부했다. 그 집에서 나오면서 한스는 『인간 조건의 비참함에 대하여』라는 책을 잊지 않고 빌렸다.

셋은 세템브리니의 다락방으로 갔다. 방이라고 부르기도 어려운 곳이었지만 그래도 다락에는 방이 둘 있었고, 바로 이 방에 공화제적 자본주의자가 거주하고 있었다. 이 방들이 백과사전의 '고통의 사회학' 중 문학 부문 담당자인 세템브리니의 집필실과 침실로 사용되고 있었다. 초라한 서재와 침실을 둘러보며 두 청년은 아늑하다고 말해주었다. 실제로 한스는 인간의 고통을 제거한다는 목적으로 세템브리니가 집필에 몰두하고 있는 서재를 바라보며 이곳이 정말 세상과 따로 떨어져 있어 아늑하다는 느낌을 받았다. 세템브리니는 탁자와 책상과 의자가 아버지로부터 물려받은 것이며 특히 의자는 할아버지가 변호사 활동을 하던 시절 밀라노 사무실에서 쓰던 것이라고 말했다. 한스는 그 의자를 보자 그것이 무슨 정치적 선동성을 띤 것 같다는 느낌을 받았다.

이윽고 세 사람은 함께 다락방에서 나왔다. 문필가가 그의 친구들에게 그들의 거처까지 배웅해주겠다고 제안한 것이다.

세 사람은 잠시 아무 말 없이 걸음을 옮겼다. 하지만 마음속으로는 모두 나프타의 말을 새기고 있었으며 한스는 무언가 기다리고 있었다. 그는 세템브리니가 동숙인에 대해 뭔가 할 말이 있으며 그 때문에 자기들과 동행했음을 확신하고 있었다. 그의 예상은 빗나가지 않았다. 세템브리니는 길게 호흡을 고르더니 입을 열었다.

"여러분, 두 분께 경고하려 합니다."

한스는 짐짓 시치미를 떼고 "뭘 말입니까?"라고 되물었다.

"우리가 방금 방문했던 그 인물 말입니다. 그 인물과의 교제가 젊은이들에게 얼마나 큰 해악을 미칠 것인지 경고해주는 것이 내 의무라고 생각해서입니다."

"하긴, 무엇이 그렇게 위험한지는 모르겠지만 뭔가 섬뜩한 기분이 들었던 것이 사실입니다." 한스 카스토르프가 말했다. "마치 태양이 지구 주위를 돈다고 주장하는 것처럼 들렸거든요."

"그는 논쟁을 좋아하고 나도 논쟁을 좋아하다 보니 그 사람과 자주 이야기를 나누게 되었어요. 이 일대에 그럴 만한 사람이 그 사람밖에는 없거든요. 사실은 그와 논쟁을 하면서 그 사람 생각이 나와 적대적이라는 것을 알게 되었고, 바로 그 이유 때문에 더욱더 그와 만나고 싶어집니다. 사상적 신념은 논쟁 없이는 공고해지기 어려운 법이니까요. 하지만 당신들은 무방비 상태에 놓여 있기 때문에 반은 광기에 서려 있고 반은 악의적인 그의 궤변의 영향으로 당신들의 지성과 영혼이 위험에 처할 수 있습니다."

"그래요. 우리는 '인생의 걱정거리 자식'이니까요. 하지만 그
가 하는 말은 경청할 가치가 있는 것 또한 사실입니다. 예컨대
시간의 경과로 인해 그 누구도 이득을 취해서는 안 된다는, 시
간에 대한 공산주의적 발상은 아주 탁월한 것이었습니다. 그런
이야기는 나프타의 입을 통하지 않고는 그 누구에게서도 들을
수 없는 것이었습니다."

세템브리니는 잠시 당황한 표정을 지었다. 그러자 한스가 말
했다.

"제가 나프타 씨에 대해 완전히 호감을 갖고 있다는 뜻은 아
닙니다. 오히려 그 사람에 대한 의문점이 많습니다. 당신이 설
명 좀 해주시면 좋겠습니다."

"어디 말해봐요."

"그 사람은 돈을 비난하고 사유 재산이 절도 행위라고 비난
했습니다. 중세의 이자 금지 제도에 대해 극찬을 했고요. 그런
데 나프타 씨 자신은……, 이런 말을 하긴 뭣 하지만……, 그
의 방에 발을 들여놓으면 정말로 눈이 휘둥그레질 수밖에 없
고……, 온통 비단으로……."

"맞아요. 바로 그거예요." 세템브리니가 미소를 지으며 말했

다. "그게 바로 그의 취향이니까. 하지만 개인적으로 보자면 그는 나와 마찬가지로 돈을 지닌 자본가가 아닙니다."

"무슨 뜻이지요?" 한스가 되물었다.

"그래요. 그들이 그들의 동지가 궁핍하게 지내도록 내버려두지 않는 겁니다."

"그들이라니요?"

"신부들이요."

"신부들이요? 무슨 말씀이신지?"

"그렇습니다. 예수회를 말하는 겁니다."

한동안 침묵이 흘렀다. 사촌들은 너무나 놀란 모양이었다. 한스가 외쳤다.

"아니, 그럴 수가! 그럴 리가요! 그가 예수회 수도사란 말입니까?"

"맞아요."

"이런, 그런 건 꿈에도 생각하지 못했는데……. 그래서 아까 그를 신부님이라고 불렀군요."

"좀 정중하게 과장한 거지요. 그는 아직 신부가 아니에요. 병 때문에 신부가 될 수 없었지요. 수련기를 마치고 최초의 서원을 한 상태이지요. 그런데 병 때문에 부득이 신학 공부를 중단

할 수밖에 없었어요. 그가 이 위에 온 지도 벌써 5년이 되었어요. 언제 이곳을 떠나게 될지 알 수 없지만 어디에서 살든 생활에는 지장이 없어요. 그가 개인적으로 가난하다고 한 것은 사실입니다. 하지만 예수회는 막대한 재산을 보유하고 있어서 회원들의 생활은 철저히 보장해주고 있습니다."

"그래요? 정말 몰랐습니다. 그렇다면 한 가지 더 묻겠습니다. 그런 막대한 지원을 받고 있다면 좀 더 좋은 곳에 살지 않고 왜 그런 누추한 곳에 살면서 집 안만 화려하게 꾸미고 있는 거죠?"

"당연한 거지요. 그렇게 함으로써 자신은 자본가적 취향이 아닌 척 스스로를 속이는 겁니다. 정문은 아주 보잘것없이 해놓음으로써 반자본주의적 양심을 달래주는 것이지요."

"잘 알겠습니다. 하지만 세템브리니 씨, 솔직히 말씀드리겠습니다. 나는 그 사람을 피하고 싶지 않습니다. 그 사람을 계속 만나고 싶습니다. 나는 그가 '진짜 예수회 수도사'인지 궁금합니다. 그가 근대 공산주의에 대해 말한 것, 손에 피를 묻힐 수밖에 없다고 말한 것에 비해볼 때 시민의 창을 든 당신 할아버지는 순수한 어린 양에 불과하다고 여겨집니다. 나는 그런 과격한 그의 말이 과연 예수회의 공식 입장인지 궁금합니다. 그는

과연 윗선들의 승인을 받고 그런 말을 하는 걸까요? 그의 견해
는 예수회의 공식 입장과 일치하는 걸까요? 그의 말은 예수회
입장에서 보더라도 이단적이고 불순하며 탈선적인 것 아닐까
요? 그 점에 대해서 어떻게 생각하시는지 당신의 의견을 듣고
싶습니다."

세템브리니는 미소를 지었다.

"아주 간단해요. 나프타 씨는 무엇보다 진짜 예수회 수도사
입니다. 조금도 의심할 바 없습니다. 또한, 아주 지적인 사람입
니다. 그렇지 않다면 나는 그와 교제하지 않았을 겁니다. 그는
그 뛰어난 머리로 이념의 새로운 결합, 적응, 연결을 시도하고,
시대에 맞는 변용을 추구하고 있습니다. 실은 나도 아까 깜짝
놀랄 정도였으니까요. 이제까지 그런 이야기는 들어보지 못했
거든요."

그런 식으로 이야기를 나누는 동안에 그들은 요양원에 도착
했다. 헤어지기 전에 세템브리니가 다시 두 사촌에게 말했다.

"젊은 친구들, 거듭 경고합니다. 이제 와서 그와의 교제를 막
겠다는 생각은 없어요. 호기심에서라도 당신들은 그를 만날 테
니까요. 하지만 당신들의 마음과 정신을 의혹으로 무장하고 비
판적인 정신으로 그에게 맞서야 합니다. 당신들을 위해 그가

제6장

79

어떤 사람인지 한마디로 요약해주지요. 그는 음탕한 사람이며 관능에 빠져 있는 사람입니다."

그 말에 사촌들은 미간을 찌푸렸다. 세템브리니의 말을 수긍할 수 없던 때문이었다. 잠시 침묵 후 한스가 물었다.

"뭐라고요? 하지만 그는 수도회 회원입니다. 분명 서약을 했을 텐데……, 게다가 그는 몸집도 작고 허약하지 않습니까?"

"엔지니어 양반, 어리석은 말을 하는군요. 내가 말한 것은 육체적 의미에서가 아니라 정신적인 의미에서입니다. 우리 언젠가 죽음과 삶에 대해, 삶의 조건이자 부속물로서의 죽음의 존엄성에 대해 이야기를 나눈 적이 있지요? 그리고 죽음을 하나의 독립적인 원칙으로 내세우게 되자마자 죽음은 기괴한 게 되고 만다는 이야기를 나누었지요?

젊은이들이여, 정신이 주권자라는 것을 마음에 새겨 놓아요. 정신의 의지는 자유롭고 도덕적인 세계를 규정해요. 그러한 정신이 죽음을 이원론적으로 고립시켜 놓으면 바로 그 정신의 의지에 의해 죽음은 실제로 '실재'가 됩니다. 내 말 이해하겠어요? 죽음이 삶에 대립되는 힘, 실제적인 힘, 유해한 원칙, 커다란 유혹이 된다는 말입니다. 죽음의 왕국은 살(肉)의 왕국입니다. 왜 살의 왕국인지 묻고 싶겠지요? 이렇게 답해주겠어요. 죽음은 우리를 풀어놓고 해방해주기 때문입니다. 죽음은 해방이기 때문입니다.

하지만 악으로부터의 해방이 아니라 악에 의한 해방입니다. 죽음은 관습과 도덕을 느슨하게 하고 인간을 규율과 제약으로부터 자유롭게 하며 마음껏 음탕할 수 있게 놓아줍니다. 내가 그 인물에 대해 경고하고 그를 대할 때 이중, 삼중으로 비판적 경계심을 늦추지 말라고 충고하는 것은 그의 사상들이 관능적이기 때문이며 죽음의 비호하에 있기 때문입니다.

내가 전에 말했듯, 엔지니어 양반, 죽음은 가장 방종한 힘입니다. 그것은 문명과 진보에 적대적이고 노동과 삶을 방해하는 힘입니다. 내가 이 말을 두 분에게 하는 것은 교육자의 가장 고상한 의무는 이러한 악마의 숨결로부터 젊은이들의 영혼을 지키는 일이기 때문입니다."

그 누가 세템브리니보다 더 훌륭하고 명쾌하게, 그리고 완벽하게 말을 할 수 있을 것인가? 두 젊은이는 그의 말에 진심으로 감사를 표하며 작별 인사를 하고 요양원 현관으로 들어갔다.

요아힘, 탈주하다

어느새 8월이 왔고 우리의 주인공이 이 위에 온 지 1년이 되는 날도 슬쩍 지나가버렸다. 7월에는 청명하고 따뜻한 날씨가 계속되더니 8월이 되자 날씨가 나빠져서 진눈깨비가 내렸고 눈이 내리기 시작했다.

그러던 어느 날이었다. 한스는 요아힘에게서 무언가 이상한 것을 느꼈다. 그가 창밖을 내다보면서 뭔가 언짢은 표정을 짓는 것을 보았던 것이다. 한스는 이렇게 계절이 뒤죽박죽이니 요아힘이 그런 기분에 젖는 것도 당연하겠다고 생각했다. 순간 요아힘이 마치 그의 생각을 읽은 듯 말했다.

"너는 날씨뿐 아니라 이곳의 모든 상황을 당연히 받아들이고 만족하고 있는 것 같아. 아니야. 이제 지쳤어. 진저리가 나! 정말 고약해! 모든 게 치사하고 썩었고 구역질 날 정도로 비열해! 나는……, 이제 나는……."

그는 서둘러 밖으로 나가더니 문을 쾅 하고 닫았다. 한스가 잘못 본 게 아니라면 그의 아름답고 부드러운 눈에 눈물방울이 비치고 있었다.

한스는 너무 당혹해서 그대로 서 있었다. 한스는 요아힘이 자신의 결심을 공공연히 말로 비장하게 통고하면 오히려 그것을 심각하게 받아들이지 않았다. 하지만 이 군인이 자신의 결심을 그런 식으로 나타내자 그가 자신의 결심을 확고히 실행에 옮기리라는 것을 느끼고 당황하지 않을 수 없었다. 그는 요아힘이 자신을 이곳에 홀로 두고 떠난다는 게 가능한 일인지 순간적으로 생각해보았다. 자신을 문병하기 위해 찾아온 나를 이곳에 두고?

'그렇게 된다면 나는 영원히 이곳에 남게 될 거야. 나 혼자서는 돌아갈 길을 찾지 못할 테니……. 오, 생각만 해도 숨이 멎을 것 같다.'

한스는 두려움에 떨며 그런 생각에 젖었다. 그런데 바로 그날 오후 모든 것이 확실해졌다. 요아힘 스스로 주사위는 던져졌고 다리는 불타버렸다고 선언한 것이다.

차를 마신 뒤 둘은 매달 정기 검진을 받으려고 지하실로 내려갔다. 진료실에 들어서자 크로코브스키 박사는 사무용 책상에 앉아 있었고 베렌스 원장은 창백한 얼굴로 팔짱을 낀 채 한손에 들고 있는 청진기로 자신의 어깨를 두드리고 있었다. 뭔가 우울한 기색이었다.

그는 요아힘을 진찰하고 나서 청진기를 주머니에 넣고 커다란 왼손으로 두 눈을 비볐다. 이어서 그는 판에 박힌 이야기를 늘어놓았다.

"자, 침센 군, 기운을 잃지 말아요. 아직 좀 더 좋아져야 해요. 그렇다고 비관할 필요는 없어요. 처음 이곳에 왔을 때보다는 상태가 나아요. 이제 대여섯 달만 있으면……."

"원장님!" 베렌스가 말을 끝내기도 전에 요아힘이 입을 열었다. "드릴 말씀이 있습니다. 죄송한 말씀이지만 저는 이곳을 떠나기로 결심했습니다."

"뭐라고요? 여길 떠나겠다고요? 나는 당신이 나중에 건강한 몸으로 저곳에 가서 군인이 되리라고 생각했는데요."

"아닙니다. 바로 떠나야겠습니다. 일주일 안으로 말입니다."

"내가 제대로 알아들은 건가요? 섶을 지고 불 속으로 뛰어들겠다고요? 도망치겠다는 겁니까? 스스로를 포기하겠다고요?"

"아닙니다. 나는 절대로 그렇게 보지 않습니다. 부대에 합류하겠습니다."

"앞으로 6개월이 지나면 돌려보내겠다고 하는데, 그러기 전까지는 절대로 돌려보낼 수 없다고 하는데도 말입니까?"

요아힘의 태도는 점점 더 확고해졌다. 그는 배에 힘을 주며 짤막하게 대답했다.

"제가 이곳에 온 지 1년 반이 넘었습니다. 원장님, 더 이상 기다릴 수 없습니다. 원장님은 처음에는 3개월이라고 말씀하셨습니다. 그런 뒤 3개월, 6개월 계속 연장되었습니다. 그런데도 나는 아직 치료가 되지 않았습니다."

"그래, 그게 내 잘못인가요?"

"그럴 리가요, 원장님. 하지만 더 이상 기다릴 수 없습니다. 군대에 들어갈 기회를 놓치지 않으려면 치료가 될 때까지 마냥 기다리고만 있을 수는 없습니다. 입대 준비를 하려면 지금이라도 당장 내려가야 합니다."

"당신, 가족의 양해는 받고 하는 행동인가요? 가족이 동의했나요?"

"어머니가 허락해주셨습니다. 이미 다 끝난 일입니다. 나는 10월 1일까지 사관후보생으로 76연대에 입대하게 되어 있습니다."

그러자 원장이 갑자기 표정을 누그러뜨리며 말했다.

"좋아요, 침센 군. 그렇다면 떠나도록 해요. 좋은 여행이 되기를! 모든 것은 당신의 책임입니다. 군대 복무는 야외에서 하게 되어 있으니 그것이 당신 몸에 좋을 수도 있겠지요. 자, 그렇다면 민간인인 당신은 어떻게 하실 건가요, 한스 카스토르프 씨.

제6장

85

당신도 함께 떠날 건가요?"

한스는 심장 고동 소리가 늑골까지 올라오는 것을 느끼며 대답했다.

"저는 원장님의 의견에 따르겠습니다."

"내 의견이라? 좋아요."

이어서 원장은 한스를 진찰한 후 말했다.

"당신은 가도 좋아요."

한스는 더듬거리며 말했다.

"원장님 말씀은……, 그러니까……, 제가 치료가 되었다는 말씀이신지?"

"그렇습니다. 당신은 치유되었습니다. 왼쪽 폐엽(肺葉)은 이제 문제될 것 없습니다. 열은 그것과는 상관없습니다. 왜 열이 나는지는 나도 잘 모르겠지만 그다지 걱정할 필요가 없습니다. 당신은 가도 됩니다."

"하지만 원장님, 지금 그 말씀이 진심으로 하시는 말씀인지……."

"진심이 아니라고요? 대체 왜 그런 말을 하는 거요! 도대체 무슨 생각을 하는 거요! 나를 대체 어떻게 생각하는 거요? 어디 좀 들어봅시다. 나를 대체 어떻게 여기는 거요? 갈봇집 포주로 생각하는 거요?"

그는 분노하고 있었다. 혈색이 분노로 보랏빛으로 변했으며 머리를 들이밀고 있는 모습이 마치 황소 같았고 축축한 두 눈에는 핏발이 서 있었다.

"그런 식으로 말하지 말아요!" 그가 울부짖듯 말했다. "우선, 나는 이곳 소유주가 아니에요! 나도 피고용인이란 말이오! 나는 의사예요! 그저 의사일 뿐이란 말이오! 알아듣겠어요? 나는 뚜쟁이가 아니란 말이오! 나는 고통에 빠진 사람들을 도와주는 봉사자란 말이오! 나를 다른 식으로 생각했다면 두 사람 다 사라지든지, 꺼지든지, 파멸하든지 마음대로 해요! 어쨌든 둘 다 즐거운 여행이 되길 바라오!"

두 사람은 구원을 청하듯 크로코브스키 박사를 바라보았지만, 그는 서류에 두 눈을 박은 채 꼼짝도 하지 않았다. 사촌들은 서둘러 옷을 입고 밖으로 나왔다.

밖으로 나오자마자 한스가 요아힘에게 말했다.

"야, 정말 무섭네. 전에도 저렇게 화를 낸 적이 있었어?"

"아니, 저런 적은 없었어. 암튼 너도 봤지? 내가 단호하게 말하니까 그가 주장을 굽혔잖아. 말하자면 이제야 허락을 받은 거지. 나는 이제 일주일만 지나면 떠날 거야. 3주 후면 입대할 거고."

요아힘의 목소리는 기쁨에 떨리고 있었다. 하지만 그는 한스의 문제에 대해서는 한마디도 않은 채 자신의 이야기만 했고 한스는 조용히 침묵만 지켰다. 방에 도착한 그는 안정 요양을 위한 준비를 마치고 접이식 침대에 드러누웠다.

비구름이 낮게 드리워져 있었고 요양원 시설의 깃발이 깃대를 감싸고 있었으며 은빛 전나무 가지 위에는 잔설이 쌓여 있었다. 한스는 홀로 편안하게 누워서 모든 것을 한가롭게 생각할 수 있다는 것을 축복으로 알고 감사하는 데 익숙해 있었다.

요아힘이 떠나는 것은 이제 결정되었다. 라다만토스가 그를 놓아준 것이다. 그가 건강한 몸이 되었기에 정식으로 석방한 것이 아니라 요아힘의 결심이 단호한 것을 알고 마지못해 석방한 것이다. 요아힘은 협궤 열차를 타고 호수를 지나, 독일을 횡단한 다음 집으로 돌아갈 것이다. 그런 후 그는 저 낮은 곳에서 체온 재는 법, 담요를 두르는 법, 침낭 사용법, 하루 세 번의 산책 등에 대해 아무것도 모르는 사람들 틈에서 살아갈 것이다.

"불가능해. 그건 불가능한 일이야"라고 한스 카스토르프는 중얼거렸다.

하지만 그것이 불가능하다고 해서 그가 요아힘 없이 이곳에서 홀로 살아가야 하는가? 그렇다. 그럴 수밖에 없게 되었다. 얼마나 오래? 베렌스가 완치되었다며 놓아줄 때까지이다. 오늘처럼 기분이 상해서가 아니라 진심으로 석방해줄 때까지이다. 그것이 언제가 될지는 알 수 없는 노릇이었다. 그때가 되면 지금 불가능하다고 느끼는 일이 가능하게 될까? 아니다. 오히려 더 불가능하게 될지도 모른다.

그럼에도 불구하고 한스는 요아힘과 함께 그곳을 떠나지 않았다. 한스는 요아힘이 군인이기에 그런 '탈주'가 가능하다고 생각했다. 자신은 민간인이기에 그런 결심이 불가능하고 게다가 그는 언제 돌아올지 모를 쇼샤 부인을 기다려야 했다.

이윽고 요아힘은 출발 준비를 시작했다. 그는 원무과에서 마지막 계산을 마치고 출발 일자 며칠 전부터 짐을 꾸리기 시작했다. 그리고 드디어 출발 전날 두 의사와 간호사들에게 작별 인사를 했다. 그리고 유난히 맑은 다음 날 그는 모두와 작별하고 그곳을 떠났다.

요아힘은 한스 카스토르프와 작별 인사를 하면서 평소처럼 '자네'나 '너'라는 호칭 대신 '한스'라고 이름을 불렀다. 한스는 약간 당혹스러운 기분이었다. 그런 그에게 요아힘은 "곧 뒤따라 와야 해"라고 말하고는 그곳을 떠나갔다.

제6장

공격, 그리고 격퇴

시간의 수레바퀴는 굴러갔다. 야생 난과 매발톱꽃을 비롯해 꽃들도 져버렸다. 이곳 사람들은 동지(冬至)와 크리스마스가 벌써 가까워졌다고 느꼈는지 모르지만 아직은 화창한 10월 날씨가 이어지고 있었다.

요아힘이 떠나고 난 뒤 한스 카스토르프의 생활에는 당연히 변화가 찾아왔다. 우선 그의 식탁이 바뀌었다. 원무과에서 그에게 다른 자리를 지정해준 것이다. 그는 러시아인들의 식탁과 이전에 앉았던 식탁 사이에 있는 식탁에, 더 정확히 말하자면 세템브리니가 앉았던 자리에 앉게 되었다. 이제는 공석이 된 휴머니스트의 자리에 앉게 된 것이다. 그와 자리를 함께 하게 된 사람들에 대한 자세한 이야기는 줄이기로 하자. 다만 그는 새롭게 어울리게 된 식탁 동료들 가운데 두 사람과만 개인적인 친분을 맺었고 그중에서도 왼쪽에 앉은 페테르부르크 출신의 안톤 카를로비치 페르게와 친하게 지냈다는 이야기만 덧붙이자. 한스는 이따금 규정된 산책을 그 사람과 함께 하기도 했다. 또 한 사람은 페르디난트 베잘이라는 남자였는데, 그는 전에 쇼샤 부인을 향해 욕정이 담긴 눈초리를 보내곤 하던 바로 그 만하임 출신 청년이었다. 그는 마치 한스를 섬기는 듯한 태도로 한스와 가깝게 지내려고 애를 썼고, 한스는 가련한 그 사나이를 받아들여 가끔 산책에 동행하곤 했다.

우리는 이쯤으로 한스의 새로운 식탁 동료들 이야기는 줄이고 잠시 누군가가 그 자리를 점령했다가 이제 다시 공석이 된 그의 오른쪽 자리에 대한 이야기를 해보기로 하자. 그 자리에 잠시 앉았던 사람은 누구였을까? 그는 바로 한스 카스토르프의 외숙부인 제임스 티나펠이었다. 그는 한스가 전에 그러했듯이 손님으로서, 저 아래에서 온 친척으로서, 또한 저 아래에서 보낸 특사로서 그 자리에 잠시 앉아 있었던 것이다.

한스의 입장에서 보자면 언젠가는 닥칠 일이었다. 그는 오래전부터 저 아래 평지로부터 그런 진격 작전이 있으리라고 예상하고 있었다. 또한, 정찰 임무를 띠고 나타날 인물이 제임스 숙부이리라는 것도 정확히 예상하고 있었다.

한스가 그런 공격을 예상하고 있었다 할지라도 시기는 너무 빨랐다. 요아힘이 이곳을 떠난 지 2주 만에 숙부가 보낸 전보를 수위에게서 전해 받은 것이다. 제임스 숙부는 마침 볼 일이 있어 스위스에 온 김에 한스가 머물고 있는 고지를 둘러보기로 작정했다고 전보로 통고했다.

제6장

91

한스는 베렌스 원장에게 전보를 보여준 다음 원무과를 통해 숙부가 머물 방을 준비하게 하고—마침 요아힘이 머물던 방이 아직 비어 있었다—전보를 받은 다음다음 날 자신을 정탐하러 온 평지의 사자를 마중하기 위해 마차를 타고 도르프 역으로 향했다.

역에 도착한 티나펠 영사, 더 정확히 말해 부영사는 겨울 외투로 몸을 감싼 채 추위에 떨고 있었다. 10월 밤이었는데도 너무나 추웠던 것이다. 마차를 타고 오는 동안 한스는 이 고원의 장관(壯觀)에 대해 설명했고 별자리를 가리키며 별들의 이름을 일일이 가르쳐주었다. 숙부는 한스에게 어떻게 그렇게 별에 대해 정통하게 되었느냐고 물었고 한스는 사시사철 매일 밤 발코니에 누워 안정 요양을 한 덕분이라고 말했다.

"뭐야? 밤에 발코니에 누워 지낸다고?"

"그럼요. 숙부님도 그렇게 하시게 될 거예요. 그렇게 할 수밖에 없거든요."

"그래? 그럼 그렇게 하지." 제임스 숙부는 다소 당황한 듯이 말했다. "그런데 너는 하나도 춥지 않은 것 같구나."

숙부는 너무 추워 덜덜 떨고 있었다. 혀가 마비되어 잘 움직이지도 않는 것 같았다.

"우리들은 춥지 않아요." 한스는 짧게 대답했다.

한스는 평지 사람들의 안부를 묻지 않았다. 제임스가 평지 사람들의 안부를 전해도, 심지어 이미 입대해서 잘 지내고 있다는 요아힘의 안부를 전해도 그저 고맙다고만 할 뿐 더 이상 자세히 묻지 않았다.

제임스 숙부는 조카의 무심한 태도 때문인지, 혹은 오랜 여행 끝에 안정되지 못해서인지 뭔가 불안한 듯 막연히 주변 경관을 둘러보았다. 그는 깊은숨을 들이쉬며 경치가 장관이라고 칭찬했다. 그러자 한스가 대답했다.

"이곳이 그토록 유명한 데는 다 이유가 있어요. 이곳에는 이곳 고유의 특성이 있거든요. 잠재해 있는 사람들의 질병을 고치는 힘도 있지만 유기체를 자극하여 그 병을 표면에 떠오르게 하기도 하거든요. 말하자면 그 병이 의기양양하게 폭발하게 만들어주지요."

"뭐라고? 의기양양하게?"

"맞아요. 숙부님은 병이 터져 나올 때 뭔가 희열 같은 것, 온몸의 쾌감 같은 것을 느껴본 적이 없으세요?"

"물론 그런 적이 있지." 숙부는 턱을 달달 떨면서 서둘러 답했다. 그러면서 자신은 이곳에 일주일 정도 머물 것이라며 한스 카스토르프가 건강해 보이니 그때 자신과 함께 저 아래로 돌아갈 수 있지 않겠느냐고 말했다.

"뭐라고요, 숙부님? 그런 바보 같은 짓을 할 생각은 없어요." 한스가 말했다. "숙부님 말씀은 저 아래 사람들이 하는 말이에요. 이곳에 얼마간 머물며 이곳 생활을 둘러보고 익숙해지면 숙부님 생각도 바뀔 거예요. 이 위에서는 무엇보다 병을 철저히 고치는 것이 우선이며, 바로 그 철저함이 결정적으로 중요해요. 베렌스 원장은 제게 반년을 더 머물러야 한다고 했어요."

"얘야, 너 정신이 있는 거니? 휴가차 잠시 머문다는 것이 벌써 3개월의 다섯 배가 되었는데 앞으로 반년을 더 있어야 한다고? 도대체 그렇게 낭비할 시간이 어디 있니?"

그러자 한스가 별들이 떠 있는 하늘을 바라보며 웃었다.

"시간이라고요! 숙부님, 이곳에서 시간에 대해 말씀하시려면 우선 저 아래에서 가지고 계시던 시간에 대한 개념을 바꾸셔야 해요."

제임스 티나펠은 내일 당장 원장과 한스에 대해 상의하겠다고 말했고, 그사이 마차는 베르크호프 요양원에 도착했다.

한스가 제임스를 요아힘이 묵었던 방으로 안내했고, 얼마간 푹 쉰 뒤에 둘은 함께 식당으로 갔다. 원래 식욕이 좋았던 제임스는 긴 여행 덕분이었는지 평소보다 더 왕성한 식욕을 보였다. 식사를 하면서 제임스는 식탁에 앉은 사람들로부터 이곳의 환자들과 병에 대해 이런저런 이야기를 들었고 10시 반쯤 식탁에서 일어났다.

요아힘이 누워 있던 침대에서 편안하게 하룻밤을 지낸 제임스 티나펠은 다음 날 아침 식사 시간에 크로코브스키 박사를 대동하고 식탁 사이를 누비던 베렌스 원장을 만났다. 그런데 제임스를 본 베렌스가 그에게 말했다.

"조카의 말동무가 되어 주기 위해 이곳을 찾으신 건 정말 잘한 일입니다. 그런데 당신을 위해서도 아주 잘된 일입니다. 당신에게서 가벼운 빈혈 증세가 보이니까요."

"빈혈이라고요? 이 티나펠이 말입니까?"

"물론입니다." 베렌스는 그 말과 함께 집게손가락으로 제임스의 아래 눈꺼풀을 뒤집었다. "가볍다고 했지만 실은 심한 중증 빈혈입니다. 몇 주 동안 이곳 발코니에 누워 조카의 행동을 따라 하시는 게 현명할 것입니다. 가벼운 폐결핵에 걸렸다고 생각하고 지내시는 게 좋을지도 모르겠습니다. 언제라도 폐결핵이 나타날지 모릅니다."

제임스는 그 말을 남기고 떠나는 베렌스의 뒷모습을 멍하니 바라볼 수밖에 없었다.

식사 후 두 사람은 규정된 산책길에 올랐으며 산책에서 돌아온 뒤에 제임스는 한스의 지도를 받으며 요양 시간을 가졌다. 요양 침대에 누워 제임스는 이곳에서 벌어지는 일이 정말 이상하다는 생각을 했다.

이후 4~5일 동안 제임스는 한스가 이곳에 처음 왔을 때와 거의 비슷한 일상을 경험했다. 그중에는 물론 크로코브스키 박사의 강연 참관도 들어 있었다. 그리고 이곳에 온 지 엿새째 되는 날 베렌스 원장과의 면담이 있었다. 우리는 그 면담의 자세한 내용은 궁금해하지 않아도 될 것이다. 바로 그다음 날 영사는 새벽 첫차를 타고 저 아래 평지로 떠난 것이다. 그는 자신의 계산을 다 치르고—원장과의 면담에 대한 진료비도 포함해서—조카에게 말 한마디 없이 짐을 꾸렸다. 따라서 한스가 첫번째 아침 식사를 위해 숙부의 방에 들어갔을 때 방은 이미 텅비어 있었다.

얼마 후 숙부가 보낸 엽서가 한스의 손에 전달되었다. 제임스가 보덴 호수에 도착해서 보낸 엽서였다. 그 엽서에서 숙부는 사업상 빨리 내려오라는 전보를 받았다, 조카에게 폐를 끼치기 싫어 아무 말 없이 급히 내려오게 되었다고 적었다. 의례적인 거짓말임을 알 수 있는 내용이었다. 숙부는 '계속 베르크호프에서 즐겁게 지내기를 바란다'라고 썼는데 한스는 그 대목을 읽으며 혹시 조롱이 아닐까, 생각했다. 만일 그렇다면 그건 정직하지 못한 일이라고 한스는 생각했다. 한스가 보기에 그의 숙부는 이곳에 잠시 머무는 동안 조금도 농담이나 조롱을 할 만한 기분이 아니었다. 그는 심각했다. 그렇다. 그는 마음속 깊이 느끼고 있었다. 아니, 알고 있었다. 단지 이곳에 일주일만 머물러 있게 되더라도 저 아래 일을 그릇되거나 적절하지 못하다고 느끼게 될 것이고 저 아래 생활에 다시 적응하는 데 상당한 시간이 걸리리라는 것을. 아침 식사 후에 규정된 산책을 하고 와서 담요에 싸인 채 발코니에 누워 수평 생활을 하는 대신 사무실로 출근하는 일이 부자연스럽게 여겨지리라는 것을. 그 생각이 너무나 무서워서 그는 허겁지겁 이곳으로부터 획 날아가 버린 것이다.

이리하여 한스 카스토르프를 되찾으려는 저 평지의 노력은 수포로 돌아갔다. 우리의 젊은이는 이 임무의 완전한 실패로 인해 자신과 저 아래 세상 간의 관계가 결정적인 전환점을 맞았다는 사실을 군이 부인하지 않았다. 그것은 그가 저 아래 세상을 포기한 것을 뜻했고 그런 의미에서 그는 어깨를 한번 으쓱했다. 하지만 동시에 그것은 그가 완전한 자유의 몸이 되었음을 뜻하기도 했다. 그리고 그 생각 덕분에 그는 차츰차츰 오싹하는 전율에서 벗어날 수 있었다.

정신 단련

레오 나프타는 폴란드 남부 갈리시아와 우크라이나 북서부 볼리니아의 국경선 근처에 있는 어느 작은 마을에서 태어났다. 그가 존경한다고 말하는 그의 아버지는 마을의 도살업자였다. 하지만 그의 아버지는 노동자이자 상인으로서의 이교도적인 도살업자와는 완전히 달랐다. 그의 아버지는 공적인 업무를 수행하는 도살업자였고 종교적인 직무를 수행하고 있었다. 그의 아버지 엘리아 나프타는 종교적 경건성에 관한 랍비의 시험을 통과한 후, 모세의 율법에 따라 도살을 허락받은 가축을 탈무드의 규정에 따라 도살할 수 있는 권리를 부여받았다. 아들의 묘사에 따르면 엘리아 나프타의 푸른 눈에는 조용한 영성이 충만해 있었다. 또한, 그의 행동에서 느껴지는 장엄함은 가축 도살이 원래 옛적부터 사제의 직무였음을 상기시켰다. 어린 레오는 어릴 때부터 아버지가 마치 제의를 치르듯 가축을 도살하는 장면을 지켜보았다. 아버지의 눈길은 마치 감각적인 것을 통해 정신적인 본질을 캐묻는 것 같은 눈길이었다.

그는 아버지의 도살 행위를 보면서, 선량한 마음으로는 신성한 것에 제대로 경의를 표할 수 없으며 엄숙하면서도 무자비한 방법을 봄으로써만 신성한 것에 경의를 표할 수 있다고 느꼈다. 이리하여 그의 마음속에서 경건함은 잔인함과 결부되었으며 신성한 것, 영적인 것은 피가 분출되는 모습 및 피비린내와 결부되었다. 그가 보기에 아버지는 다른 백정들과 달리 그 일 자체에서 희열을 느끼고 그 직업을 택한 것이 아니라 영적인 이유에서, 그의 반짝이는 눈이 보여주는 그런 의미에서 택한 것이었다.

실제로 엘리아 나프타는 명상가이고 사상가였다. 그는 모세 오경과 율법서에 대해 연구도 하고 비평도 했으며 랍비와 토론도 했다. 그리고 종파적으로는 점성술을 행하는 이단 교파의 냄새를 풍겼다. 하지만 불행히도 그는 바로 그런 이교도적 신비주의적 경향 때문에 파멸을 맞았다. 기독교도의 두 아이가 의문의 죽음을 당하는 사건이 일어나자 격분한 민중들이 폭동을 일으켜 엘리아를 불붙은 그의 집 대문에 못 박아 죽인 것이다. 폐결핵을 앓고 있던 그의 아내는 어린 나프타와 네 명의 어린 남매들을 데리고 통곡하면서 고향을 떠났다.

그동안 엘리아가 모아둔 돈 덕분에 무일푼 신세는 겨우 면할 수 있었던 그들 가족은 오스트리아의 포라를베르크 지방의 한 작은 도시에 정착했다. 부인은 그곳 방직 공장에서 일자리를 얻어 체력이 허락하는 한 열심히 일했으며 아이들을 초등학교에 보낼 수 있었다. 하지만 학교에서 배우는 내용은 장남 레오에게는 부족하기 짝이 없었다. 그는 어머니로부터 폐병의 싹을 물려받았다. 그리고 아버지로부터는 빈약한 몸집과 함께 비범한 지능을 부여받았다. 그는 당연히 자신의 출신 계급에서 벗어나려고 비범한 노력을 했다. 14~5세 때부터 그는 학교에서 배우는 것 외에도 구할 수 있는 책은 다 구해서 지적 갈증을 채워나갔다. 그리고 그가 수업 시간에 보인 경건하고 지적인 태도를 눈여겨본 랍비 한 명이 그를 제자로 삼았다. 랍비는 레오에게 히브리어와 고전어를 가르쳤고 수학을 가르쳤다. 하지만 그 선량한 스승은 가슴속에 뱀을 키웠음을 곧 알게 되었다. 스승은 레오의 반항적인 기질, 비판과 회의에 대한 집착, 날카로운 논증에 이루 말할 수 없이 고통을 겪었으며 둘 사이에는 논쟁이 그치지 않았다.

게다가 레오가 오스트리아의 사회민주당 당원의 아들과 사귀게 되면서 레오는 정치에 관심을 갖게 되었고 그의 논리적 열정이 사회 비평으로 향하게 되었다. 이후 레오는 성실한 스승의 가슴에 못을 박는 열변을 자주 토한 결과 스승의 서재에서 쫓겨나는 신세가 되었다. 그리고 불행히도 그 무렵 그의 어머니가 폐병으로 세상을 떠났다.

그런데 어머니가 돌아가신 지 얼마 되지 않아 레오는 운터페르팅거 신부와 알게 된다. 열여섯 살의 레오가 공원 벤치에 홀로 앉아 라인강 유역의 골짜기를 내려다보고 있을 때 우연히 그 신부가 그 벤치에 함께 앉게 된 것이다. 그는 예수회가 운영하는 '금성학교'라는 기숙 학교의 교수였다. 소년과 이야기를 나누게 된 신부는 소년이 초라한 행색에 비해 무척 날카로운 논변과 뛰어난 지식을 지니고 있음을 알고 놀랐다. 마르크스가 화제에 오르면 레오는 보급판으로 읽은 『자본론』에 대해 자신의 견해를 피력했고, 헤겔이 화제에 오르면 날카로운 지적을 할 정도의 능력을 보였다.

타고난 역설적 성향 때문인지 혹은 상대방에 대한 예의 때문인지 레오는 헤겔을 '가톨릭 사상가'라고 불렀다. 그러자 신부가 미소 지으며 프로이센의 '국가 철학자'인 헤겔은 프로테스탄트로 알려져 있는데 어떻게 그럴 수 있느냐고 물었다. 그러자 레오는 바로 그 '국가 철학자'라는 표현이 비록 교리적인 의미에서는 아니지만 헤겔을 종교적으로 가톨릭 사상가로 간주할 수 있게 해준다고 답변했다. 소년은 정치라는 말과 가톨릭이라는 말은 개념적으로나 심리적으로나 동류에 속한다, 그 둘 다 객관적인 것, 실행 가능한 것, 경험적인 것들을 포괄하는 범주에 속한다고 말했다. 반대로 프로테스탄트는 신비주의에 뿌리를 두고 있는 경건주의에 속한다고 소년은 말했다. 소년은 예수회는 가톨릭의 정치적, 교육적 요소가 그대로 드러나 있다고 말하면서 바로 그 때문에 정치와 교육을 전문 분야로 삼고 있는 것이라고 덧붙였다. 그는 괴테를 예로 들면서 그가 프로테스탄트인 것은 분명하지만 그의 객관주의와 행동주의에 비추어보면 가톨릭적인 측면이 강하다고 말했다. 그리고 교육자로서는 거의 예수회 회원이나 마찬가지였다고 말했다.

신부는 소년의 견해가 옳고 그름을 떠나 그의 총명함에 마음이 끌렸다. 대화가 계속되면서 신부는 소년의 개인적인 사정에 대해서도 알게 되었다. 소년과 헤어지면서 신부는 소년에게 빠른 시일 내에 학교로 자신을 찾아오라는 말을 남겼다.

이리하여 레오는 '금성학교'에 입학하게 되었다. 학문적으로나 사회적으로나 평판이 높은 그 학교는 레오가 오래전부터 동경해오던 곳이었다. 두뇌가 명석한 유대인이 그러하듯이 나프타는 기본적으로 귀족주의자인 동시에 혁명주의자였다. 그는 사회주의자이면서 동시에 자부심에 가득 찬 고상한 삶, 폐쇄적이면서도 전통적인 삶을 꿈꾸고 있었으며 '금성학교'는 그의 꿈을 실현하기에 안성맞춤이었다. 그는 로마 가톨릭 교회야말로 반 세속적이고 반 현실적인 동시에 혁명적인 세력이라고 생각하고 있었다. 그는 정신적인 귀족주의자답게 어린 동생들을 냉정하게 빈민구제소에 맡겨버리고 기숙 학교로 옮겨 지내게 되었다. 어린 동생들의 수준은 그런 생활이 적합한 정도라고 생각한 것이다. 그는 입학과 동시에 가톨릭으로 개종했다.

레오는 학교에서 지극히 행복했다. 수업 시간에 그는 대단한 열의를 보였으며 신체가 허약했음에도 불구하고 체육 시간에도 남들에게 뒤지지 않으려 온 힘을 기울였고 매일 새벽 미사에도 빠지지 않았다.

수사학을 배우는 학년에 올라가자 레오는 예수회 회원이 되고 싶다는 뜻을 피력했고 뛰어난 성적으로 학교를 졸업한 뒤에 근처 티지스 수도원의 수련생으로 들어갔다. 그는 수련 생활을 하며 이전 어린 시절 과격한 사상에서 맛보았던 것과 같은 정신적 희열을 만끽했다.

그러던 중 그의 건강이 나빠졌다. 육체 단련도 충분히 할 수 있었으니 수련 생활 때문은 아니었다. 문제는 그 자신에게 있었다. 끊임없이 양심이란 무엇인가를 탐구하는 자세, 사색, 명상, 논쟁적 사고는 그에게 영혼의 안식을 허락하지 않았다. 게다가 그에게는 순수한 마음을 유지하는 데 필요한 동심(童心)이 결여되어 있었다. 그는 그의 지도 신부가 권하는 영혼의 안식을 자신의 삶을 무기력하게 마비시키고 단순한 도구로 전락시키는 무덤 속의 평화로 보았다. 그리고 주변 수도사들의 표정에서 찾아볼 수 있는 공허한 모습이 바로 그 징후라고 판단했다. 그는 스스로 육체적 파멸의 길을 걷지 않고는 그가 추구하는 진정한 평화를 얻는 것이 불가능하다고 생각했다.

하지만 그의 열의, 그의 재능, 그의 신앙심들이 인정받아 2년간의 수련기가 끝나자 교구장이 그를 불러 예수회 회원으로 받아들이겠다고 말했다. 이리하여 젊은 스콜라 철학자는 서원을 마치고 정식 예수회 회원이 되었고 신학 공부를 계속하기 위해 네덜란드의 팔켄베르크 신학대학으로 떠났다.

그 무렵 나프타의 나이는 스무 살이었다. 그리고 3년간 그곳에 머무는 동안 어머니에게서 물려받은 폐병이 도졌다. 그가 각혈하며 기절까지 하자 놀란 신부들은 그를 다시 '금성학교'로 되돌려 보냈다. 그리고 그는 자신의 모교에서 학생감 겸 고전 문학과 철학 교수로 봉직하게 되었다. 하지만 그는 병 때문에 신학 공부를 계속할 수 없었기에 부제와 사제 서품에 이르지 못했다. 그리고 그가 각혈을 계속했기에 예수회 부담으로 이곳 베르크호프로 요양을 와서 6년간 머물게 된 것이었다. 그리고 이제는 이곳에서 요양 생활을 한다기보다는 가벼운 결핵 환자 소년들에게 라틴어를 가르치며 지내고 있었다.

몇 가지 자세한 이야기들이 덧붙여지긴 했지만, 이상이 한스 카스토르프가 나프타와의 대화를 통해서 알게 된 사실들이다. 그는 나프타의 방을 홀로 방문하기도 했고 식탁 동료인 페르게나 베잘과 함께 찾아가기도 했는데 그때마다 나프타는 틈틈이 자신의 신상에 대한 이야기를 들려주었던 것이다.

나프타의 이야기를 들으면서 한스는 야망이 큰 요아힘 생각을 했고, 나프타의 실패에 대해 애석해했다. 요아힘은 라다만토스의 화려한 웅변의 그물을 영웅적 힘으로 뚫고 부대에 합류했다. 한스는 그가 깃대를 붙잡고 손가락 셋을 치켜 올려 충성을 맹세하는 모습을 떠올렸다. 나프타도 그런 깃발에 서약했고 그 깃발 아래 받아들여졌다. 차이가 있다면 요아힘의 서약은 충성심으로 가득 차 있지만, 나프타는 이념의 결합을 통해 새로운 철학적 사유를 모색하고 그에 빠지는 길을 걷고 있었기에 요아힘과 같은 충성심이 약했다는 점이다.

그럼에도 불구하고 한스는 나프타의 이야기에 귀를 기울이면서 요아힘과 나프타가 서로에게 친근감을 느끼리라고 확신했다. 둘 다 모든 의미에서 말 그대로 '군대적'인 때문이었다. 둘 다 금욕적이었고 위계질서를 존중했으며 엄격한 복종과 '스페인식 규범'에 묶여 있었다. 특히 '스페인식 규범'은 나프타의 예수회에서 아주 큰 역할을 맡고 있었다. 예수회가 바로 스페인에서 출범한 때문이었다. 그리고 스페인은 기본적으로 전투적인 풍토를 갖고 있다. 한스는 계속 생각했다.

학생들이 종교적 규범에 따라 군대식으로 여러 '사단(師團)'으로 나뉘어져 교육을 받는 '금성학교'는 바로 사관학교가 아닌가? 달리 말하자면 성직자의 '스페인식 장식 깃'이 군인의 '빳빳한 칼라'와 결합한 곳이 아닌가? 요아힘의 직업에서 그토록 중시되는 서열과 승진의 개념은 병으로 인해 나프타가 더 이상 높이 올라가지 못한 성직자 사회에서도 그 얼마나 존중되는가! 나프타의 말대로 예수회는 남들보다 뛰어나겠다는 공명심으로 불타는 사관생도들의 집합소였다. 예수회 창시자이자 초대 총장인 스페인인 이그나티우스 드 로욜라의 가르침에 따라 예수회 회원들은 건전한 이성에 의해 행동하는 사람들 이상의 훌륭한 일을 수행했다. 이들은 자신의 직무를 '직무 이상으로(exsuperogatione)' 수행했고 그러기 위해 보통 사람에게는 당연히 허용될 만한 것들을 적으로 삼아 공격의 대상으로 삼았다. 즉 그들은 육체의 반란과도 싸웠고 감각과 관련된 모든 것들, 자기애, 세속적인 것에 대한 애착에 대해 적대적이었다. 단순히 저항하는 것(resistere)보다 거슬러 행하는 것(agere contra), 즉 공격하는 것이 더 나은 일이었고 명예로운 일인 때문이었다. '적을 약화시키고 분쇄하라'라는 로욜라의 교본은 "돌격! 돌격! 적을 물고 늘어져라! 공격만이 해결책이다!"라는 프로이센의 프리드리히 대왕의 외침과 기본 정신이 똑같다.

하지만 나프타와 요아힘의 세계의 공통점은 무엇보다 둘 다 손에 피를 묻히는 것을 두려워하지 않는다는 원칙에 있다. 중세의 호전적인 수도사들은 육체가 쇠잔해질 때까지 금욕 생활을 하면서도 권력을 향한 욕망에 불타고 있었다. 그들은 신의 왕국을 건립하고 천상의 지배력을 획득하기 위해 피를 흘리는 것을 마다하지 않았다. 예를 들어 '신전 기사단'은 침대에서 죽는 것보다 신앙이 없는 자와 싸우다 죽는 것이 더 가치 있다고 여겼으며 그리스도를 위해 죽이고 죽는 것을 지상(至上)의 명예로 알았다. 나프타가 기독교적 사해동포주의를 내세우며 그 어느 나라도 조국이라 부르지 않고 '애국심은 페스트이며 기독교적 사랑의 확실한 죽음'이라고 말하는 것은 그 때문이었다.

나프타가 애국심을 질병이라 부른 것은 그의 금욕주의적 이상 때문이다. 그는 자신의 눈에 금욕주의적 이상과 신의 왕국에 위배된다고 보이는 것은 모두 질병으로 간주했던 것이다! 따라서 애국심뿐 아니라 가족애는 말할 것도 없고, 삶과 건강에 집착하는 것 역시 질병이었다. 바로 그런 취지에서 나프타는 평화와 행복을 찬양한다며 인문주의자인 세템브리니를 비판했다. 그는 그가 살(肉)을 사랑한다고 비난했으며 육신의 안락에 의존한다고 비판했다. 그리고 세템브리니의 면전에 대고 건강과 삶 자체에 어떤 식으로건 중요성을 부여하는 것은 가장 질이 나쁜, 부르주아의 비종교적 성향이라고 비난했다.

건강과 병에 대한 나프타와 세템브리니 간의 일대 논쟁은 크리스마스가 코앞으로 다가온 어느 날 플라츠에 갔다가 다시 돌아오는 산책길에 벌어졌다. 이 산책에는 세템브리니와 나프타,

그리고 한스 카스토르프뿐 아니라 페르게와 베잘도 동행하고 있었다.

토론의 발단은 카렌 카르슈테트였다. 손가락 끝이 썩어들어가는 괴저병을 앓고 있던 카렌이 얼마 전에 죽었다. 한스는 이곳의 비밀주의 때문에 그녀가 죽은 것을 몰라 장례식에 참석하지 못했다. 한스가 무심코 장례식에 참석하지 못한 것에 대해 안타까움을 표현하자 세템브리니가 이전에 말한 것처럼 병자에 대해 지나친 동정심을 보이는 것은 옳지 않다고 말했다. 심지어 어떤 환자는 자신의 병을 자랑스럽게까지 생각하는데 그것은 완전히 잘못된 생각이라고 그는 덧붙였다. 세템브리니는 비록 자신도 가볍다고 볼 수 없는 병을 앓고 있지만, 자신은 자신이 병을 앓고 있는 것을 부끄럽게 생각한다고 말했다.

나프타는 곧이어 휴머니스트인 세템브리니 씨가 건강을 찬양하고 병을 천시하는 경향을 보인다고 신랄하게 비판했다. 그가 말했다.

"세템브리니 씨 자신도 병자이니 당신이 보이는 태도는 상당히 주목할 만합니다. 자기비하의 훌륭한 예가 될 수 있을 겁니다. 어쨌든 그 태도가 잘못되었다는 사실에는 변함이 없습니다. 당신의 태도는 육체를 존중하고 숭배하는 태도에서 나온 것입니다. 하지만 당신의 태도는 오로지 육체가 추락을 겪지 않고 원래 창조 당시의 건강 상태로 계속 남아 있을 수 있다는 전제 하에서만 옳을 수 있습니다. 인간의 육체는 원죄로 인하여 죽음과 부패를 겪을 수밖에 없게 되어 있습니다. 그래서 육체는 영혼의 '감옥'이자 '고문실'이라고 불리는 것입니다. 성 이그나티우스가 말한 것처럼 우리에게 치욕과 혼란만을 불러일으키는 것입니다."

"휴머니스트인 플로티누스도 그런 말을 한 적이 있습니다." 한스 카스토르프가 참지 못하고 도중에 끼어들었다. 그러자 세템브리니가 손을 어깨 위로 들어 올려 좌우로 흔들었다. 잠자코 듣고 있으라는 뜻이었다.

나프타는 기독교 중세가 육체의 비참함에 대해서 경의를 품은 것은 살(肉)이 겪는 고통의 장면을 종교적인 측면에서 받아들이기 때문이라고 말했다. 육체의 훼손은 육체 자체가 침몰한 모습을 보여줄 뿐 아니라 영혼의 유독(有毒)한 타락과도 일치함으로써 진정한 영적 만족감을 불러일으킬 수 있다, 반면에 건강한 육체는 기만적 현상으로서, 영혼에 한없이 유익한 육체적 불구 앞에서 깊은 굴욕감을 느끼게 함으로써 인간의 양심을 욕보이는 짓이다, 라고 그는 말했다. 그는 덧붙였다.

"'누가 나를 이 죽음의 육체에서 해방시켜줄 것인가?' 바로 그것이 정신의 목소리이며 진정한 인간성의 영원한 목소리인 겁니다."

세템브리니는 그것은 인간성의 목소리가 아니라 어둠의 목소리이며 이성과 인도주의의 해가 아직 떠오르지 않았을 때 들리는 목소리라고 반박했다. 그는 자신의 몸이 오염되어 있는 것은 사실이라고 했다. 그럼에도 불구하고 자신의 정신이 더럽혀지지 않고 건전한데, 몸에 관해 그 어떤 논의를 하더라도 나프타와 같은 상대방을 혼란에 빠뜨릴 능력이 있는데, 그가 영혼을 능멸하고 있다고 비웃을 수 있는데 그런 것이 무슨 문제가 될 수 있느냐고 말했다. 심지어 그는 인간의 육체가 신성함이 깃든 진정한 사원이라고 칭송하기까지 했다. 나프타가 죽게 되어 있는 육체 조직은 우리와 영원 사이에 놓여 있는 장막일 뿐이라고 말한 때문이었다. 마지막으로 세템브리니는 나프타에게 휴머니즘이라는 단어를 그런 식으로 남용하지 말라며 철퇴를 가했다.

두 사람이 열띤 논쟁을 하는 사이 처음에는 가만히 듣기만 하던 세 사람이 가끔 한마디 던진 것이 계기가 되어 논쟁은 고문, 화장, 태형을 비롯한 형벌 제도 등 인간의 몸과 관련되는 구체적인 문제로 넘어갔다.

세템브리니가 고문과 태형에 대해 반대한 것은 당연했지만 나프타가 태연하게 그것을 옹호했을 때 사람들은 조금 당혹스러워 했다. 그의 표정에 음울하면서도 일종의 잔인성이 나타난 때문이었다. 그는 고문이나 태형 정도 문제를 갖고 인간의 존엄성 운운하는 것은 가소로운 일이라고 했다. 인간의 존엄성은 육체에 있는 것이 아니라 영혼에 있기 때문이라는 것이었다. 그는 감옥에서 고문이 존재하는 것도 당연하다고 했다. 고문이 없으면 반항적인 범죄자를 다스릴 수 없고, 자백이 없이는 유죄 판결이 불가능해진 세상에서 고문만이 자백을 이끌어내는 유일한 방법이라고 했다. 그는 '인도주의적인 감옥'이라는 말은 도저히 성립될 수 없다고 했다. 이어서 그는 그런 개념은 오로지 부르주아적 휴머니즘에서 비롯한 자유주의적 개인주의, 즉 '계몽된 자아'에 토대를 두고 있기에 낡은 것이며 편협하다고 말했다. 그는 그런 개념은 이미 빈사 상태에 빠져 있으며 새로이 대두되는 남성적인 이념, 즉 속박과 굴복, 강제와 복종이라는 이념에 자리를 내주고 있다고 말했다. 또한, 신이 이미 인간의 육체에 부패라는 끔찍한 형벌을 내렸는데 그런 육체에 태형을 가하거나 고문을 하더라도 불경죄가 될 수 없다고 말했다.

이런 식으로 화제는 이리저리 옮아갔고 논쟁 자체가 두서가 없어졌다. 그러자 한스가 논의의 초점을 되돌리려고 입을 열었다.

"오늘날에도 예심 판사가 피고를 고분고분하게 만들기 위해 이런저런 방법을 쓰긴 하지만 고문은 사라졌습니다. 하지만 사형 제도는 존속하고 있으며 없애기도 불가능한 것 같습니다. 문명이 고도로 발달한 국가들에서도 시행하고 있으니까요. 프랑스의 국외 추방 제도가 끔찍한 결과를 낳은 예도 있지요. 반인반수(半人半獸)의 인간들에게는 머리를 잘라버리는 것 외에는 달리 적절한 방법이 없는 것 같습니다."

"그들은 반인반수의 인간이 아니에요." 세템브리니가 정정해 주었다. "그들도 당신처럼, 그리고 나처럼 인간이에요. 다만 결함 있는 사회 제도의 희생이 된 의지가 약한 사람들일 뿐입니다. 내가 직접 목격한 건데, 검사의 논고에 따르면 '금수 같은 인간'이라고 부를 수밖에 없는 사람이 있었어요. 그런데 그 사람은 자신이 수감되어 있던 감방 벽을 온통 시로 채워놓았어요. 결코, 하찮은 시들이 아니라 꽤 괜찮은 작품들이었어요."

그러자 나프타가 말했다.

"그게 예술이 지닌 독특한 측면 중의 하나이긴 하지요. 하지만 그뿐, 더 이상 언급할 가치가 없는 것입니다."

그러자 한스가 나프타에게 말했다.

"당신은 사형 제도를 찬성하시지요? 당신도 세템브리니 씨처럼 혁명가이지만 제가 보기에는 보수적인 의미에서의 혁명가, 즉 반동적인 혁명가처럼 생각되거든요."

한스의 말을 듣고 세템브리니가 자신만만한 미소를 지으며 말했다.

"세상은 비인간적인 반동의 시기를 지나 언제나 정상적인 질서로 돌아오게 되어 있습니다. 그런데 나프타 씨는 예술이 비참에 빠진 자를 인간답게 만들어주는 기능을 갖고 있음을 인정하지 않고 예술을 불신하고 있군요. 그런 광신적인 언변으로 '빛을 찾는 젊은이'들을 인도할 수 있다고 생각하는 건 아니겠지요. 모든 문명국가에서 사형 제도 폐지를 주장하는 국제연맹이 곧 창설될 것이며 나도 영광스럽게 그 일원입니다. 정상적인, 새로운 질서가 마련되는 거지요."

그 말과 함께 그는 오심으로 인해 죄 없는 사람이 사형에 처해질 가능성, 범죄자가 개과천선할 가능성은 언제나 존재할 수 있으니 사형제는 폐지되어야 한다고 말했다. 또한 그는 '복수는 너희 일이 아니라 나의 일이니라'(「로마서」 12장)라는 성경 구절도 인용했으며 국가의 기능이란 권력을 휘두르는 데 있는 것이 아니라 인간의 삶을 향상시키는 데 있다는 이론을 내세우며 악을 악으로 갚으면 안 된다고 역설했다. 그는 과학적 결정론에 입각해 죄의 개념을 공격했으며 마지막으로는 징벌에 관한 모든 이론을 거부했다.

이어서 세 명의 '빛을 찾는 젊은이'들은 마치 목을 조르듯 세템브리니의 논리를 조목조목 반박하는 나프타의 반론을 들어야만 했다. 요컨대, 나프타는 박애주의자인 세템브리니가 피를 흘리는 것을 두려워하고 인간의 생명을 숭배한다고 조롱하듯 말했다. 그런 식의 개인 생명 존중 사상은 부르주아적 시대의 특색이며 그 정책의 나약함을 특징적으로 보여줄 뿐이라는 것이었다. 그는 개인의 안전과 안녕을 넘어서야만 하는 상황은 언제나 발생할 수 있고 그 경우 개인은 보다 높은 목표를 위해 주저 없이 희생될 수 있다고 말했다. 이어서 그는 세템브리니의 결정론에 의해서 죄의 개념이 결코 제거될 수 없으며 오히려 그 결정론으로 인해 죄가 더 권위적이 되고 그에 대한 두려움이 커질 뿐이라고 말했다.

그의 말이 끝나자 세템브리니가 물었다.

"그렇다면 사회 제도의 잘못으로 불행하게 희생자가 된 사람에게 자신의 죄를 확신하고, 확신에 차서 단두대에 오르기를 요구하란 말인가요?"

"맞아요. 범죄자는 자기 자신이 누구인지 확신하듯이 자신의 죄에 대해서도 확신하고 있습니다. 그는 그일 뿐 다른 누가 될 수 없기 때문입니다. 바로 거기에 그의 죄가 있습니다. 결정론에 따르게 되면 그는 자유가 없습니다."

나프타는 논쟁을 경험적인 차원에서 형이상학적 차원으로 옮겨놓았다. 그는 계속 말했다.

"어떤 행위나 행동은 결정론의 지배를 받기에 선택의 자유가 없다고 할 수 있습니다. 하지만 존재로서의 인간은 자신이 되고자 했던 인간이며 마지막 숨을 거둘 때까지 그 무언가 되고자 하는 바람을 멈추지 않습니다. 그는 살인을 하면서 흥에 겨워했으니 죽임을 당하더라도 고통스러워하지 않습니다. 그러니 그를 죽게 내버려둬야 합니다. 그는 이미 마음속 깊은 욕망을 채웠으니까요."

"마음속 깊은 욕망?"

"맞습니다."

모두 입을 다물었다. 한스는 헛기침을 했고 베잘은 턱을 일그러뜨리고 있었으며 페르게는 한숨을 내쉬었다. 세템브리니가 나프타에게 날카롭게 물었다.

"정말로 당신의 개인적 기질에 따른 독특한 일반화로군요. 당신, 혹시 살인을 저지르고 싶은 욕망을 느껴본 것 아닙니까?"

"그건 당신이 상관할 바가 아니지요. 하지만 설사 내가 살인을 저질렀다하더라도 자연 수명을 다할 때까지 내게 콩밥을 먹여주는 무지한 휴머니스트를 면전에서 비웃어줄 겁니다. 살인자가 살해당한 자보다 오래 산다는 것은 터무니없는 일입니다. 그 둘은 하나로 묶여 있습니다. 한 명은 능동적으로 행동을 했고 다른 한 명은 그 행동을 수동적으로 받아들임으로써 그 둘을 영원히 묶어줄 비밀을 공유하게 된 것입니다. 그들은 서로에게 속해 있습니다."

세템브리니가, 자신에게는 안타깝게도 그런 신비주의를 이해할 수 있는 기관이 없다고, 하지만 그 사실을 한탄하고 싶지는 않다고 말하는 것으로 사형 제도에 대한 논의는 끝났다.

그러자 이제까지 무언가 말을 하고 싶어 근질근질하던 한스가 나섰다. 그는 마치 교실에서 질문을 하는 학생처럼 두 손을 들고 말했다.

"두 분 중 어느 분의 마음도 상하게 하고 싶지 않습니다만, 두 분 말씀을 들으면서 도덕과 종교의 차이에 대한 생각이 문득 떠올랐습니다. 그리고 두 분이 견해 차이를 보이고 있지만 결국은 인류의 진보가 문제되고 있는 것이 아닌가 하는 생각이 들었습니다. 진보의 문제는 결국 시간의 문제이고……, 저는 삶과 종교의 차이, 나프타 씨라면 대립이라고 말씀하시겠지만, 그건 결국 시간과 영원의 대립이라고 봅니다. 진보는 시간 속에서만 존재합니다. 영원 속에는 진보도 정치도 웅변도 존재하지 않습니다. 말하자면 신의 품에 머리를 기대고 눈을 감고 있는 것과 같다고 할까요. 바로 거기에 종교와 도덕의 차이가 있는 것 아닐까요?"

말을 마친 한스는 자신의 말이 어딘가 어설프다고 느꼈다. 그의 말이 끝나기 무섭게 세템브리니가 그에게 말했다.

"이보게, 엔지니어 양반, 그런 식으로 순진하게 말하다니! 하지만 상대방 감정이라도 상할까봐 악마에게 양보하려고 하는 것 같아서 더 걱정이 되는군."

그러자 나프타가 말했다.

"세템브리니 씨는 신과 악마를 별개의 원칙이나 인격체로 보고 있군요. 삶은 그 둘 사이에 끼어 싸우고 있는 꼴이고. 하지만 사실상 신과 악마는 하나로서 삶과, 부르주아 근성과, 이성과, 미덕과 대립하고 있습니다. 그것들은 둘 다 종교적 원칙을 대표하고 있으니까요."

"완전 뒤죽박죽이로군. 정말 구역질납니다." 세템브리니가 소리쳤다. "선과 악, 성(聖)과 범죄적 행위, 이런 게 모두 한데 섞여 있다니! 판단도 없다! 방향도 없다! 비열한 것을 물리칠 능력도 없다! 이봐요, 나프타 씨, 당신은 이 젊은이들 앞에서 당신이 무엇을 부정하고 있는지 알고나 있는 겁니까? 신과 악마를 뒤범벅으로 해놓고 그 '혼합'의 명목으로 윤리적 원칙의 존재조차 부정하고 있다니! 좋아요. 선악도 없고 윤리적 질서도 없는 세계가 존재한다고 칩시다. 그렇게 되면 비판적 기능을 가진 개인도 존재하지 않겠군. 존재하는 건 오로지 모든 것을 집어삼키고 모든 것을 평준화시켜 버리는 보편적 공동체만 남겠군. 개인은 그 속에서 신비스럽게 사라져버리고……."

이어서 참된 개인주의란 삶 그 자체를 목적으로 하는 사람, 그보다 높은 의의와 목적을 깨닫지 못하는 사람에게는 존재하지 않는다, 참된 개인주의란 오로지 종교적인 영역, 즉 '윤리적 질서'가 없는 곳에만 존재한다는 나프타의 반론이 이어졌다. 그는 덧붙였다.

"세템브리니 씨! 당신이 말하는 도덕이란 무엇일까요? 그것은 삶에 유용하다는 것 외에 아무것도 아니지 않은가요? 나이를 먹고 행복해지고 부자가 되고 건강하게 지내기 위한 도덕이 아닌가요? 그건 지극히 속물적인 도덕입니다."

이어서 논의는 속물적인 것이 무엇인지, 고귀한 삶이란 무엇인지로 이어졌으며 살 만한 삶이란 무엇인지로 이어졌다. 그리고 나프타가 고결함이란 병(病) 속에 있다고 말함으로써 결국 논의는 출발점으로 돌아왔다. 그는 심지어 천재, 고결함이란 병이외에 아무것도 아니며 건강한 사람들은 언제나 병든 사람들이 이룩한 성과물로 살아온 것이라고 말했다. 그러자 세템브리니는 마치 기사도 정신을 발휘하듯 건강한 삶의 고상함을 한껏옹호했다.

이어서 둘 간에 반박을 위한 반박이 이어졌다. 세템브리니가 '형식'이라고 말하면 나프타는 '로고스'라고 과장되게 소리쳤다. 한쪽이 '이성'이라고 외치면 다른 쪽은 '정념'이라고 말했다. 말 그대로 뒤죽박죽이었다. 한쪽이 '객체'라고 말하면 다른쪽은 '에고'를 내세웠고 이어서 '예술', '비판', '자연', '영혼'이라는 단어들이 튀어나왔다. 아무런 질서도 아무런 명증함도 없었고 오로지 뒤죽박죽 대립만이 있었다. 결국 나중에는 도대체누가 독실한 사람인지 누가 자유사상가인지 구분이 되지 않을정도였다. 그들의 난상 토론을 들으며 한스는 혼란에 빠질 수밖에 없었다. 하지만 그는 그 혼란 속에서도 그들의 말을 찬찬히 되새기고 있었다.

논쟁을 하는 사이 다섯 사람은 어느새 베르크호프까지 올라와 있었다. 그러나 베르크호프에 살고 있는 세 사람은 곧바로 안으로 들어가지 않고 외부에 사는 두 사람을 하숙집까지 배웅해주었다. 논쟁이 그치지 않은 때문이었다. 두 사람은 하숙집 앞에서도 쉬지 않고 논쟁을 벌였다. 페르게 씨는 논쟁의 수준이 너무 높아 아무런 관심도 보이지 않았고, 베잘도 고문과 화형이 더 이상 화제에 떠오르지 않자 흥미를 잃고 있었다.

드디어 다섯 사람은 작별 인사를 했다. 논쟁은 한없이 이어질 것 같았지만 언제까지고 그렇게 서 있을 수는 없는 노릇이었다. 베르크호프 거주자 세 명은 요양원 쪽으로 발걸음을 옮겼고 두 명의 논쟁자는 함께 작은 집 안으로 들어갔다. 그리고 한 명은 비단으로 꾸며진 자신의 방으로 다른 한 명은 기울어진 책상과 잉크병이 있는 휴머니스트의 다락방으로 올라갔다. 자기 방 발코니로 돌아간 한스 카스토르프의 귓전에는 예루살렘의 군대와 바빌론의 군대가 군기를 휘날리며 싸우면서 내는 아우성과 무기 부딪치는 소리가 여전히 윙윙 울리고 있었다.

제6장

121

눈

하루 다섯 번 식사를 할 때마다 사람들은 올해 겨울 날씨가 나쁘다고 이구동성으로 불평을 털어놓았다. 그들은 이 고산 지대가 그들에 대하여 갖고 있는 의무를 다하지 않는다고 느꼈다. 무엇보다 햇빛 비치는 일수가 너무나 적었다. 한 달에 쾌청한 날씨가 2~3일밖에 되지 않은 것이다.

하지만 햇빛 대신에 눈이 있었다. 한스 카스토르프가 평생 본 적이 없는 엄청난 눈이었다. 밤낮을 가리지 않고 눈이 내렸고 차가운 날씨에 눈은 소리 없이 쌓였다. 기온은 영하 10도 아래로 내려갔지만 사람들은 영하 2~3도 정도의 추위밖에는 느끼지 않았다. 아침 식사 때는 아직 날이 어두워서 밖이 보이지 않았으며 10시쯤 되어서야 태양이 어렴풋이 피어오르는 안개처럼 산 위로 떠올라, 분간하기조차 어려운 풍경에 어렴풋이 생기를 불어넣어 주었으며 옅은 현실감을 부여했다. 하지만 여전히 유령 같은 몽롱함만 어른거릴 뿐 눈(目)으로 분간할 수 있는 선은 보이지 않았다. 산봉우리의 윤곽도 뿌연 안개 속으로 사라져버렸으며 하늘에는 구름 한 점이 마치 연기처럼 태양 빛을 받아 암벽 앞에 꼼짝 않고 길게 뻗어 있었다.

정오경이 되면 태양이 안개를 몰아내려고 안간힘을 쓰는 듯이 보이기도 했다. 그 노력은 별로 성공적이지 못했지만 그래도 구름 사이로 언뜻언뜻 푸른 하늘이 보였다. 그리고 그 약간의 햇살만으로도 온 천지를 뒤덮은 눈 때문에 온통 변해버린 풍경이 저 멀리까지 경이롭게 반짝이고 있었다. 보통 그 시간쯤이면 눈이 멈췄는데 마치 자신이 그동안 해놓은 일을 한번 되돌아보기 위해서인 것 같았다. 주위 풍경은 마치 동화 같으면서도 익살맞았고 천진스러웠다. 쿠션처럼 수북이 눈이 쌓여 있는 나뭇가지들, 눈이 쌓여 마치 볼록한 낙타 등이나 작은 언덕처럼 보이는 바위와 관목 숲들, 온갖 것들이 온통 몸을 웅크리고 있는 것처럼 변장하고 있는 모습들이 마치 동화책 속에 나오는 난쟁이 나라의 그림 같았다. 하지만 보다 멀리 보이는 풍경, 눈에 덮인 입상(立像)처럼 우뚝 솟아 있는 알프스의 산들을 보고 있노라면 완전히 다른 느낌을 받았다. 그 풍경에서는 장엄한 경외심을 느끼게 되는 것이었다.

한스 카스토르프는 이러한 눈의 세계를 사랑했다. 그는 그 세계가 여러 가지 면에서 해변의 삶과 비슷하다고 생각했다. 풍경이 그윽하고 단조롭다는 것이 두 세계의 공통점이었다. 이곳에 깊고 가벼운 눈이 있다면 저 아래 그곳에는 마르고 순결

한 모래가 있었다. 둘 다 청결했다. 당신은 마치 저 바다 아래의 산물인 티끌 하나 없는 모래와 조개 가루를 털어내듯 신발이나 옷에서 눈을 털어낼 수 있으며 그 어느 것도 티 하나 남지 않았다. 눈 속을 걸어가는 것은 바닷가의 모래사장을 걷는 것과 마찬가지로 마루 위를 걷는 것보다 손쉽고 기분이 좋았다.

올해는 눈이 너무 많이 쌓여 산책로 눈을 제설차로 치우는 데도 한계가 있어 요양원 사람들은 제대로 산책을 할 수 없었다. 산책을 나섰다가 눈으로 길이 막힌 곳에는 건강한 사람들과 환자들, 이곳 주민들과 호텔에 묵고 있는 사람들이 북적거렸다. 한스는 그런 식의 산책에 싫증이 났다. 그는 눈에 덮여 있는 저 산과 보다 가까이서 자유롭게 접촉해보고 싶었다. 하지만 보행자에게는 그저 꿈에 불과할 뿐이었다. 방금 제설을 마친 길이라고 해야 금세 막다른 길에 다다랐고, 그 너머로는 가슴 높이까지 눈이 쌓여 있었던 것이다.

그러던 어느 날 한스는 스키를 사서 배우기로 결심했다. 눈(目)으로 보던 눈(雪)의 세계와 가까이하고 싶다는, 그 세계와 접촉하고 싶다는 소망을 실현하기 위해서였다. 베렌스 원장에게 털어놓고 허락해달라고 했으면 물론 거절했을 것이다. 베르크호프의 요양원에 머물고 있는 사람들에게 스포츠 활동은 엄격히 금지되어 있었다. 이 위의 공기가 심장 근육에 큰 부담을 줄 수 있다는 이유에서였다. 또한 한스는 그 자신이 표현한, '적응되지 않는 것에 적응한다'는 사실을 그대로 받아들이고 있었으며 발열 현상도 계속되고 있었다. 만일 그렇지 않다면 그가 무엇 때문에 이곳에 계속 머물러야 한단 말인가? 따라서 스키를 배우겠다는 그의 계획과 소망은 앞뒤가 맞지 않았으며 허용될 수도 없었다.

하지만 우리는 어렵더라도 그를 제대로 이해해야만 한다. 그는 단순히 권위에 반항해서라거나 야외 산책을 하는 멋쟁이 남자들, 세련된 의상을 입고 스키를 타는 스포츠맨들이 부러워 그들을 흉내 내려 한 것이 아니었다. 그는 자신이 그런 관광객들의 세계와는 다른 세계의 일원임을 분명 느끼고 있었다. 그는 그들과는 다른 새롭고도 넓은 관점을 갖고 있었으며 위엄과 속박(束縛)을 지닌 채 그들과는 분명 거리를 두고 있었기에 그들처럼 눈 위에서 뒹구는 짓을 흉내 내는 것은 적합하지 않음을 확실히 자각하고 있었다. 탈출을 의도한 것도 아니었고, 계획도 온건한 것이니 라다만토스가 자신의 계획을 알게 되더라도 승인을 해줄 것이라고 그는 생각했다. 하지만 규칙은 규칙이었다.

제6장

125

한스 카스토르프는 베렌스 원장 몰래 계획을 실천에 옮기겠다고 생각했다.

한스는 기회를 봐서 세템브리니 씨에게 자신의 계획을 털어놓았다. 세템브리니는 기뻐하며 심지어 그를 껴안기까지 했다.

"좋아요! 아주 좋아! 제발 그렇게 해요! 아무에게도 묻지 말고 당장 실천에 옮겨요. 당신의 수호천사가 당신 귀에 속삭여 준 겁니다. 자, 당장 함께 스키 가게로 갑시다. 나도 헤르메스처럼 날개 달린 신발을 타고 당신과 함께 하고 싶지만 내겐 허락되어 있지 않아요. 아니, 허락되어 있지 않은 게 아니지. 만일 그뿐이라면 나도 당장 당신처럼 실천하겠어요. 사실은 그럴 수 없어요. 나는 이미 망가진 사람이에요. 하지만 당신은 지각을 갖고 과한 행동만 하지 않는다면 아무런 해가 없을 겁니다. 오, 정말 멋진 계획이에요. 이곳에 2년이나 있었으면서 아직 그런 계획을 품을 수 있다니! 그래요. 당신의 심장은 아직 튼튼하니 절망할 필요가 없어요. 브라보, 브라보! 무슨 수를 쓰더라도 '어둠의 왕자'인 베렌스의 눈을 속이는 겁니다. 스키를 사서 배워요. 스키는 내게 숨기거나 우리 집 아래 잡화점에 맡기면 돼요. 당장 연습하는 겁니다. 그걸 타고 사라지는 겁니다."

이어서 일이 그대로 진행되었다. 한스는 스포츠에 대해서는 아무것도 모르면서 전문가를 자처하는 세템브리니가 엄격한 눈으로 고른 스키와 스틱을 샀다. 질 좋은 물푸레나무로 된 담갈색 스키였다. 그는 그 스키를 갖고 세템브리니의 숙소까지 간 다음, 잡화점에 매일 맡겨도 좋다는 허락을 받아냈다.

남들이 스키 타는 모습을 유심히 관찰해왔던 한스는 베르크호프 요양원 뒤쪽 비탈, 사람들이 없는 곳에서 혼자 스키 타는 연습을 했다. 가끔 세템브리니가 나타나서 그가 연습하는 상면을 지켜보며 그의 늘어가는 실력에 브라보를 연발했다.

스키를 타고 싶은 열망이 강렬했기에 한스는 금세 기술을 습득할 수 있었다. 애당초 전문가가 되겠다는 생각은 없었기에 평행으로 달리는 연습, 활강할 때의 스틱 조종법, 장애물이 나타났을 때 도약하는 법 등을 연습해서 익혔다. 그리고 전속력으로 활강하다가 한쪽 무릎을 앞으로 내밀고 다른 쪽 무릎은 굽히는 회전법으로 스키를 멈추는 기술도 익혔다. 그리고 차츰 스키에 익숙해지자 연습 장소, 아니, 연습 장소라기보다는 실습 장소의 범위를 넓혀 갔다.

그러던 어느 날 그는 아예 산속으로 스키를 타고 갔다. 그가 시야에서 사라지는 모습을 보며 세템브리니는 두 손을 입 근처에 모으고 조심하라고 큰소리로 외치고는 선생으로서의 만족감을 느끼며 집으로 돌아갔다.

　겨울 산속은 아름다웠다. 온화하고 교태를 부리는 아름다움이 아니었다. 서풍이 휘몰아치는 광활한 북해의 아름다움이었다. 우레와 같은 소리를 내며 밀려드는 파도도 없이 죽음과도 같은 정적만이 흐르고 있었지만 한껏 경외감을 불러 일으켰다. 한스는 스키에 몸을 싣고 이 방향, 저 방향 되는대로 미끄러져 내려갔다. 그리고 스키를 둘러멘 채 케이블카를 타고 샤츠알프의 가파른 꼭대기에 올라가 2,000미터 높이에서 한가로이 스키를 타고 돌아다녔다. 날씨가 좋은 날에는 주변의 웅대한 풍경을 모두 내려다볼 수 있었다.

　한스는 이제 아무런 난관과 장애도 없이 새로운 곳에 가볼 수 있게 된 것을 기뻐했다. 그가 그토록 갈망하던 완전 고독에 빠질 수 있던 때문이었으며 그의 영혼 전체가 야생의 몰(沒)인간성에서 받은 인상, 그가 방금 뛰어든 세계에 대한 불안함으로 가득 찰 수 있던 때문이었다. 그는 가끔 멈춰 섰다. 자신의 움직임이 내는 소리를 꺼버리고 이 세상 그 어디서도 접할 수 없는 절대적이고 완전한 정적을 맛보기 위해서였다. 나뭇잎 하나 살랑거리지 않았으며 새소리도 들리지 않았다. 한스는 스틱에 몸을 의지한 채 고개를 한쪽으로 기울이고 입을 벌린 채 태고의 정적에 귀를 기울였다. 눈은 여전히 그치지 않고 하염없이, 그리고 소리 없이 내리고 있었다.

그렇다. 이 한없는 침묵에 싸인 세계는 결코 호의적이지 않았다. 이 세계는 방문객이 위험에 처해도 아랑곳하지 않았다. 아니다. 차라리 방문객을 받아들이지 않았다고 보는 것이 옳았다. 이 세계는 그 요새에 침입한 자를 그저 무심하게 참아내고 있었다. 그곳에서 한스는 원초적이고 자연적인 요소의 위협이 도사리고 있음을, 비록 적대적이지는 않지만 몰인격적인 지독한 위협이 도사리고 있음을 분명히 의식했다.

태어날 때부터 야생의 자연과는 거리가 먼 '문명의 자식'은 어릴 때부터 자연을 바라보며 자연의 품에서 친근하게 지낸 '교육받지 않은 자식'보다 자연의 위대함에 더 민감한 법이다. 자연과 친근한 자식은 문명의 자식이 그 얼마나 종교적 외경심을 가지고 자연을 바라보는지, 그가 영혼 깊은 곳에서 얼마나 경건한 감동과 전율을 느끼는지 알지 못한다.

한스 카스토르프는 털 조끼를 입고 각반을 차고 멋진 스키를 탄 채 이 원초적 침묵, 겨울 요새의 죽음과도 같은 정적에 귀를 기울이면서 갑자기 자신이 뻔뻔할 정도로 대담하다는 기분이 들었다. 그리고 집으로 돌아오면서 최초의 인가, 최초의 인간 존재의 거주지가 안개 속에 어렴풋이 모습을 드러내면 가슴이 가벼워지는 것을 느꼈다. 그제야 그는 자신이 몇 시간 동안 비밀스러운 경외와 전율에 사로잡혀 있었음을 깨달을 수 있었다. 그것은 마치 어린 시절 파도가 일렁이는 바닷가에 반바지 차림으로 서 있었을 때와 비슷한 경험이었다. 그때 그는 마치 무시무시한 이빨을 드러내며 하품을 하는 사자 우리 앞에 서 있는 것과 같은 느낌이었다. 그가 헤엄을 치자 해안 경비원이 뒤에서 호각을 불었다. 헤엄을 치면서 폭포수처럼 쏟아지는 물살을 맞으며 그는 마치 맹수의 앞발이 목덜미를 후려치는 기분을 느꼈다.

그 경험을 통해 우리의 젊은이는 가까이 다가가면 파멸이 있을 뿐인 거대한 힘과 장난을 치며 노는 것이 '무시무시한 즐거움'을 준다는 것을 알게 되었다. 하지만 그때 그는 그곳으로 가까이 오라는, 무시무시한 자연의 힘과 감격적인 접촉을 하라는, 그리하여 그 안에 당장 안기라는 유혹을 느끼지는 못했다. 그런데 지금 그는 그 유혹을 느꼈다. 비록 나약한 인간 존재에 불과하지만, 그 무서운 미지의 세계로 과감하게 뛰어들고 싶다는 환상을 맛보았다. 혹은 최소한 그 앞에서 도망가지 않고 그 위험을 천천히 맛보면서 그것의 한계를 알아볼 수 있는 곳까지

가능한 한 접근하고 싶었다. 파도의 앞발을 피하며 파도 거품과 장난하는 것이 아니라 파도에, 사자의 아가리에, 그리고 바다에 뛰어드는 궁극적 모험을 하고 싶어진 것이다.

한마디로 한스 카스토르프는 이 위에서 용맹해졌다. 그것은 자연과 마주해서 둔감해졌다는 의미의 용맹함이 아니다. 그것은 자연에 의식적으로 굴복했음을 의미하며 자연과의 불가항력석인 일체감 속에서 죽음의 공포를 쫓아낼 수 있게 되었음을 의미한다. 그는 그 두려움을 이미 겪었었다. 지금 대자연 앞에서 느끼는 두려움과는 다른, 정신과 감각으로 맛본 두려움이었다. 예를 들어 세템브리니와 나프타 사이에서 벌어진 논쟁도 결코 안전한 것이 아니었다. 그 논쟁은 그를 미지의 위험한 지역으로 인도했던 것이다. 따라서 우리는 이렇게 말할 수도 있다. 한스 카스토르프가 여름 산지의 야생적 힘에 친근감을 느낀 것은 그곳이 지금 그를 사로잡고 있는 사상(思想)들의 출구로서 적합하다고 여긴 때문이라고. 그는 그곳이 인신(人神), 즉 인간의 지위와 본성에 대해 스스로 점검해보기에 가장 알맞은 곳이라고 느끼고 있었다.

그런 분별없는 젊은이에게 뒤에서 호각을 불며 경고하는 사람은 이곳에 아무도 없었다. 다만 세템브리니 씨가 멀어져가는 한스의 등 뒤에 대고 조심하라고 소리를 질렀을 뿐이다. 하지만 이미 자연에 대한 용맹스러운 욕망에 사로잡힌 한스는 사육제 날 밤 그가 쇼샤 부인을 향해 발걸음을 옮길 때 뒤에서 소리치는 그의 말에 신경을 쓰지 않았던 것처럼 더 이상 그의 말에 개의치 않았다.

'이봐요, 엔지니어 양반, 이성을 찾아요! 라고 당신이 소리쳤지.' 한스는 생각했다. '그래, 이성과 반역을 가르치는 정말로 악마 같은 사람! 하지만 나는 당신이 좋아. 당신은 분명 허풍쟁이, 손풍금장이야. 하지만 당신의 말은 들을 만해. 저 날카로운 예수회 회원, 테러리스트이자 번득이는 안경을 쓰고 종교 재판과 태형을 옹호하는 나프타의 말보다는 훨씬 들을 만하고 내 마음에도 와 닿아. 물론 당신과 그가 나처럼 하찮은 영혼을 사로잡으려고 마치 중세 전설에서처럼 신과 악마처럼 싸울 때면 언제나 그 사람이 옳은 것처럼 보이기는 했지만.'

어느 날 한스 카스토르프는 허리까지 눈가루를 묻힌 채 어딘지 모를 산꼭대기를 향해 점점 더 높이 올라가고 있었다. 그는 자신이 어디로 올라가는지, 어디까지 올라갈 수 있는지도 모르고 있었다. 산봉우리는 안개처럼 흰 하늘과 맞닿아 있어 어디부터가 하늘인지 분간이 되지 않았으며 산봉우리와 산등성이도 보이지 않았고, 등 뒤의 세계도 보이지 않았으며 아무 소리도 들리지 않았다. 한없이 깊은 고독감이 밀려와서 공포를 느낄 정도였다. 그 공포가 바로 용맹의 첫 단계였다. 한스는 '이 세상 모든 것은 무상하도다'라고, 휴머니즘 정신에 어울리지 않는 말을 라틴어로 중얼거렸다. 언젠가 나프타에게서 들은 말이었다.

그는 발길을 멈추고 주위를 둘러보았다. 하늘에서 떨어지는 눈송이 외에는 아무것도 보이는 것이 없었다. 주변은 압도적인 정적이 지배하고 있었다. 그는 계속해서 위로, 하늘을 향해 올라갔다. 그때 오른쪽 약간 떨어진 곳에 희미하게 숲의 모습이 보였다. 그는 갑자기 비현실적인 초월의 세계에서 벗어나 현실로 돌아가고 싶은 욕구에 사로잡힌 듯 활강을 시작했다. 이윽고 숲에 도착해보니 오후 3시였다. 그는 점심을 들자마자 출발했었다. 오후의 긴 안정 요양 시간과 차 시간을 빼먹고 어두워지기 전에 요양원에 도착하기 위해서였다. 그의 호주머니에는 초콜릿이 몇 개 들어 있었고 작은 포도주 병이 들어 있었다. 그는 이 장엄함 속에 몇 시간 더 숨어 있을 여유가 있다는 생각에 마음이 뿌듯했다.

짙은 안개 때문에 태양이 어디 있는지 전혀 알 수 없었고 뒤쪽으로는 먹구름이 몰려오고 있었다. 그러더니 눈 깜짝할 새에 눈보라가 휘몰아치기 시작했다. 한스는 스키 스틱을 짚으며 앞으로 미끄러져 내려갔다. 하지만 앞이 전혀 보이지 않아 다시 올라가고 내려가고를 반복하면서 죽음과 같은 정적의 세계를 계속 정처 없이 돌아다녔다. 물론 지금이라도 활강을 계속하면 베르크호프로부터 좀 떨어진 곳이라 할지라도 평지에 도착할 수는 있을 것이었다. 하지만 지금 바로 돌아가면 너무 이르게 내려가는 셈이 되어 자신에게 주어진 완전 고독의 시간을 낭비하는 것처럼 여겨졌기에 그는 계속 산속을 돌아다녔다. 한스의 마음은 오로지 '도전'이라는 한 단어에 사로잡혀 있었다.

경사면을 따라 내려가던 그는 다시 산허리를 올라갔다. 산허리에서 조금 떨어진 곳에 헛간인지 목동의 오두막인지 알 수 없는 목조 가옥이 한 채 있었다. 그는 모험을 해보기로 작정하고 오두막 부근의 평원에서 방향을 바꾸어 우측에서 좌측으로 떨어지는 상당히 가파른 협곡으로 내려갔다.

그가 다시 오르막길에 들어섰을 때 눈보라가 무섭게 휘몰아치기 시작했다. 양털 조끼 한 장만 걸치고 있는 한스에게 칼로 살을 에는 듯한 추위가 몰려왔다. 하지만 그는 용기를 내어 산

뒤쪽을 목표로 삼아 계속 오르막을 올라갔다.

하지만 쉬운 일이 아니었다. 얼어붙은 귀가 떨어져나갈 듯 아팠고 사지는 마비되었으며 손 감각도 사라져 자신이 스틱을 쥐고 있는지 아닌지도 느낄 수 없을 정도였다. 이러다가는 여기서 이대로 눈사람이 되어버릴 것만 같았다. 이제 집으로 돌아가는 일은 더 이상 쉬운 일이 아니었으며 지체하면 지체할수록 더 어렵게 될 것이 뻔했다.

한스는 내려갈 만한 길을 열심히 찾았다. 하지만 길은 좀처럼 나타나지 않았다. 대략적인 방향을 잡아서 내려간다는 것은 판단력의 문제가 아니라 요행의 문제가 되었다. 눈에 보이는 것은 오로지 자신의 손뿐, 스키의 앞 끝조차 보이지 않았던 것이다. 그뿐이 아니었다. 강풍이 하도 심하게 불어와 숨 쉬기조차 힘들었다. 그럼에도 불구하고 한스는 앞으로 계속 나아갔다. 그런데 가면 갈수록 자신이 방향을 잘못 잡았다는 생각에 사로잡혔다. 평원을 가로질러 간다고 생각했는데 어느새 오르막길이 되어 있었던 것이다.

"이거 야단났군."

한스는 겨우 신음처럼 내뱉으며 멈춰 섰다. 언젠가 베렌스 원장에게서 폐에 이상이 발견되었다는 말을 들었을 때와 똑같

제6장

135

은 반응이었다. 그는 호들갑을 떨 권리가 자신에게 없다는 것을 알고 그저 조용히 그렇게 말했을 뿐이다. 도전한 것은 바로 자기 자신이며 이런 위험을 초래한 것도 바로 자기 자신임을 잘 알고 있던 때문이었다.

"어쨌든 무슨 수를 써야 해. 이대로 주저앉아 있을 수만은 없지."

하지만 육체 피로에 못지않게 정신의 피로가 몰려왔다. 그는 의식이 몽롱해지기 시작했으며 이번에는 의식을 잃지 않으려는 싸움도 해야 했다.

어쨌든 그는 활강을 계속했고 평탄한 곳을 잠시 활주하다가 다시 오르막에 접어들었다. 꽤 가파른 오르막이었다. 그는 비탈에 그대로 쓰러져버리고 싶은 유혹을 느꼈다. 하지만 그는 그 유혹에 저항하며 계속 움직여 나갔다. 방향이야 맞건 틀리건 그는 최선을 다했고 아예 앞을 보려는 노력조차 하지 않았다. 눈보라에 앞이 보이지도 않았지만 경련으로 뻣뻣해진 눈꺼풀을 들어 올리는 것조차 힘들었던 것이다.

그런 가운데도 가끔 무언가가 보였다. 가문비나무가 무리를 이루고 있는 모습이 보였고 시냇물이나 도랑 같은 것이 검은 선처럼 보이기도 했다. 이윽고 다시 내리막길이 나타나더니 멀리 떨어진 곳에 인가 비슷한 것이 눈에 띄었다.

오, 얼마나 달콤하며 고마운 모습인가! 온갖 장애를 무릅쓰고 용감하게 나아간 결과 사람 사는 집이 나타난 것이다. 사람들이 살고 있는 골짜기가 가까이 있음을 알려주는 신호였다. 저 집 안에 들어가 눈보라가 그치길 기다리다가, 필요한 경우 길 안내를 부탁할 수도 있으리라. 그는 그 환영 같은 그림자를 향해 방향을 잡았다. 맞바람을 맞고 있어 죽을힘을 다해야 했다. 그런데 겨우 그곳에 도착한 그는 경악했다. 그곳은 바로 그가 얼마 전에 지나친 그 오두막이었던 것이다. 그토록 오랫동안 돌고 돈 결과 결국은 원래 지점으로 되돌아온 것이다. 한스는 경악과 공포에 사로잡혔다. 마치 1년이라는 시간이 순환하듯 자신은 어리석게 큰 원을 그리며 헤매다가 원래 자리로 되돌아오고 만 것이었다. 한 시간 정도를 아무 성과 없는 노력에 허비해버린 것이다. 한스 카스토르프는 책에서 보았거나 누구에겐가 들었던 이런 현상을 자신이 직접 겪었다는 사실에 일종의 '차가운 만족감'을 느꼈다. 심지어 그는 이런 일반적인 법칙이 바로 자기 자신이라는 특수한 경우에 실현되었다는 생각에 놀라 넓적다리를 꼬집어보기도 했다.

오두막은 빗장이 쳐져 있었고 문도 잠겨 있어서 안으로 들어

갈 수 없었다. 한스는 아쉬운 대로 이곳에 잠시 머물기로 했다. 앞쪽으로 차양이 뻗어나 있어 통나무로 만든 벽에 기대고 있으면 눈보라를 어느 정도 피할 수 있을 것 같았다. 긴 스키 때문에 등을 벽에 기댈 수가 없어 그는 어깨와 머리를 비스듬히 벽에 기댄 채 두 눈을 감았다.

그는 지금이 몇 시쯤 되었는지 궁금했다. '그렇게 오래 빙빙 돌아다녔으니 저녁 6시쯤은 되었을 거야.' 그는 얼어붙어 무감각해진 손으로 호주머니에서 뚜껑이 덮인 금시계를 겨우 꺼냈다. 시계는 마치 유기체의 온기 속에서 감동적으로 움직이는 한스의 심장처럼 이 황량한 눈보라 속에서도 충실하게 똑딱거리고 있었다.

4시 반이었다.

'이런 제기랄! 눈보라가 치기 시작한 게 그때쯤이었는데! 그렇다면 길을 잃고 빙빙 돈 시간이 고작 15분이었단 말인가! 5시나 5시 반이면 날이 어두워진다. 내가 다시 빙빙 돌지 않도록 눈보라가 곧 멈춰줄까?'

그는 기운을 차리기 위해 포도주를 몇 모금 마셨다. 하지만 곧 실수를 깨달았다. 몇 모금밖에 마시지 않았는데도 머리가 무거웠고 띵했다.

그는 기대고 있던 벽에서 어깨를 떼어냈다. 하지만 앞으로 한 발자국 내딛자마자 바람이 그를 낫처럼 후려쳐서 다시 벽으로 밀어냈다. 마치 지금 그가 취할 수 있는 자세는 그것밖에 없다고 명령하는 것 같았다. 한스는 벽에 기대고 있던 어깨를 다른 쪽으로 바꾼 다음 왼쪽 다리를 조금 흔들어 저린 발을 풀어주었다.

'아, 머리가 무겁구나. 그냥 이대로 고개를 숙이자. 이 벽은 훌륭해. 안에서 따뜻한 열기가 나오는 것 같아. 물론 순전히 내 느낌이겠지만……. 오, 나무들, 나무들! 오, 살아 있는 것들의 살아 있는 숨결! 아, 그 얼마나 향기로운가!'

그의 눈 아래 공원이 펼쳐져 있었다. 그는 마치 요양원 발코니에 서 있는 것 같았고, 그 아래 느릅나무, 플라타너스, 너도밤나무, 단풍나무, 자작나무 등이 각기 다른 색조를 자랑하며 널리 펼쳐져 있는 것 같았다. 나무들은 습기를 머금은 향기로운 숨결을 공기 중으로 내뿜고 있었다. 따뜻한 소나기가 그 위로 지나갔지만, 빗줄기는 햇빛에 반짝였다. 저 높은 하늘에는 온통 밝은 빗방울 물결들이 그득했다. 오, 얼마나 사랑스러운가! 오, 고향의 숨결이여! 오, 평지의 향기, 그 충만함! 오, 그 얼마나 오랫동안 접하지 못했던가!

새 한 마리도 보이지 않았건만 하늘에는 새소리로 가득했다. 우아하고, 달콤하고, 유쾌한 피리 소리, 지저귀고 구구대고 푸드득거리는 소리들이 흘러넘쳤다. 한스 카스토르프는 미소 지으며 감사하는 마음으로 숨을 깊이 들이마셨다. 하지만 그것으로 끝난 것이 아니었다. 더 아름다운 것들이 준비되어 있었다. 일곱 색깔 무지개가 그지없이 순수하고 완벽하고 장엄하게 영롱한 빛을 발하며 그 풍경들 위에 비스듬히 걸려 있었다. 그것은 음악 같았다. 플루트와 바이올린 소리와 어울린 하프 소리 같았다. 청색과 자주색은 초월적이었다. 그것들은 아래로 내려와 마술처럼 혼합되었으며 모습을 바꾸었고 전보다 더 아름답게 제 모습을 펼쳤다. 그것은 마치 한스가 몇 해 전에 좋아했던, 어느 저명한 이탈리아 테너 가수의 노래를 들었을 때의 느낌과 비슷했다. 그 열정적이고 아름다운 음성은 매 순간 꽃봉오리처럼 부풀어 오르면서 열렸고 점점 더 찬란한 빛을 발했다. 그리고 그 앞에서 생각지도 않던 베일들이 하나씩 하나씩 벗겨졌다. 그리고 이윽고 마지막 베일이, 마치 최후의 순수한 색조를 드러내듯 벗겨졌고, 눈물이, 번쩍이는 장엄함이 넘쳐흘렀다. 청중들은 더 이상 참을 수 없다고 항의하듯 환희에 찬 신음 소리를 뱉어냈고 한스 청년은 흐느껴 울먹일 정도였다.

지금 그의 눈앞에서 끊임없이 변화하면서 열리는 광경도 그와 똑같았다. 빛나는 비의 베일이 벗겨져 내리고 그 뒤에 바다가 펼쳐졌다. 저 남쪽 바다였다. 은빛으로 빛나는 깊은 쪽빛의 바다였다. 아름다운 만(灣) 한쪽으로는 안개가 피어오르며 열려 있었고 다른 쪽은 그 창백한 윤곽이 푸르른 공간 속에서 점차 흐릿해지는 산들에 의해 닫혀 있었다. 그사이 점점이 떠 있는 섬들에는 야자나무가 솟아 있었고, 측백나무 숲 사이로 하얀 작은 집들이 반짝이고 있었다. 오, 죄로 가득한, 죽을 수밖에 없는 운명을 타고 난 인간에게, 이 빛의 영광, 이 하늘의 한없는 순수함, 햇빛을 받은 물의 신선함이란 그 얼마나 과분한 축복이란 말인가!

한스는 그런 광경, 아니, 그 비슷한 광경도 본 적이 없었다. 그는 남쪽 바다에 가본 적이 없었고 지중해, 나폴리, 시칠리아에 대해서는 아는 것이 전혀 없었다. 그런데, 그런데 그는 기억했다. 그렇다. 정말 희한하게도 그는 그것을 알아보고 감동을 받았다.

"그래, 그래, 바로 이거야." 그는 마치 그의 가슴속에 이 드넓고 찬란한 희열을 '언제나' 애지중지 간직하고 있던 것처럼 외쳤다. 그리고 그 '언제나'는 아주 멀리, 까마득히 멀리, 마치 열린 바다를 맞으러 하늘이 허리를 숙이고 있는 것 같은 저 멀리 까지 멀어지듯 멀어졌다.

한스는 이제 그 바다를 내려다보며 햇볕에 달구어진 돌계단 위에 웅크리고 앉아 있었다. 돌계단은 해안까지 이어져 있었고 양지바른 곳, 해변의 언덕, 배들이 오가는 바다 어디에건 사람들로 붐비고 있었다. 어디에서건 인간 존재들, 태양과 바다의 아들들이 바삐 움직이거나 앉아 있었다. 그토록 활발하고 선량하며 유쾌한, 아름다운 젊은 인간 존재들을 바라본다는 것은 그 얼마나 즐거운 일인가! 그들을 바라보며 한스의 가슴은 그들을 향한 교감(交感)의 사랑, 가슴이 아릴 정도로 날카로운 사랑으로 열렸다.

말을 달리고 있는 젊은이들도 있었고 춤을 추고 있는 소녀들도 있었으며 피리를 불고 있는 소녀들도 있었다. 좀 떨어진 곳에서 활쏘기를 하는 소년들도 있었고 낚시를 하는 젊은이들도 있었다. 어린 아이들은 방파제 사이에서 환호성을 지르며 놀고 있었고 해변을 따라 거닐고 있는 젊은 남녀들도 있었다. 정말 행복하고 정겨운 광경이었다.

"오, 사랑스러워, 정말 사랑스러워." 한스는 속삭이듯 말했다. "얼마나 즐겁고 매력적인가. 얼마나 신선하고 건강한가. 얼마나 행복하고 영리해 보이는가. 겉모습만 그런 게 아니라 속속들이 그래 보인다. 저들은 서로 정신으로 말을 나누고 분별 있게 살며 함께 논다고 말하고 싶다. 그래서 저들을 사랑하게 되는 것이다."

한스는 이 태양의 자식들의 친밀함, 그들이 서로에게 보이는 예의바른 시선, 평온함, 상호 존중심을 감추고 있는 미소들을 마음으로 느끼며 그렇게 말했다. 심지어 위엄과 진지함까지도 그들의 밝은 분위기 속에 녹아들어 엄격함과는 거리가 먼 모습으로 나타나 그들 모두에게 정신적으로 영향을 미치고 그들의 모든 행동을 선량하게끔 이끄는 것 같았다.

한스는 국외자에 불과한 자신에게 이 행복한 사람들, 태양의 자식이며 자애로운 사랑에 가득 찬 사람들을 엿볼 권리가 있는지 걱정스럽게 자문하면서도 그들로부터 눈길을 뗄 수 없었다. 그는 자신이 볼품없으며 꼴사납다고 느꼈다. 또한, 자신이 마치 파렴치한 짓을 하는 것 같았다.

그때였다. 잘생긴 소년 한 명이 무리들로부터 떨어져 나와 바로 한스 카스토르프가 앉아 있는 계단 아래로 와서 멈춰 섰다. 소년은 시선을 위로 올려 한스를 바라보고 있었다. 소년은 정탐꾼 한스와 바닷가를 번갈아 바라보았다. 그런데 갑자기 소년의 눈길이 한스 너머 멀리 뒤쪽을 향했다. 순간 소년의 얼굴에서 태양의 자식들이 공통적으로 띠고 있던 예의 바른 미소가 사라졌다. 눈썹을 찡그리지는 않았지만 그의 시선에는 돌조각처럼 무표정하고 불가해한 표정, 죽음과 같은 싸늘함이 나타나 있었다. 한스는 그의 표정의 의미를 어렴풋이 알아차리고 소스라치게 놀랐다.

한스는 소년의 눈길이 향하는 곳으로 자신의 시선을 돌렸다. 그의 뒤에는 이끼가 낀 신전의 돌기둥들이 있었다. 그는 신전 정문 돌계단에 앉아 있었던 것이다. 그는 무거운 마음으로 자리에서 일어나 계단을 올라 신전 안으로 깊숙이 들어갔다. 이유도 모르는 채 가슴이 터질 듯 조여 왔다. 그는 열주(列柱)들이 늘어선 홀로 들어서서 홀 안을 이리저리 거닐었다. 그리고 열주들이 두 줄로 갈라지는 곳에서 두 여인의 석상을 발견했다. 어머니와 딸의 석상인 것 같았다. 앉은 모습의 어머니 석상은 자비로운 모습에 여신과도 같은 위엄을 띠고 있었다. 하지만 텅 비어 있는 눈 위의 눈살을 잔뜩 찌푸리고 있었으며 머리에는 베일을 쓰고 있었다. 다른 한 입상은 처녀답게 포동포동한 얼굴이었으며 어머니에게 안기다시피 한 채 손과 팔을 옷 주름 속에 숨기고 있었다.

그 석상을 보고 있는 동안 한스는 까닭 모르게 가슴이 저려 왔다. 그는 입상 주위를 돌아 두 줄로 늘어선 둥근 기둥 사이를 빠져나갔다. 그러자 성소(聖所)의 문이 열려 있는 것이 보였다. 한스는 그 안을 들여다보고 깜짝 놀라 몸이 굳었다. 그 자리에 서 그대로 쓰러질 것만 같았다.

그 안에서는 마녀처럼 생긴 두 명의 노파가 가슴을 훤히 드 러낸 채 불이 훨훨 타오르는 화로를 사이에 두고 앉아 섬찍한 짓을 하고 있었다. 두 노파는 커다란 쟁반에 올려놓은 어린아 이를 갈기갈기 찢고 있었다. 무서운 침묵이 흐르는 가운데 그 들은 맨손으로 사지를 찢어—한스는 부드러운 금발이 피로 더 럽혀지는 모습을 볼 수 있었다—연한 뼈를 오독오독 씹어 먹고 있었다. 노파들의 입가에는 피가 낭자했다. 몸이 얼어붙은 한스 는 눈을 감으려 했으나 감을 수 없었고 도망치려 했으나 발이 떨어지지 않았다. 그의 모습을 본 노파들은 이루 입에 담을 수 없는 끔찍하고 음탕한 욕설을 그에게 퍼부었다. 놀랍게도 노파 들은 한스의 고향 사람들의 사투리를 쓰고 있었다. 그는 필사 적으로 그곳에서 빠져나오려다가 기둥에 어깨를 부딪쳤다.

순간 그는 오두막 옆 눈 속에서 팔을 베고 누워 있는 자신의 모습을 발견했다. 노파들이 내뱉는 끔찍한 욕설이 여전히 귓전

제6장

145

을 맴돌고 있었고 온몸은 공포에 뻣뻣해져 있었다. 그는 한동안 완전히 꿈에서 깨어나지 못한 채 자신이 신전 기둥에 누워 있는 것인지 아니면 오두막에 누워 있는 것인지 분간이 가지 않았다. 그런 상태에서 그는 여전히 꿈을 꾸는 듯했는데, 이미지로 꾸는 꿈이 아니라 생각으로 꾸는 꿈이었다. 하지만 그 꿈 역시 생생했으며 환상적이었다.

"내내 꿈이라고 생각하긴 했어." 그는 중얼거렸다. "아름답고도 무서운 꿈이었어. 나는 그 모든 것을 내가 만들었다는 것을 내내 알고 있었어. 나무들이 있는 공원, 감미로운 대기 중의 습기, 기타 모든 것들, 아름다운 것과 무서운 것들을……. 어쩌면 나는 그런 것들을 모두 미리 알고 있었던 거야. 그런데 그런 것들을 미리 알고 있었다면 왜 그 앞에서 행복과 공포를 한꺼번에 느낄 수 있었던 거지? 그래, 나는 이제 우리는 자신의 영혼만으로 꿈꾸는 게 아니라는 것을 알게 되었어. 우리는 각각 자신의 방식대로 익명의 꿈을, 공동의 꿈을 꾸는 거야. 우리가 그 일부분인 위대한 영혼이 우리를 통해, 우리들의 꿈의 방식으로 그 위대한 영혼의 내밀한 꿈을 꾸는 거야. 그 위대한 영혼의 청춘에 대해, 그것의 희망에 대해 그것의 기쁨과 평화에 대해……. 그리고 그 영혼의 피의 제의(祭儀)에 대해…….

나는 이곳 나의 돌기둥에 누워 내 꿈의 잔재(殘在)들, 산 자를 제물로 바치는 제의의 얼어붙은 공포뿐 아니라 내 가슴 깊은 곳을 채웠던 환희, 태양의 자식들의 행복과 훌륭한 태도들을 여전히 느끼고 있어. 그건 아주 적절하고 당연한 거야. 나는 이제 내게, 이렇게 이곳에 누워 그런 꿈을 꿀 자격이 있다고 선언할 수 있어. 나는 이곳 '위'에 살면서 '이성'과 '무모함'에 대해 알게 된 때문이야. 나는 세템브리니와 나프타와 함께 아주 높고 위험한 곳을 방황했어.

나는 인류의 살과 피를 맛보았어. 나는 병든 클라브디아 쇼샤에게 프리비슬라프 히페의 연필을 돌려주었어. 그리고 그렇게 몸, 삶을 알게 된 자는 죽음도 알게 돼. 하지만 그게 전부가 아니야. 교육적으로 말하자면 그건 시작일 뿐이야. 거기다가 스토리의 나머지 반, 다른 측면을 덧붙여야 해. 질병과 죽음에 대한 관심은 삶에 대한 관심을 달리 표현한 것일 뿐이야. 의학이 그걸 증명하고 있어. 의학은 언제나 라틴어로 멋지게 병에 대해 말하지만 실은 언제나 삶을 다루고 있는 거야. 제대로 말한다면 '인간 존재', '인생의 걱정거리 자식'인 인간, 우주 속에서의 그의 위치와 설 자리에 대해 다루고 있는 거야. 나는 이제 인간에 대해 적잖이 이해할 수 있어. 이 '위'에서 많을 것을 배웠어. 저 평지에서 내몰린 나 같은 사람으로서는 숨이 막힐 정도였지.

하지만 바로 나의 이 기둥으로부터 나는 나름대로의 내 전망을 갖게 되었어. 그건 절대로 초라하거나 빈약한 전망이 아니야. 나는 여기서 인간의 위치, 예의 바르고 문명화된 사회의 상태를 꿈꾸었어. 그리고 그 뒤쪽 신전 안에서는 무시무시한 피의 제의가 벌어지고 있었어. 그 태양의 자식들은 그 무시무시한 것을 말 없는 가운데 모두들 알고 있었기에 그토록 서로에게 친절하고 예의가 바른 게 아닐까? 정말로 훌륭하고 올바른 결론을 끄집어 낸 거야.

그래, 나는 이제 나프타도 아니고 세템브리니도 아닌 바로 그들과 함께 할 거야. 그들은 둘 다 말재주꾼일 뿐이야. 한 사람은 사치스럽고 악담만 일삼고 있어. 또 한 사람은 언제나 이성의 나팔을 불면서 미친 사람도 제정신이 들게 할 수 있다고 헛된 꿈을 꾸고 있어. 그저 속물적 도덕일 뿐이고 비종교적이야. 나프타에게도 동의할 수 없어. 신과 악마, 선과 악이 온통 뒤범벅이 되어 개인을 공동체 속으로 침몰시킬 뿐이야. 귀족성, 고귀함에 대한 두 사람의 논쟁도 아무 의미가 없어. 죽음과 삶, 병과 건강, 정신과 자연, 이게 과연 대립되고 모순되는 것일까?

나는 묻고 싶어. 그것들에 무슨 문제가 있느냐고. 아니야. 거긴 아무 문제가 없어. 죽음의 무분별함은 삶 속에 이미 들어 있는 거야. 그것이 없다면 삶은 이미 삶이 아니야.

인신(人神)은, 죽을 수밖에 없는 존재이면서 동시에 종교적인 인간으로서의 인신은, 인간이 그 불가사의한 공동체주의와 공허한 개인주의 사이에 있듯이 '분별없음'으로서의 죽음과 '이성' 사이에 있는 거야. 바로 나의 돌기둥으로부터 나는 이 모든 것을 지각했어. 인간은 그 한가운데에서 씩씩하게, 서로에게 친절하고 서로를 존중하면서 살아야 해. 고귀한 것은 인간 자체이지 대립적인 입장 자체가 아니기 때문이야. 인간은 대립적인 입장의 주인이고 그런 입장은 인간에 의해서만 존재할 수 있어. 따라서 인간이 대립보다 고귀한 거야.

또한 인간은 죽음보다, 혹은 죽음에 비해서 고귀해. 그의 정신에 자유가 있기 때문이지. 인간은 삶보다, 혹은 삶에 비해서 고귀해. 그의 마음에 경건함이 있기 때문이지. 내가 말한 것에는 운율이 있고 이성이 있어. 인류에 대한 꿈의 시를 쓴 거야. 나는 나의 시를 고수할 거야. 나는 착하게 살 거야. 죽음이 내 생각을 지배하지 못하게 할 거야. 내 생각 속에 선이 있고 인류에 대한 사랑이 있고 다른 건 아무것도 없으니까.

제6장

149

죽음은 거대한 힘이야. 누구나 죽음 앞에서는 모자를 벗고 발끝으로 살금살금 걷지. 죽음은 떠난 자의 장중한 깃을 입고 있으며 우리도 엄숙한 옷을 입고 그것을 기리지. 이성은 그 앞에서 초라한 모습으로 서 있을 수밖에 없어. 죽음이 해방이며 광대함이며 방기(放棄)이며 욕망인데 반해 이성은 미덕에 불과하기 때문이야. 죽음은 욕망이라고 내 꿈은 말하고 있어. 강한 욕망일 뿐 사랑이 아니라고 말하고 있어. 죽음과 사랑? 안 돼. 그 둘을 묶어서는 시를 지을 수 없어. 운이 맞지 않아. 사랑은 죽음과 정면으로 대치하고 있어. 죽음보다 강한 건 이성이 아니라 사랑이야. 이성이 아니라 사랑만이 감미로운 생각을 줄 수 있어. 그리고 사랑과 감미로움을 통해서만 형식이 나올 수 있는 거야. 문명, 친근하고 밝으며 아름다운 인간의 교섭들, 피의 제의를 은밀히 인정하면서 나오는 그 모든 형식들 말이야.

그래, 나는 진짜 멋진 꿈을 꾼 것이고 모든 것을 다 살펴본 거야. 나는 기억할 거야. 나는 마음속으로 죽음과의 약속을 지킬 것이며 동시에 죽음에 우리의 생각과 행동을 지배할 힘을 주게 되면 죽음은 악이 된다는 것을, 죽음은 인간에게 적대적이 된다는 것을 기억할 거야. *선과 사랑을 위해, 결코 죽음이 인간의 사고를 지배하게 만들지 말아야 해.* 이것으로 내 꿈은 끝난 것이고 나는 목적을 달성한 거야. 나는 오래전부터 이 말을 찾고 있던 거야. 나는 바로 이 말을 찾기 위해 눈 덮인 산에 올라왔던 거야. 그리고 결국 찾아낸 거야. 내 꿈이 그걸 너무 분명하게 보여주었으니 이제 영원히 잊지 않을 거야. 오, 몸이 따뜻해졌네. 그 말을 찾은 기쁨 덕분이야. 심장도 세차게 뛰고 있네. 단순히 육체적인 이유 때문에 내 몸이 따뜻해지고 심장이 뛰는 게 아니야. 내 기쁜 정신 덕분에 인간적으로 따뜻해지고 심장이 뛰게 된 거야.

내가 꿈에서 찾아낸 그 말은 포도주나 흑맥주보다 더 달콤한 음료수야. 그 음료수가 사랑이나 삶처럼 내 혈관을 흘러 나를 잠과 꿈에서 깨어나게 하지. 그것들이 내 젊은 생명에 너무 위험하다는 것을 잘 알고 있기 때문이야. '일어나라! 일어나서 눈을 떠라! 너의 팔과 다리가 눈 속에 있다! 그것들을 끌어당기고 일어나라! 자, 보아라! 날씨가 좋아졌다.'"

한스 카스토르프는 몸을 벌떡 일으켰다. 몸이 그렇게 해준 게 아니라 일어나고자 하는 의지가 그렇게 해주었다. 그는 스키를 신은 발을 바닥에 툭툭 쳐서 눈을 털어냈으며 온몸의 눈도 털어냈다. 그는 고개를 들어 하늘을 쳐다보았다. 엷은 청회색 구름이 유유히 흘러가고 있었으며 그 사이로 가느다란 눈썹

제6장

151

같은 초승달이 어렴풋이 모습을 보이고 있었다.

'이게 어떻게 된 거지? 아침이 된 건가? 책에서 보았듯 밤새 눈 속에 묻혀 있었는데 얼어 죽지 않았단 말인가?' 그는 사지를 움직여 보았다. 얼어붙은 곳은 아무 데도 없었다. 귀와 손끝, 발끝이 얼얼했지만 여느 때 발코니에서 겪던 정도였다.

그는 시계를 꺼냈다. 시곗바늘이 움직이고 있었다. 밤에 태엽 감는 것을 잊으면 아침에 멈춰 있기 마련인데 여전히 째깍째깍 돌아가고 있었다. 아직 채 5시도 되지 않았다. 5시가 되려면 아직 12~3분이 더 있어야 했다.

이런 터무니없는 일이! 여기 눈 속에 누워 기쁨과 공포의 장면들을 차례로 보고 머릿속으로 그토록 건방진 생각들을 했건만 겨우 10분 남짓밖에 흐르지 않았단 말인가! 그 육각형의 괴물들, 그 눈보라가 이토록 빨리 찾아왔다가 물러갔단 말인가?

이제 그가 집으로 돌아가는 것을 방해하는 것은 아무것도 없었다. 그는 5시 30분경에 도르프에 도착했다. 그는 스키를 가게에 맡기고 세템브리니의 방에 가서 휴식을 취했다. 그가 세템브리니에게 눈보라의 습격을 맞았던 일을 보고하자 그는 깜짝 놀라며 그런 무모한 경거망동을 한 제자를 호되게 나무랐다. 한스는 세템브리니가 내준 커피를 마시고 단잠을 잤다.

그로부터 한 시간 후 베르크호프의 고도로 문명적인 환경이 그를 맞아들였다. 그는 저녁 식사를 왕성한 식욕으로 해치웠다. 그리고 벌써 그가 산 위에서 꿈꾸었던 것이 그의 마음에서 희미해지기 시작했다. 그리고 그가 눈 속에서 생각했던 것들은 바로 그날 저녁부터 처음처럼 분명하지 않게 되었다.

군인, 그리고 용기

요아힘이 떠난 후 한스는 사촌으로부터 짤막한 소식들을 듣고 있었다. 처음에는 씩씩한 기운이 넘쳐흐르는 좋은 소식들이었지만 점차 기가 꺾이는가 싶더니 마침내 뭔가 좋지 않은 일을 애써 감추려고 노력하는 모습이 역력한 소식으로 바뀌었다. 요아힘은 군에 입대해서 청빈과 순결과 복종을 맹세했고, 상관들로부터도 귀여움을 받는다는 소식을 전해왔다. 처음에 하사관으로 복무하던 그는 장교 시험을 치렀고 4월 초에 소위로 임관했다. 소위로 임관한 그는 자신보다 더 행복한 사람, 자기가 택한 일에 만족을 느끼는 사람은 거의 없을 것이라고 했다. 소위에 임관한 뒤, 요아힘은 활기찬 군 생활, 사교 생활 등에 대한 소식도 전했다. 하지만 요아힘은 자신의 건강에 대해서는 한마디 말도 없었다.

그런데 어느 날 우울한 소식이 날아왔다. 자신이 병가(病暇)를 냈고 병상에 누워 있다는 소식이었다. 요아힘은 편지에, 가벼운 감기 정도일 뿐 걱정할 필요는 없다고 썼다. 이어서 한동안 연락이 없더니 또다시 편지가 왔다. 그런데 이번에 편지를 전한 사람은 요아힘 자신이 아니라 그의 모친인 침첸 부인이었다. 그것도 정식 편지가 아니라 전보였다. 의사의 진찰 결과 몇 주 동안의 휴식이 절대적으로 필요하다는 것이었다.

즉시 알프스의 고산 지대로 요양을 떠나라는 처방. 방 둘 예약 바람. 발신인 루이제 외숙모

한스 카스토르프가 발코니에 누워 그 편지를 받은 때는 7월 말이었다. 그는 발코니에 누워 그 전보를 읽고는 머리뿐 아니라 상반신 전체를 끄덕거리면서 "그래, 그래, 맞아. 요아힘이 돌아오는 거야!"라고 중얼거렸다. 기쁨을 주체할 수 없었던 것이다. 하지만 그는 곧 냉정을 되찾고 생각했다.

'음, 이건 나쁜 소식이야. 말도 안 되는 일이야! 제길! 떠난

지 얼마나 되었다고 고향으로 돌아오게 되었단 말인가! 그것도 자기 어머니와 함께 온단 말이지.'

한스는 루이제 외숙모라고 말하지 않고 자기 어머니라고 말했다. 일가친척에 대한 감정은 자기도 모르는 새 엷어져 있었던 것이다. 하지만 신중해야 한다는 생각을 결국 기쁨이 이겼다. 그는 요아힘과 다시 둘이 지낼 수 있었다는 사실에 너무 기뻤다.

"그래, 이제 이 위에서 혼자 지내지 않을 수 있게 된 거야"라고 그는 중얼거렸다.

그는 오후 차 마시는 시간 전에 원무과로 갔다. 요아힘과 침센 부인의 방을 마련하기 위해서였다. 요아힘이 전에 쓰던 방은 이미 맥도널드 부인이라는 새로운 환자가 차지하고 있었다. 한스는 자신과 같은 층에 요아힘의 방과 침센 부인의 방을 마련하고 싶었다. 그는 서둘러 베렌스 원장에게 갔다. 베렌스는 실험실에서 한 손에 뿌연 액체가 든 시험관을 들고 시가를 피우고 있었다.

한스는 원장에게 슬프면서도 감격적인 소식을 전해주었다. 베렌스는 놀라지 않았다. 한스가 그동안 요아힘의 상태에 대해 대충 보고한 셈이었고 베렌스는 요아힘이 5월에 이미 병상에 눕게 되었다는 사실을 알고 있었다.

"아하!" 원장이 입을 열었다. "내가 뭐라고 했어요? 당신이나 그 사람에게 골백번도 더 말했을 겁니다. 그런데 결국 이렇게 되었군요. 그 사람은 9개월 동안 제 뜻대로 '바보들의 천국'에서 지냈습니다. 하지만 뱀이 없는 천국이 아니었어요. 유감스럽게도 오염된 천국이었습니다. 그는 이 늙은 베렌스가 한 말을 믿지 않으려 했습니다. 내 말을 믿었어야 했어요. 그렇지 않으면 결국 때가 늦어서……. 자, 방은 내가 알아서 처리할 테니 걱정 말아요."

그는 볼 일이 있어 이만 실례해야 한다고 말했고 한스는 실험실에서 나왔다.

한스는 전보를 쳤으며 만나는 사람마다 사촌이 돌아온다는 소식을 전했다. 요아힘을 아는 사람들은 기뻐하기도 하고 슬퍼하기도 했는데, 그 모두 진심이었다. 누구든 그의 단정하고 기사도적인 인격을 존중하고 있던 때문이었다. 그 누구도 입 밖에 내지는 않았지만 그가 이 위에 있는 사람들 중에 가장 좋은 사람이라는 것이 중론이었던 것이다.

요아힘과 침센 부인은 한스가 전보를 보낸 지 3일 만에 아무런 연락도 없이 갑자기 이곳에 도착했다. 그들은 한스 카스토르프가 이곳에 올 때 타고 왔던 것과 같은 열차로 왔으며 날짜도 똑같이 8월 초 어느 날이었다. 밤 안정 요양이 시작된 직후 요아힘은 기쁜 얼굴로 한스의 방으로 뛰어 들어와 발코니로 나왔다. 한스는 요아힘이 말끔한 신사복을 입고 있는 모습을 보고 놀랐으며 약간 실망했다. 사촌 그 어디에서도 군인다운 면모가 보이지 않은 때문이었다. 언제나 군복 차림의 사촌만 상상하고 있었는데 이렇게 회색 신사복을 입고 있으니 여느 사람과 조금도 다를 바가 없었다.

잠시 후 세 사람은 저녁을 들기 위해 함께 아래로 내려갔다. 요아힘의 어머니 루이제 침센은 이미 희끗희끗한 머리칼을 망사 그물로 단정하게 감싸고 있었으며 그 모습은 그녀의 사려 깊고 다정한 성격, 신중하면서도 부드럽고 차분한 성격과 잘 어울렸다.

그런데 식사를 하면서 한스는 놀라운 이야기를 들었다. 침센 부인의 입을 통해 나온 이야기였다. 모자는 이틀 걸리는 이곳으로의 여행 도중, 낮에 우연히 뮌헨의 한 레스토랑에서 어떤 여인을 만났다. 혼자 여행을 하고 있었으며 눈썹이 균형 잡힌 호감이 가는 여인이었다고 부인은 말했다.

"이곳에서 환자로 지냈던 사람이라고 하던데, 요아힘과도 잘

제6장

157

아는 것 같더라."

"쇼샤 부인이야." 요아힘이 낮은 목소리로 말했다. "지금 독일 남부 알고이의 요양지에 머물고 있다더군. 겨울에 스페인으로 갈 거라고 했어. 안부를 전해주더군."

한스 카스토르프는 철부지 청년이 아니었기에 얼굴이 붉어지거나 창백해지지 않았다. 신경을 통제할 수 있었던 것이다. 그가 말했다.

"아, 그래? 그렇다면 코카서스 산맥을 넘어서 다시 이쪽으로 온 거로군. 그런데 스페인으로 가려 한다고?"

그러자 침센 부인이 말했다.

"피레네산맥에 있는 어떤 지명을 언급하던데…… 암튼 예쁘고 매력적인 부인이더구나. 목소리도 듣기 좋고 제스처도 우아했고. 하지만 좀 자유분방하고 어딘가 단정치 못한 것 같더구나. 요아힘의 말로는 별로 잘 알고 지내는 사이도 아니라던데 마치 우리가 오랜 친구인 양 말하고 묻곤 하더구나. 좀 이상하긴 했어."

"그런 게 바로 동방 사람, 그리고 병이에요." 한스가 말했다. "그녀를 휴머니즘의 표준으로 보면 안 돼요."

그 말을 하면서 그는 그녀가 스페인으로 가려 한다는 사실을 곱씹는 듯 중얼거렸다.

"흠, 스페인이라……. 거긴 부드러움보다는 엄격성의 땅이지만 휴머니즘의 의미와는 거리가 먼 곳이야. 그곳은 형식이 결여되어 있는 게 아니라 형식이 과잉되어 있어. 죽음조차도 용해되지 않고 형식의 모습을 띠고 있어. 검고, 정교하면서도 살벌한 종교 재판, 빳빳한 깃을 단 이그나티우스 로욜라와 에스코리알 궁전 등……. 흠, 재미있는걸. 쇼샤 부인이 스페인에 대해 뭐라고 할지 궁금해. 그녀는 아마 문을 쾅 하고 닫는 버릇과 작별하게 될지도 모르고 두 개의 극단이 조합을 이루어 그녀를 휴머니즘의 의미와 가깝게 해줄지 몰라. 하지만 동방 사람이 스페인으로 간다면 뭔가 무섭고 피비린내 나는 일이 벌어질지도 몰라."

한스는 얼굴이 창백해지지도 않았고 붉어지지도 않았다. 하지만 그렇다고 해서 그 뉴스가 준 충격을 감출 수는 없었다. 그렇기에 그런 횡설수설에 가까운 말을 지껄이게 된 것이다. 요아힘은 자기 사촌이 이 위에서 얼마나 쉽게 흥분에 빠지는지 미리 알고 있었기에 놀라지 않았지만 그의 어머니는 그렇지 않았다. 그녀의 눈에 당혹의 빛이 떠올랐고 조카가 하는 말이 영 적절하지 못한 것 같다는 표정을 지었다. 한동안 어색한 침묵이 이어진 뒤 그녀는 상황을 무마할 만한 말을 하면서 자리에서 일어났다. 그리고 얼마 후 세 사람은 고산 지대 여름밤의 상쾌한 공기를 마시며 각자 자리에 누워 나름대로의 생각에 빠져들었다.

베렌스는 요아힘에게 4주간의 침대 생활을 권했다. 새로운 환경에 적응하며 체온을 조절하는 데만도 4주가 필요하다는 것이었다. 하지만 요아힘이 언제 저 아래로 돌아가 다시 군복을 입게 될 것인지는 즉답을 피했다. 침센 부인이 10월경이면 퇴원할 수 있겠느냐고 조심스럽게 물었지만 베렌스는 그때가 되면 어쨌든 지금보다는 나아질 것이라고 얼버무렸다. 침센 부인은 이곳에서 일주일을 머문 뒤에 함부르크로 돌아갔다. 이곳에서 그녀가 요아힘을 위하여 특별히 할 일이 없었고 또한 사촌 한스가 곁에 있기 때문이었다.

요아힘이 4주간 침대에 누워 지내는 동안 많은 사람들이 그의 방으로 찾아와 여러모로 위로도 하고 협조도 해주었다. 세템브리니도 찾아와 요아힘에게 상냥하게 말을 걸었다. 그는 요아힘을 '소위님'이 아니라 '대위님'이라고 불렀다. 나프타도 방문해주었고 슈퇴어 부인을 비롯한 많은 여자 환자들, 한스의 산책 친구인 페르게와 베잘 등도 그를 찾아왔다. 심지어 꽃을 사 들고 오는 사람도 있었다.

4주가 지나 요아힘이 이리저리 돌아다닐 수 있을 정도로 열이 내려가자 그는 침대에서 일어났다. 그리고 식당에서 전에 제임스 숙부가 앉았던 자리, 요 며칠 동안 침센 부인이 앉았던 자리에 앉았다. 게다가 맥도널드 부인이 아들의 사진을 꼭 쥐고 숨을 거두었기에 요아힘은 원래 자신이 묵었던 방으로 옮겨 왔다. 하지만 한스와 요아힘의 처지는 정반대로 바뀌어 있었다. 처음에 한스가 이곳에 왔을 때와는 달리 이번에는 요아힘이 한스의 방 옆으로 옮아온 것이었다. 한스가 원래 이곳 거주자였고 요아힘이 방문자로서 사촌 한스의 생활 방식을 익히고 따르게 된 것이다.

사촌들은 세템브리니와 나프타를 방문했고 이 두 명의 '철저한 적대자'들과의 산책을 재개했다. 이 산책에는 페르게와 베잘도 가끔 동행해서 산책 일행은 여섯 명이 되었다. 그리고 이 적지 않은 인원의 청중들 앞에서 두 '적대적인 정신'은 끝이 없는 대결을 이어갔다. 만일 그 논쟁을 모두 소개하다가는 우리 모두 무한한 절망에 빠질 수밖에 없을 것이다. 그들의 끝없는 토론을 들으면서 한스는 그들의 변증법적 겨룸의 대상이 바로 자기 자신의 불쌍한 영혼이라고 생각했다.

어느 날 한스는 나프타로부터 세템브리니가 프리메이슨 단원이라는 이야기를 들었다. 그 이야기를 듣는 순간 나프타가 예수회 회원이라는 말을 들었을 때와 비슷한 느낌을 받았다. 프리메이슨이 아직도 존재한다는 사실에 뭔가 홀린 듯한 기분을 느꼈다. 세템브리니가 나프타의 사상의 배후, 즉 그의 본질적 정신에는 악마적인 것이 존재한다고 말했듯이 나프타는 세템브리니의 배후에 대해 마음껏 비웃었다. 그들 사이의 논쟁을 늘어놓는 일은 피곤한 일이지만 프리메이슨에 관한 두 사람의 견해에 대해서는 비교적 상세하게 소개하고 싶다. 한스 카스토르프의 정신, 혹은 영혼에 어떤 일이 일어나고 있는지 제대로 이해하기 위해서이다.

한스 카스토르프는 처음에는 나프타로부터, 이어서 세템브리니로부터 각각 프리메이슨에 대한 이야기를 들었다. 아직 요아힘이 이곳으로 다시 올라오기 전의 일이었다. 한스가 나프타와 단둘이 있었을 때 나프타는 세템브리니가 프리메이슨 단원이라며 그 세계는 대단히 구식이며 시대착오적이라고 말했다.

"그의 할아버지는 카르보나리, 즉 '숯 굽는 사람들' 당원이었어요. 그는 할아버지로부터 이성과 자유와 인간의 진보에 관한 '숯 굽는 사람들'의 믿음을 물려받은 겁니다. 고전주의적 휴머니즘 미덕 이념에 속하는 고물 상자를 물려받은 거지요. 당신도 알다시피 세상은 정신의 민첩성과 물질의 완강한 둔중함, 완만함, 타성과 관성 사이의 불균형 때문에 당혹스러워 하고 있어요. 그 불균형 때문에 정신은 아무리 현실적이 되려고 애를 써도 현실과 동떨어져 있을 수밖에 없어요. 그런 마당에 죽어버린 낡은 정신이라니요. 죽어 있는 정신은 예컨대 생명이기를 포기한 현무암보다도 더 해로운 겁니다. 낡은 옛 현실의 잔재인 그 화강암은 살아 있는 정신에 의해서 저 멀리 밀려나 있는 것이고 더 이상 현실이라는 개념과 결합할 수 없어요. 그런데도 그 죽어버린 정신이 여전히 물러가지 않은 채 남아서 자신이 쓸모없다는 사실조차 거부하고 있어요. 나는 일반적인 이야기를 하고 있지만, 당신은 내 이야기를 저 휴머니즘 자유사상가, 자신이 지배와 권위에 맞서 아직 영웅적인 저항을 하고 있다고 믿고 있는 저 휴머니스트에 적용해도 될 겁니다. 그가 말하는 혁명은 진정한 혁명이 아니에요. 세템브리니 씨는 프리메이슨 단원이며 그들의 헛된 꿈을 함께 꾸고 있습니다."

"세템브리니 씨가 프리메이슨이라고요! 어떻게 그럴 수가! 이런저런 생각이 막 떠오르는군요. 그를 새롭게 보게 되고 몇 가지가 명확해집니다. 그 사람도 발을 직각으로 벌리고 악수를 독특한 방법으로 할까요? 그런 건 전혀 눈치채지 못했는데요."

나프타가 답했다.

"우리의 훌륭한 제3등급 회원은 그런 유치한 짓은 초월해 있을 겁니다. 나는 세템브리니 씨가 어떤 식의 정통적인 입단 의식을 치렀는지는 자세히 모릅니다. 눈을 가린 채 여기저기 끌려다니다가 어두운 지하실에 한동안 갇힌 뒤, 환한 본부 홀에서 눈가림이 풀렸는지 알 수 없습니다. 또한 엄숙한 비밀 결사 문답을 주고받은 뒤 해골과 세 개의 촛불 앞에서 벌거벗은 가슴에 예리한 칼로 위협을 받았는지도 알 수 없습니다. 당신이 직접 그에게 물어보십시오. 하지만 만족스러운 대답을 들을 수는 없을 것입니다. 의식이야 훨씬 순화되었을지 몰라도 침묵의 서약은 했을 테니까요."

"서약을요? 침묵의 서약을? 아직 그런 것을 한단 말입니까?"

"물론입니다. 침묵과 복종의 서약입니다."

"아니, 복종까지도요! 침묵과 복종이라! 세템브리니 씨 같은 자유사상가가 완전히 스페인적인 그런 규약과 서약에 복종하리라는 생각은 하지 못했습니다. 그러고 보니 프리메이슨에는 뭔가 군대식인 면과 예수회적인 점이 있는 것 같네요."

"제대로 보았습니다. 프리메이슨단의 형제애의 서약이 상징적으로 피로 맺어졌다고 믿을 만한 근거가 충분히 있습니다. 형제애란 순전히 정관(靜觀)적인 의미를 지니는 것이 아닙니다. 그 성격상 반드시 실행되어야 하고 조직되어야 하는 것입니다. 오랫동안 프리메이슨과 거의 동일시되었던 일루미나티(Illuminati, 광명파. 16세기 스페인의 기독교 신비주의의 일파로 18세기에 창설되었다는 설도 있음 - 옮긴이 주)의 창시자가 예수회 회원이었다는 사실은 모르고 있었지요?"

"모릅니다. 금시초문입니다."

"18세기, 예수회 회원이었던 아담 바이스트하우프는 인도적인 비밀 결사단체인 일루미나티를 만들었습니다. 예수회를 전범으로 해서 만든 거지요. 그 자신은 프리메이슨 단원이었고, 또 그 시대 가장 명망 있는 프리메이슨 단원들은 거의 모두 일루미나티 회원이었습니다. 세템브리니라면 그때가 프리메이슨이 가장 부패했던 때라고 둘러대겠지만 사실은 비밀 결사단체의 전성기였습니다. 그러던 것이 요즘은 세템브리니 같은 인본주의자들에 의해서 말하자면 '정화'된 것이지요. 세템브리니 씨가 당시에 살았다면 아마 프리메이슨이 예수회와 몽매주의에 물들어 있다고 비난하는 쪽에 섰겠지요."

"그런 비난에 근거가 있는 것 아닌가요?"

"그래요. 그렇다고 볼 수 있습니다. 프리메이슨에 예수회적인 색채가 가미됨으로써 정치와 사회를 개선하고 인간의 행복을 증진한다는 목표에 엄격한 위계질서가 도입된 셈이니까요. 게다가 애당초 프리메이슨에는 신비적이고 연금술적인 의미가 들어 있었습니다. 그리고 장인(匠人)들의 위계질서가 자리 잡고 있었습니다. 거기에 예수회의 위계질서가 도입됨으로써 중세의 신전 기사단이 다시 부활한 셈이라고 보면 됩니다. 당신도 알겠지만 신전 기사단들은 예루살렘 장로들 앞에서 청빈, 순결, 복종을 서약했어요. 그래서 오늘날에도 프리메이슨의 고위층을 '예루살렘의 대공'이라 칭합니다. 프리메이슨에는 아주 중요한 호칭들이 많이 있는데, 이러한 칭호들은 프리메이슨이 동방 신비주의와 관련이 깊다는 것을 보여줍니다. 한마디로 말하지요. 합리적 사회 개선을 이룩한다는 이념 속에 비합리적인 요소가 결합되어 있는 것입니다. 실은 그 덕분에 프리메이슨이 새로운 광휘를 띠게 되어 많은 사람들을 매혹시키게 된 것입니다. 당시의 이성 편중 풍토, 인도주의적 계몽주의, 과도한 합리주의에 염증을 느끼고 더 강력한 삶의 음료에 목말라했던 사람들을 유혹했던 거지요. 프리메이슨이 너무 열풍을 일으키자 속인들은 프리메이슨이 남자들을 가정의 행복으로부터 눈을 돌리게 만들고 여인을 향한 존중심을 파괴하고 있다고 불평할 정도였습니다. 다시 말하지만 프리메이슨에는 세템브리니 씨가 그토록 비난하는 중세의 암흑적인 요소가 들어 있습니다. 그 지부장을 맡고 있던 사람들도 신비적 자연 인식에 정통한 사람, 마술적 자연과학의 대표자, 한마디로 위대한 연금술사들이었습니다."

"가만, 생각을 좀 가다듬어 봐야겠습니다. 연금술이 무엇인가에 대해서……. 연금술 하면 일반적으로 금을 만드는 것, 화금석(化金石) 등이 연상되는데요."

"쉽게 이야기하면 그렇지요. 좀 더 공식적으로 말하자면 정화(淨化), 정련이고 보다 드높은 상태로의 변신, 변화입니다. 한마디로 승화이지요. 그리고 그 변화의 주요 상징은 바로 무덤이었습니다."

"무덤이요?"

"그렇습니다. 부패가 일어나는 장소이지요. 그들에게는 무덤이야말로 물질이 응축되어 마지막 변모와 정화를 이룩하는 수정증류기입니다. 수습생은 지식욕에 불타야 하고 무덤은 언제나 입단식의 중요한 상징이었습니다. 죽음 안으로 들어가며 공포에 떨면서도 그 죽음에 맞서고, 그것을 경험할 용기를 내야 합니다. 죽음과 부패의 세계를 반드시 거쳐야 비로소 입문 의식을 통과할 수 있는 것입니다."

"감사합니다, 나프타 교수님. 연금술사들이 가르치려는 것이 무엇인지 알게 되었습니다. 제가 왜 그 단어를 늘 매력적이라고 생각했는지도 알 것 같습니다."

"내가 한 가지만 더 이야기해주지요. 프리메이슨을 고대 석공조합에서 탄생했다고 하는 사람들도 있는데 그냥 그렇게만 이야기하는 것은 단순한 역사적인 접근에 불과합니다. 프리메이슨의 엄밀한 복종의 계율, 비밀 엄수에는 보다 깊은 인간적인 토대가 있습니다. 프리메이슨 집회의 비밀은 우리 가톨릭교회의 신비와 마찬가지로 원시 인류의 신비 의식, 제의와 분명히 연결되어 있습니다. 말하자면 가톨릭교회의 애찬(愛餐), 육체와 피의 성찬 같은 것입니다. 그것이 프리메이슨에서의 무덤에 관한 예배 의식과 연관이 있고요. 두 경우 모두 궁극적인 상징 체계, 통음난무(痛飮亂舞)적인 원시 종교의 요소들, 죽어가는 자와 변화하는 자 및 죽음과 변신과 부활을 기리는 심야의 희생 제의와 연관이 있습니다."

"나프타 교수님, 지금 프리메이슨에 대해 설명하시는 게 맞지요? 그런 것을 도대체 어떻게 저 계몽적인 세템브리니 씨와 연결시킬 수 있다는 것입니까?"

"그 사람이 그 모든 것을 알고 있고, 그러면서도 그가 프리메이슨 단원일 수 있다고 생각한다면 그에게 심히 부당한 짓을 범하는 셈이겠지요. 하지만 그는 그런 것에 대해서는 아무것도 모르고 있습니다. 달리 말한다면 세템브리니 같은 사람들은 프리메이슨 정신에서 '더 높은 생명'이라는 요소를 제거한 것입니다. 말하자면 그것을 인간화하고 현대화한 것이지요. 정말 어처구니없는 일입니다! 프리메이슨을 거짓 신들로부터 구해내서 그것에 실리, 이성, 진보를 회복시켜주었다는 것입니다. 군주들과 사제들과 전쟁을 벌이기 위해서, 한마디로 사회를 개선하기 위해서 그렇게 했다는 것입니다. 간단히 말하자면 그것은 사교 클럽 형태를 띤, 하느님께 버림받은 부르주아의 비참함을 대변합니다. 어쨌든 세템브리니 씨가 프리메이슨 단원인 한 그는 세템브리니 개인이 아닙니다. 그의 배후에는 권력이 도사리고 있으며 그는 그 권력의 대표이자 밀사라는 사실을 명심해야 합니다."

"밀사라고요?"

"그럼요. 개종 운동가이고 영혼의 사냥꾼이지요."

제6장

169

한스는 속으로 '그렇다면 당신은 어떤 종류의 밀사인지 묻고 싶군요'라고 생각했다. 하지만 그는 더 이상 묻지 않고 그와 헤어졌다.

얼마 뒤 한스가 세템브리니로부터 프리메이슨에 대해 보다 많은 정보를 얻는 일은 그다지 어렵지 않았다. 그가 자신이 프리메이슨 단원임을 별로 숨기려 하지 않은 때문이었다. 그 점에서 그는 나프타가 비밀을 함부로 누설했다고 비난할 만한 처지가 아니었다. 즉 '이탈리아 프리메이슨 일람'이라는 책자가 그의 탁자 위에 펼쳐진 채 있었던 것이다. 전에도 그렇게 펼쳐져 있는 것을 한스는 본 적이 있었지만 눈여겨보지 않았을 뿐이었다. 한스는 마치 세템브리니가 프리메이슨과 관련이 있음을 전부터 알고 있었던 척하며 프리메이슨에 대해 물었다.

세템브리니는 처음에는 비밀 서약이 마음에 걸리는 듯 꺼리는 눈치이더니 지식욕에 불타는 청년에게 자신의 결사 단체가 전 세계에서 활발하게 세력을 펼쳐나가고 있다고 말했다. 그는 전 세계에 약 2만 개의 지부가 있으며 대지부만도 150여 개라고 말했다. 그는 아이티나 라이베리아 공화국 같은 비문명국에도 지부가 있다고 말하면서 유명 인사들의 이름을 자랑삼아 열거했다. 그중에는 볼테르, 라파예트와 나폴레옹, 프랭클린과 워

싱턴, 마치니와 가리발디의 이름도 포함되어 있었다. 심지어 생존해 있는 영국 국왕 이름도 거론했고 유럽 각국의 운명을 좌지우지할 만한 유력 인사들, 정부와 의회의 유명 인사들의 이름도 입에 올렸다. 이어서 그는 프리메이슨이 애당초 비정치적이었다는 의견에는 동조하지 않는다며 실례로 스페인의 각 지부는 애당초 정치색을 띠고 있었다고 말했다. 그리고 애당초 인류의 행복을 지향하는 것이 프리메이슨의 목적이었던 만큼 프리메이슨은 필연적으로 정치적일 수밖에 없다고 말했다. 그는 인간의 삶 자체가 정치라는 말을 떼어놓고는 성립될 수 없다고 덧붙였다.

이어서 그는 학생에게 다짐을 하는 선생으로서 말했다.

"이봐요, 엔지니어 양반, 우리의 신조는 간단해요. '이 세상에서 악을 멸하라!' 그게 우리의 종교예요. 그리고 그 힘은 우리 유럽에 있어요. 그러니 친애하는 친구여, 더 이상 망설이거나 헤매지 말아요. 이제 결정을 내려야 할 때가 왔어요. 유럽의 행복과 미래를 위하여 이루 말할 수 없이 중요한 결정을 내려야 할 때가! 그러한 결정은 당신 나라에서 내려질 것이며 당신 나라의 영혼 속에서 그 결정은 완수될 것입니다. 당신의 나라 독일은 동양과 서양 사이에 위치해 있기에 독일이 선택해야만 합니다. 당신들 독일이 두 세계 중에서 최종적으로, 그리고 의식적으로 최종 결정을 내려야 합니다. 당신은 젊으니 당신이 이 결정에 참여해야 합니다. 당신은 그 결정에 영향력을 행사해야 합니다. 그런 의미에서 당신을 이 끔찍한 곳으로 오게 해서 내가 실천하지 못한 과업을 당신처럼 유연한 젊은이에게 전할 수 있게 해준 운명을 찬양합시다. 내 말이 단순한 웅변에서 그치지 않고 당신과 당신의 나라가 이 문명 앞에서 책임감을 느낄 수 있게 해준 그 운명에 대해서!"

이어서 세템브리니는 프리메이슨이 꿈꾸는 세계 연합 사상에 대해서, 그것이 지금 어느 정도 실현되고 있는지에 대해서 설명하면서 전 세계 권위 있는 사람들로부터 받은 편지를 한스에게 보여주었고 에스페란토어를 세계 연합 공용 언어로 선포할 계획에 대해서도 설명해주었다.

여기까지 소개한 프리메이슨에 대한 두 사람의 이야기, 혹은 교육은 요아힘이 다시 이곳, 베르크호프 요양원으로 오기 전에 이루어진 것이었다. 하지만 이제부터 우리가 언급하게 될 논쟁은 요아힘이 이곳에 올라온 지 9주가 지난 10월 초에 벌어졌다. 그 논쟁은 프리메이슨과는 별도로 벌어진 논쟁이었고 프리메이슨의 본질에 관한 이전 이야기들과는 직접 연관이 없었다.

사촌들 외에 페르게와 베잘도 그 자리에 함께 있었고, 비록 그 논쟁을 이해할 만한 지적 수준은 아니었지만 모두들 열심히 귀를 기울였다. 마치 생사를 건 듯 격렬하기 그지없는 논쟁이었지만 기지와 세련미 덕분에 생사를 건 논쟁이라기보다는 마치 우아한 시합을 구경하는 것 같았다.

오후 차 마시는 시간이 지난 후 네 사람은 요양 호텔 앞에서 세템브리니를 만났는데 우연히 나프타도 그 자리에 끼게 되었다. 여섯 사람은 작은 탁자 주변에 둘러앉아 음료를 마셨다. 제일 먼저 입을 연 것은 세템브리니였다.

"엔지니어 양반, 내가 무슨 소리를 들었는지 압니까? 어떤 소문이 내 귀에 흘러들어 왔을까요? 당신의 베아트리체가 돌아온다면서요? 당신을 천국의 아홉 계단으로 인도해준 그녀 말입니다. 그렇더라도 당신의 베르길리우스의 친절한 손길을 냉정하게 뿌리치지 않기 바랍니다. 지금 이곳에 있는 우리의 성직자께서는 프란체스코의 신비주의에 맞선 토마스 아퀴나스가 없었다면 중세는 완전하지 않았을 것이라고 당신에게 말해줄 것입니다."

단테의 『신곡』을 빗대서 단테를 연옥까지 안내해준 베르길리우스에 자신을 비유한 것이다. 사람들은 세템브리니의 박식

한 해학에 즐거워했으며 한스도 자신의 베르길리우스를 위해 소다수를 탄 아니스 잔을 높이 쳐들었다. 그런데 세템브리니의 그 악의 없는 허풍 때문에 얼마나 열띤 논쟁이 벌어졌는지 믿을 수 없을 정도였다. 곧이어 세템브리니가 호메로스보다 높이 평가하고 있는 베르길리우스에 대한 나프타의 공격이 이어진 것이다. 나프타는 마치 도전이라도 받은 듯 그런 미사여구나 늘어놓은 어용 시인, 독창적인 데라곤 찾아볼 수 없는 베르길리우스가 뭐 그렇게 위대하냐고 마구 비난을 해댔다. 그러자 세템브리니는 고대 문화에 스며들어 있는 시민적 교양, 인간적 교양과 이성을 받아들여야 인류의 미래가 있을 것이라고 반박했으며 그에 대해 나프타는 기껏해야 한 시대의 정신에 불과한 부르주아 이상을 인류의 미래와 연결하는 것은 망발이라며 그것은 시대와 더불어 사멸할 수밖에 없는 일시적인 것일 뿐이라고 비판했고, 인류의 미래를 그의 라틴 보수주의에 걸지 말라고 경고했다.

키 작은 나프타의 말을 듣고 세템브리니는 발끈할 수밖에 없었다. 진보의 사도라고 자처하는 자신을 보수주의자라니! 세템브리니가 반격의 말을 찾는 동안 나프타는 고전적 교양이 이상으로 삼고 있던 것, 당시의 이른바 고상한 형식이라는 것들은 모두 민중의 조롱의 대상이었다고 계속 떠들었다. 게다가 그는 이른바 교양을 가르친다는 요즘의 학교 시스템과 형태도 시대 착오적이라고 비난했다. 그러자 세템브리니는 민중의 비판이라는 것은 문맹(文盲)에서 비롯된 맹목적 비판이며, 민중을 중시하는 것은 문맹을 중시하는 태도와 같다고 말했다. 그러자 나프타는 읽고 쓰는 능력이 없는 사람을 정신적 암흑에 갇혀 있다고 간주하는 것은 르네상스 시대의 재담꾼, 바로크 예술가들, 문체주의자, 글씨나 예찬하는 어릿광대들뿐이라고 비웃었다. 그러자 세템브리니는 나프타가 문학 형식을 멸시함으로써 광신도적인 야만성에 대한 자신의 취향을 드러낼 뿐이라고 비판했다. 그는 말했다.

"고상한 형식이 없다면 인간성이라는 것은 가능하지도 않고 생각조차 할 수 없어요. 그런 것이 없던 때도 없었고 앞으로도 절대로 없을 것입니다. 문맹에 근본적인 고상함이 들어 있다고요? 그런 건 염세주의자나 할 수 있는 소리예요. 고대 라틴 문화의 유산이야말로 모든 이상주의의 원천입니다. 당신이 문학과 삶의 분리를 주장하면서 문학을 깔보지만 그건 오히려 문학에 아름다움이라는 왕관을 씌워주는 것과 같아요. 자, 이 젊은 이들에게 한번 물어보시지요. 문학과 야만이라는 적대적 두 진영 중에서 어느 쪽을 택할 것인지."

그때 한스는 요아힘에게 눈길을 주느라 그들의 논쟁을 건성으로 듣고 있었다. 요아힘의 눈에 이전에 보지 못하던 이상한 표정이 나타나 있던 때문이었다. 한스는 즉답을 요구하는 것 같은 세템브리니의 말을 들으면서, 전에 '서양과 동양' 중에서 한쪽을 택하라는 요구를 세템브리니에게서 받았을 때와 마찬가지로 유보적 태도를 보이며 약간 저항하는 듯한 표정을 지었을 뿐 아무 대답도 하지 않았다.

그들 두 사람은 모든 것을 논쟁거리로 삼았고 언제나 극단으로 치달았다. 그러나 한스의 개인적인 생각에, 인간적이라고 부를 수 있는 것은 서로 싸우고 있는 양극단의 중간 어딘가에, 과장된 인본주의와 문맹적 야만주의 사이 어딘가에 놓여 있는 것 같았다. 하지만 그는 두 사람의 정신적 대표자에게 거스르기 싫어 베르길리우스에 대한 가벼운 농담으로부터 시작된 논쟁에 끼어들지 않고 물끄러미 구경만 하고 있었다.

세템브리니와 나프타는 토드와 헤르메스 신에 대해 새로운 논쟁을 벌이고 있었다. 세템브리니는 그를 문자 발명의 신, 책의 수호신, 정신적인 노력을 옹호하는 신이라고 찬양했다. 이에 대해 나프타는 헤르메스는 원숭이와 달, 그리고 영혼의 신이며 죽음과 망자의 신, 영혼 안내자라고 맞받았다. 그리고 헤르메스는 고대 후기에 이미 대마법사로 간주되었으며 중세에는 신비스러운 연금술의 대부가 되었다고 말했다. 그들의 끝없는 논쟁에 귀를 기울이며 한스는 혼란에 사로잡혔다. 여기 푸른 외투를 입은 죽음의 신이 휴머니스트 웅변가 모습을 하고 있다. 이 교육학자이자 문학의 신, 인간에게 자선을 베푼 그 신을 보다 가까이서 바라보면 머리 위에 어둠과 마법의 상징을 쓰고 웅크리고 앉아 있는 원숭이의 얼굴이 보인다. 한스 카스토르프는 거부하듯 손을 흔들고 눈을 가렸다. 하지만 그의 귀에는 문학을 예찬하는 세템브리니의 송가가 계속 울렸고 문학의 형식은 생명과는 아무 관계도 없는 기만적인 형식이라고 맞받아치는 나프타의 목소리가 울렸다. 나프타는 세템브리니가 말하는 인류의 정화는 사실상 인류를 거세해서 빈혈 상태에 빠지게 하는 것이라고, 진보란 순전히 허무주의적이라고, 자유주의적 시민은 사실상 '무와 악마의 인간'으로서 신을 부정한다고 몰아붙였다. 그러자 세템브리니의 아름다운 송가는 죽음의 장송곡이 되었고 죽음과 병을 예찬하던 나프타는 사랑의 대변자가 되었다. 도무지 어느 쪽에 신이 있고 악마가 있는지, 어느 쪽에 삶이 있고 죽음이 있는지 구분이 불가능한 상태가 되어버린 것이다.

둘은 논쟁을 계속했지만, 한스는 더 이상 귀를 기울이지 않았다. 요아힘이 자신에게 분명히 감기 증상이 있는 것 같은데 여기서는 그런 하찮은 것에 아무도 관심을 보이지 않으니 어떻게 해야 할지 모르겠다고 말한 때문이었다. 실제로 두 논객은 요아힘에게 아무 관심도 쏟지 않았다. 한스는 사촌에게 걱정스러운 눈빛을 보내다가 그들이 논쟁을 계속하는 도중에 자리에서 일어났다. 말하자면 그 교육적인 논쟁에 목말라하는 제자 역할을 베잘과 페르게만에게 넘겨주고 나온 것이었다.

요양원으로 돌아온 한스는 마사지사를 통해 수간호사에게 요아힘이 감기 기운이 있다는 사실을 전했다. 요아힘의 방으로 찾아온 밀렌동크 수간호사는 나중에 원장에게 후두 진찰을 받아보라며 몇 가지 약을 두고 나갔다. 그 약을 먹고 목의 통증은 사라졌지만 쉰 목소리는 여전했다.

원장이 요아힘에게 약속한 10월이 훌쩍 지나갔다. 엑스레이 검진 결과에 의하면 자포자기에 의한 퇴원이라면 모를까 정상적인 퇴원은 기대할 수 없을 정도로 상태가 안 좋았다. 사촌들은 암묵리에 그 사실을 이미 결정된 사항으로 받아들였다. 하지만 둘 다 상대방도 같은 생각을 하고 있으리라고 확신할 수 없었기에 둘은 눈길이 마주치는 것을 피했다. 그러던 어느 날 식사 때였다. 식사 도중 요아힘이 갑자기 심하게 기침을 하며 숨이 막힌 듯 컥컥거렸다. 요아힘이 헐떡거리며 손수건으로 입을 막았고 옆에 앉은 마그누스 부인이 그의 등을 두드리는 동안 한스와 요아힘의 눈길이 마주쳤다. 이제껏 애써 피하던 요아힘의 눈길에서 한스는 심한 충격을 받았다. 나프타와 세템브리니의 논쟁 중에 그의 눈길에서 느꼈던 이상한 새로운 빛과 불길한 징조를 다시 발견한 것이다.

수간호사의 보고로 요아힘은 즉시 베렌스 원장에게 불려가 후두경 검사를 받았다. 검사를 받고 돌아온 요아힘에게 한스가 결과를 물었지만 요아힘은 매일 그곳에 약을 바르라는 처방을 베렌스로부터 받았을 뿐이라고 말했다. 한스는 자신이 직접 베렌스 원장을 만나봐야겠다고 결심했다.

그런데 도무지 원장을 만날 수가 없었다. 요아힘의 눈을 피해 만나야 했으니 쉽지 않은 일이었지만 그것만이 이유는 아니었다. 한스가 수소문 끝에 그가 있는 곳을 알아내고 그곳으로 가보면 원장은 이미 그곳을 떠난 뒤였다. 심지어 복도에서 원장이 수간호사 및 크로코브스키 박사와 이야기를 나누고 있는 것을 보고 기다리고 있던 적도 있었지만 잠시 한눈을 파는 사이에 원장은 어디론가 사라지고 없었다.

한스는 나흘째가 되어서야 겨우 목적을 달성할 수 있었다. 한스는 정원사와 무언가 이야기를 나누고 있는 원장의 모습을 발코니에서 발견하고 후다닥 뛰어 내려갔다. 한스가 헉헉거리며 원장에게 다가가자 원장은 마치 호통치듯 말했다.

"대체 무슨 일입니까?"

"원장님, 꼭 여쭤볼 말이 있습니다. 잠시만 시간을 내주십시오."

"당신이 얼마 전부터 내 뒤를 여자 뒤꽁무니 쫓듯 쫓아다니는 것을 알고 있었어요. 대체 무슨 용건입니까?"

"원장님, 제 사촌 일 때문에 그럽니다. 지금 약을 바르고 있는데……, 그걸로 괜찮겠지요? 대수롭지 않은 일이겠지요?"

"당신은 무슨 일이든 대수롭지 않게 생각하는 성격이로군요. 그렇게 해서 스스로 위안을 삼으려 하다니 좀 비겁하군요. 암튼 앞으로 6주 내지 8주 동안 사촌에게 잘 대해주세요. 그리고 무슨 일이던 아무렇지도 않게 생각하는 당신의 천성에 맡기십시오. 나도 될 수 있는 한 아무 탈 없이 일이 진행될 수 있도록 최선을 다하겠어요."

"후두 문제입니까?"

"후두 결핵입니다. 파괴 작용이 급속히 진행되고 있어요. 아마 군대에서 호령한 것이 악영향을 미친 것 같아요. 거의 가망이 없습니다. 사실은 전혀 없다고 하는 게 좋아요. 물론 최선을 다해볼 작정입니다. 자, 어서 돌아가요. 그가 이런 이야기를 나누었다는 것을 알면 기분이 좋지 않을 테니까."

한스와 요아힘은 여전히 매일 산책을 했다. 하지만 원장이 요아힘에게 체력이 고갈되는 것을 엄격히 금했기에 하루에 세 번 규정된 산책만 함께 할 수 있었다. 산책길에서 요아힘은 한스 옆에서 고개를 숙이고 걸었다. 그는 흙을 바라보듯 눈길을 땅으로 향했다. 마주치는 사람들에게 단정하고 예의 바르게 인사를 했지만 마치 흙으로 돌아갈 운명을 알고 있는 것 같았다. 물론 우리들 모두 조만간 흙으로 돌아갈 운명이다. 하지만 그토록 젊은 나이에, 자기가 택한 일에 그토록 기쁘게 종사할 준비가 되어 있는데 흙으로 돌아가야 한다는 것은 쓰린 일이었다. 하지만 실은 흙으로 돌아가야 하는 본인보다도 그 사실을 알고 옆에서 걸어가고 있는 사람에게 더 쓰린 일이었고 납득하기 어려운 일이었다. 요아힘도 자신이 흙으로 돌아가리라는 사실을 알고 침묵을 지키고 있었지만, 그가 알고 있는 것은 어떤 의미로는 비현실적이었으며 그 사실에 대해 옆에서 걷고 있는

제6장

181

사람보다 관심이 적었다고 볼 수 있다.

실제로 사람의 죽음이란 당사자보다는 살아남은 자의 문제이다. 요아힘이 아래 격언을 알고 있었는지는 모르겠지만 그는 그 격언이 타당함을 실제로 증명하고 있었다.

'우리가 존재하는 한 죽음은 존재하지 않는다. 그리고 죽음이 찾아오면 우리는 존재하지 않는다. 달리 말한다면 죽음과 우리 사이에는 아무 관계가 없다. 죽음은 우리와는 아무 상관이 없는 그 무엇이다. 즉 죽음은 이 세상과 자연과만 상관이 있을 뿐이다. 그 때문에 모든 생물체는 죽음을 침착하게, 무심하게, 이기적인 무책임으로 바라볼 수 있다.'

한스는 요 몇 주 동안 요아힘에게서 그런 마음의 상태를 읽어낼 수 있었다. 그리고 요아힘이 알고 있으면서도 모르고 있음을 이해할 수 있었다. 요아힘이 별로 힘들이지 않고 이 문제에 대해 조용히 침묵을 지킬 수 있는 것은 그와 죽음과의 내적인 관계가 말하자면, 단지 이론적인 관계인 때문이었다. 죽음이 실제로 자기 자신과 연관을 맺게 될 때, 죽음은 이른바 건전한 상식의 규제를 받게 되어 그것에 대해 당사자는 말을 아끼게 된다. 그것은 우리의 삶 속에서 벌어지기 마련인 온갖 예의에서 벗어나는 상스러운 일들에 대해 우리가 입 밖에 내기를 꺼려하는 것과 마찬가지이다.

요아힘이 자신에게 닥쳐온 일에 대해 함구하고 있었지만 그의 안색은 하루가 다르게 누렇게 변했고 하루가 다르게 온몸에서 기력이 빠져나갔으며 심지어 산책길에 넘어지려는 그를 한스가 부축해주어야 할 정도가 되었다. 그리고 11월이 되자 요아힘은 침대에 누워 지내라는 명령을 받았다. 사방에 눈이 쌓여 있었다. 요아힘은 음식을 넘기기 힘들 정도가 되어 다진 고기와 죽도 억지로 먹었다. 얼마 후 그는 유동식만 먹게 되었고 침대에서 일어나지 못했다.

한스는 그 사실을 외숙모 루이제 침센에게 알렸고 외숙모는 편지를 받은 지 3일 만에 그곳에 도착했다. 요 몇 주간에 아들에게 일어난 변화를 직접 확인한 침센 부인은 피골이 상접한 아들의 모습을 보고도 깊은 슬픔을 겉으로 드러내지 않았다. 그녀는 강인한 영혼을 지닌 사람이었다. 거의 눈에 보이지 않는 그물로 단정하게 묶어 놓은 그녀의 머리칼은 그녀의 침착하고 자제력이 있는 성격과 몸가짐을 대표적으로 보여주고 있었다. 그녀는 모성을 발휘하여 자신의 간호와 헌신만이 아들을 살릴 수 있으리라고 생각하고 아들을 보살폈다.

하지만 어머니의 모성이 아무리 지극하더라도 두 가지 사실

제6장

183

은 의심의 여지가 없었다. 그중 하나는 요아힘이 의식이 뚜렷한 채로 죽음에 가까워지고 있다는 사실이었고, 다른 하나는 그가 자신의 상황을 받아들이고 침착하게 평정을 유지하고 있다는 사실이었다. 11월 마지막 주가 되어서야 그는 의식을 잃었다. 그는 정신이 혼미한 가운데 얼마 안 있으면 부대로 복귀할 것이다, 기동 훈련에 참가해야 한다는 등의 말을 했다. 바로 그 순간 베렌스 원장은 이제 모든 희망은 사라졌으며, 임종은 시간문제일 뿐이라고 최종 선고를 내렸다.

그 선고로부터 요아힘이 조용히 숨을 거둘 때까지의 묘사는 생략하기로 하자. 그가 숨을 거둘 때 옆에는 어머니와 사촌만이 있었다. 루이제 침센 부인은 흐느껴 울며 고개를 돌렸고 한스는 요아힘의 눈꺼풀을 감겨준 다음 하염없이 눈물을 흘렸다.

요아힘의 유해는 고향으로 운반하기로 결정되었다. 베르크호프 당국에서 필요한 모든 조치를 취해주어 침센 부인과 한스는 따로 할 일이 없을 정도였다. 눈에 빛이 반사되는 방에 누워 있는 요아힘의 모습은 아름답게 보였다. 긴장의 빛이라고는 없었으며 더할 나위 없이 순수하고 평온해 보였다. 오후가 되어 금속제 관이 운반되어 왔고 한스는 시신을 관으로 옮기는 것을 도와주었다. 그런 후 돌처럼 차가워진 요아힘의 이마에 작별의 키스를 하고 침센 부인과 함께 방에서 나왔다.

여기서 일단 우리는 잠정적으로 막을 내리기로 하자. 막이 천천히 내려가는 동안 이 높은 곳에 홀로 남겨진 한스 카스토르프의 입장이 되어 그와 함께 마음속으로 저 멀리 평지의 축축한 묘지로 눈을 돌려보자. 그리고 그곳에서 군도가 번쩍 들어 올려졌다가 내려오고 이윽고 명령이 내려지는 가운데, 나무뿌리가 엉켜 있는 요아힘 침센의 묘지 위에 울려 퍼지는 세 발의 소총 사격 소리, 그 열광적인 예포 소리에 귀를 기울이기로 하자.

제7장

시간의 대양에서

우리는 정말로 시간을, 시간 그 자체를 이야기할 수 있을까?
아니다. 그것은 터무니없는 시도일 뿐이다. 제대로 양식을 갖
춘 사람이라면 '시간이 지나갔다, 시간이 경과했다, 시간이 흘
러갔다' 등등으로만 이어지는 이야기를 이야기로 여기지는 않
을 것이다. 그것은 한 시간 동안 같은 음이나 코드를 계속 연주
하면서 음악이라고 말하는 것과 같은 짓이다. 시간을 무언가로
가득 채운다는 점에서 이야기는 음악과 비슷하기 때문이다. 이
야기는 '시간을 메우고', '시간을 해체해서', '시간에 무엇인가
존재하게' 하고, '무언가 진행되게' 하기 때문이다. 시간이 삶의

매개물이듯이 시간은 이야기의 매개물이다. 마치 물체가 필연적으로 공간에 묶여 있듯이 이야기와 삶은 필연적으로 시간에 묶여 있다. 조형 예술이 단번에 눈에 들어오는 것과 달리 음악은 시간이 경과해야만 자신의 모습을 드러낼 수 있다.

하지만 음악과 이야기에는 차이가 존재한다. 음악에서 시간이라는 요소는 단 한 종류뿐이다. 음악은 악절(樂節)의 모습으로 지루한 시간 속으로 흘러 들어가 음악으로 채워진 시간을 매혹적으로 만들고 고결하게 만든다. 하지만 이야기에는 두 종류의 시간이 있기 마련이다. 그중 하나는 음악에서와 마찬가지로 실제적 시간으로서 이야기가 표현되고 진행되는 데 필요한 시간이다. 그리고 다른 하나는 그 내용과 관련 있는 시간으로서 극히 상대적이다. 따라서 이야기의 허구적 시간이 실제적 시간과 거의, 혹은 완전히 일치할 수도 있고 한없이 멀어질 수도 있다. 예컨대 '5분 왈츠'라는 제목이 붙은 음악은 5분간 지속될 뿐이며 시간과 왈츠곡 사이의 관계는 그것뿐이다. 하지만 내용적으로 5분간 일어난 일을 지극히 양심적으로 이야기하려 한다면 5분의 천 배나 되는 시간이 걸릴 수도 있으며, 반대로 한없이 지루한 실제의 시간을 이야기 내용 속에서 짧게 줄일 수도 있다. 우리가 이 이야기를 하는 것은 이야기에서 결정적인 요인의 하나인 환상적인 요소, 보다 분명하게 말한다면 병적인 요소에 대해 암시하기 위해서이다. 즉 실제 삶에서 일어난 비정상적인 경험이나 초월적인 경험들을 상기해서 이야기를 전개하는 경우 이야기는 연금술적인 마술처럼 전개되거나 시간적으로 초(超)원근법적으로 펼쳐지게 된다.

아편 중독자의 기록에 의하면, 아편에 취해 있는 짧은 시간에 그는 10년, 30년, 60년에 달하는 시간, 심지어 인간이 물리적으로 경험할 수 없는 한계 너머까지의 시간을 경험한다. 꿈속에서의 시간은 실제의 시간, 혹은 음악적 시간에 비해 어마어마하게 길며, 그 안에서는 사건들이 믿을 수 없을 정도로 압축된다. 어느 마약 중독자의 말처럼, 이미지들이 '마치 태엽이 풀려버린 고장 난 시계에서처럼' 놀랄 만큼 빠르게 밀려 들어오는 것이다.

이야기 속에서도 어느 정도 아편 중독자와 비슷한 방법으로 시간이 다루어질 수 있다. 사정이 그렇다면 시간은 이야기의 매개자이면서 동시에 이야기의 주제가 될 수 있다. 그러니 '시간의 이야기'를 할 수도 있다고 말하는 것은 좀 지나친 감이 있지만 '시간에 관한 이야기'를 하고 싶다고 말하는 것은 겉보기와 달리 그다지 터무니없는 일은 아니다. 시간이 이야기될 수 있느냐 아니냐의 문제를 우리가 제기하는 것은 이 작품 속에 그와 비슷한 의도가 약간은 들어 있음을 고백하기 위해서이다.

우리는 이 이야기를 하면서 독자들 모두 우리의 주인공의 체험에 동참하기를 원한다. 하지만 독자 여러분이 앞에서 있었던 일을 기억하지 못하거나, 주인공이 겪었던 경험을 금세 잊었다 할지라도 우리는 낙담하지 않을 것이다. 아니, 오히려 감사해야 할지도 모른다. 한스 카스토르프 자신이 그가 겪은 일을 분명하게 기억하지 못하고 있으며 바로 그것이 그가 이 위에서 겪은 '소설적' 모험들의 특성으로서 바로 그 특성에 의해 그 모험들은 여러 가지 의미에서 '시간 소설'이 될 수 있는 것이다.

요아힘이 무모하게 이곳을 떠날 때까지 그는 얼마나 오랫동안 그의 사촌과 이곳에서 지냈던가? 그들이 함께 지낸 시간은 전부 얼마인가? 그가 평지로 떠난 날은 언제이고 얼마나 오래 평지에서 지냈으며 언제 돌아왔는가? 사촌이 돌아왔을 때, 또한 그가 시간과 작별을 고했을 때 한스는 얼마나 오래 이 위에 있었는가? 쇼샤 부인은 얼마나 오랫동안 이곳에 없었던가? 언제부터 그녀는 다시 이곳에 있게 되었으며 그로부터 얼마나 시간이 지났는가?—그녀는 돌아와 있었다—그녀가 돌아올 때까지 한스 카스토르프는 얼마나 긴 지상의 시간을 이곳 베르크호

제7장

프에서 보냈는가? 아무도 그에게 그런 질문을 하지 않았고 스스로도 그런 질문을 던지기를 주저했을 것이다. 그리고 만일 누군가가 그에게 그런 것을 묻는다면 그는 아마 이마만 툭툭 칠 뿐 분명 대답을 할 수 없었을 것이다. 그것은 그가 이곳 위로 온 첫날 세템브리니가 나이를 물었을 때 대답을 하지 못했던 것과 마찬가지로 심히 우려되는 현상이었다.

이 모든 이야기가 터무니없게 들릴지도 모른다. 하지만 우리가 시간에 대한 셈을 할 수 없거나 우리의 나이까지 잊어버리게 되는 상황은 얼마든지 있을 수 있다. 그것은 우리의 내부에 시간 감지 기관이 없어서 외부의 고정된 시계 바늘이 없다면 대충이라도 비슷하게 시간을 측정할 능력이 없기 때문이다. 탄광에 매몰되어 낮과 밤을 전혀 구분할 수 없는 상태에서 지낸 광부들이 구출된 후, 그들은 그들이 암흑 속에서 희망과 절망 사이를 오가며 지낸 기간이 사흘이라고 말한 적이 있었다. 하지만 실제로 그들은 열흘간 매몰되어 있었다. 상식적으로라면 극도의 긴장 상태에서 시간은 실제 시간보다 더 길게 여겨졌으리라고 생각할 것이다. 그런데 광부들에게 시간은 3분의 1 이하로 줄어들었던 것이다. 이로 보아 사람들은 당황한 상태에서는 시간을 늘리기보다 줄이는 경향이 있는 것 같다.

한스는 시간에 대한 그런 몽롱한 상태, 객관적인 계산을 하려 하지 않는 상태에서 빠져나오려는 생각조차 하지 않는 것 같았다. 그가 그냥 그럴 기분이 아니라서 그런 것인지 아니면 주위 환경 때문인지는 잘 모르겠다. 어쨌든 쇼샤 부인이 다시 돌아온 때는—한스 카스토르프가 상상했던 것과는 전혀 다른 모습의 귀환이었지만 그에 대해서는 나중에 이야기하기로 하자—강림절 기간이었으며 전문학석으로는 1년 중 낮이 가상 짧은 날이었다. 하지만 전에도 한번 말한 적이 있지만 이곳 위에서는 그런 계절적인 구분을 할 필요도 없이 늘 겨울이었고, 간간이 해가 내리쬐는 여름 날씨가 끼어 있을 뿐이었다. 사계절이 한꺼번에 뒤섞여 있었기에 1년이 긴 것 같으면서도 짧게 느껴지거나, 반대로 짧은 것 같으면서도 길게 느껴졌다. 따라서 요아힘이 참지 못하고 가끔 내뱉었듯 도무지 시간이 흐른다고 말할 수 없는 상태였다. 게다가 '아직'이나 '벌써 다시' 같은 정서적 개념이나 의식 상태가 마구 뒤섞이는 바람에 엄청난 혼란이 생겼으며 이 혼란이 가장 끔찍하고 당혹스러우며 괴기한 것이었다. 한스 카스토르프는 이 위에 머물게 된 첫날 호사스런 무늬의 벽지가 발린 식당에서 다섯 번 식사를 하면서 이런 괴기한 것 안에서 철버덕거리며 지내고 싶은 욕구가 자신 안에 들어 있음을 발견했다. 그는 비록 아직 비난받을 만한 정도는 아니었지만 희미한 현기증을 느꼈던 것이다. 하지만 이후 감각과 정신의 기만(欺瞞)은 그 도가 점점 더 심해졌고 그는 그 현기증에 취했다. 그 현기증에는 일종의 공포와 열렬한 환희가 뒤섞여 있었다. 그 현기증은 우리의 주인공을 현혹시키고 아찔하게 만들었을 뿐 아니라 '지금'과 '그때'를 구별할 수 없게, 그리하여 이 둘을 시간이 없는 '영원' 속에서 뒤섞어버리게 만들었다.

우리의 젊은 모험가의 내면에 일어난 이 변화를 평지의 멀쩡한 사람들에게 어떻게 분명하게 설명할 수 있을 것인가? 우리 인간의 삶에는 시간적 거리, 공간적 거리가 뒤섞여 사라져버리는 것이 어느 정도 허용되고 자연스럽게 여겨지는 그런 풍경적인 상황—우리가 염두에 두고 있는 상황을 제대로 묘사하기 위해 '풍경적'이라는 관형어를 사용하기로 하자—이 존재하기 마련이다. 마치 '휴가'를 맞은 것처럼 그렇게 지내도 용인이 되는 그런 상황 말이다.

한스 카스토르프는 바닷가를 어슬렁거린다는 생각이 떠오를 때마다 다시 한번 그렇게 해보고 싶다는 열망을 간절히 느꼈다. 우리는 그가 눈에 덮인 황량한 곳을 헤매며 고향의 거대한 바닷가 언덕을 떠올리고 얼마나 기뻐했는지 알고 있다. 독자들도 그런 경험을 회상하면서 우리가 일탈의 환희에 대해 이야기하는 것을 너그러이 참아주기 바란다.

당신은 걷고 또 걷는다. 당신은 시간 밖에 있고 시간이 사라져버렸으므로 당신은 결코 제시간에 집으로 돌아갈 수 없을 것이다.

'오, 바다여! 우리는 지금 그대로부터 멀리 떨어진 곳에 앉아 우리의 이야기를 펼치고 있다. 우리의 생각은 그대를 향하고 있고 우리는 그대를 사랑하며, 큰 소리로 분명하게 그대를 부르고 있다. 그리고 이제까지 그래왔고, 앞으로도 그럴 것처럼, 그대는 마치 비밀처럼 우리가 펼치는 이야기 속에 나타나야 한다.'

창백한 잿빛 하늘을 걸친 채 철썩거리며 노래하는 외로운 바다. 짭짤한 소금 맛이 입술에 착 달라붙는 짙은 습기를 잔뜩 머금은 바다. 우리는 해초와 작은 조가비들이 널려 있는 폭신폭신한 모래 위를 걷는다. 우리의 귀는 자유롭게 이 공간을 쓸고 가는 바람, 부드럽게 우리의 감각을 마비시키는 그 부드럽고 광활한 바람에 휩싸인다. 우리는 흰 포말(泡沫)의 혀가 우리의 발목을 핥고 다시 물러가는 것을 바라보며 헤매고 또 헤맨다. 파도가 보인다. 파도가 부서져 흰 거품을 일으키고 텅 빈 소리를 내며 밀려와 평평한 해변에 흰 비단처럼 깔린다. 여기에서도, 저기에서도, 저 모래톱 너머에서도……. 무디면서, 구석구석 침투하는 그 소리, 널리 울려 퍼지는 그 소리에 저곳 세상의 소리들을 향한 우리의 귀는 닫힌다. 오, 이 만족감이여! 완전한 망각의 축복이여! 영원의 품에 안겨 우리의 눈을 감도록 하자! 아니다! 저기 잿빛과 녹색 파도가 출렁이는 수평선 저 까마득한 곳을 보자.

저기 돛단배 한 척이 떠 있다. 바로 저곳에……. 저곳이 어디인가? 얼마나 먼가? 얼마나 가까운가? 당신은 말할 수 없다. 그것은 당신이 잴 수 있는 곳으로부터 벗어나 있다. 그 배가 해변에서 얼마나 멀리 있는지 알려면 그 배가 공간 속의 물체로서 얼마만한 공간을 점하고 있는지 알아야 한다. 그것은 크고 멀리 있는가, 아니면 작고 가까이 있는가? 당신은 확신할 수 없어 눈이 흐려진다. 당신에게는 시간과 공간을 판단할 감각기관이 없기 때문이다. 우리는 걷고 또 걷는다. 얼마나 오래? 얼마나 멀리? 누가 알겠는가? 우리가 걷고 또 걸어도 변하는 건 아무것도 없다. 저곳은 이곳과 똑같고 '아까'는 '지금'과 그리고 '앞으로'와 똑같을 것이다. 측량할 길 없는 공간의 단조로움 속에서 시간은 사라져버리고 한 점으로부터 다른 점으로의 운동은 더 이상 운동이 아니게 되며 한결같음만이 지배하게 된다. 그리고 운동이 더 이상 운동이 아닌 곳에서, 시간은 더 이상 시간이 아니게 된다.

중세 스콜라 학자들은 시간은 환상이기 때문이라고 설명할 것이다. 시간은 그냥 잇따라 흘러가기만 할 뿐 인과 관계는 감각 기관의 산물에 지나지 않으며 사물의 진정한 존재는 '영속하는 현재'라고 말할 것이다. 그런 생각을 처음 했던 학자는 바닷가를 걸었던 것일까? 그의 입술에 와 닿는 어렴풋한 쓴맛을 입술에 느끼며 바닷가를 걸었던 것일까?

하지만 우리는 정당하게 허락을 받은 휴가에 대하여, 한가한 틈에 생겨난 환상에 대하여 말하고 있는 중이다. 그리고 마치 건강한 남자가 모래찜질을 하다가 금방 싫증을 내듯이 도덕적인 인간이라면 이런 식의 환상에 대해 금세 도리질을 할 것이다. 이성이라는 테두리 밖의 다른 정신을 통해서 인간의 지각 수단과 지각력에 대해 질문을 던지는 것, 그것의 정당성에 대해 의문을 품는 것은 불합리하고 파렴치하며 방자한 짓인지도 모른다. 그 한계를 넘으려 할 때마다 이성이 본연의 과업을 소홀히 했다는 비난을 면치 못하게 될 것이다. 우리는 단지, 우리가 그 운명에 대해 관심을 기울이고 있는 젊은이를 '인생의 걱정거리 자식'이라고 말하면서 교육적 교조주의에 입각해 형

이상학을 '악의 원칙'이라 규정하는 세템브리니 같은 사람에게 고마워할 수밖에 없다.

또한 비평적 원칙의 의미와 목표, 목적이 오로지 하나, 즉 의무와 삶의 법칙일 뿐이라고 분명히 말할 수 있다면 우리는 기꺼이 우리의 친애하는 고인 요아힘을 향해 최대한의 경의를 지니고 추모할 것이다. 그렇다. 그의 '입법적 지혜'는 이성이라는 한계를 정한 다음 바로 그 경계선에 삶의 깃발을 꽂고 그 깃발 아래에서 종사하는 것을 인간의 군인다운 의무라고 선언했다. 그리고 한스 카스토르프는 그런 요아힘이 자신의 열정, 우울한 허풍쟁이인 베렌스가 '지나칠 정도의 완강함'이라 칭한 그 열정 때문에 치명적인 결말을 맞이하는 것을 보았다. 그렇다면 우리는 한스 카스토르프가 헛되이 시간을 보내면서 '영원'과 못된 장난질을 치더라도 약간은 믿음을 갖고 받아들여도 되지 않을까?

민헤어 페퍼코른

안내서에 나와 있는 대로 그야말로 국제적인 베르크호프 요양원에서 민헤어 페퍼코른이라는 네덜란드 남자가 얼마간 지내게 되었다. 피터 페퍼코른―그는 자신을 피터라고 불렀다―은 네덜란드령 자바에서 커피를 재배하던 사람이었는데, 그 때문인지 유색 인종 같다는 느낌을 주었다. 물론 약간 분명하지 않은 그의 국적 때문에 그를 우리 이야기의 마지막 부분에 등장시킨 것은 아니다. 이곳 베르크호프에는 각종 국적의 사람들이 많았고, 그 사람들에 비하면 페퍼코른은 오히려 국적상 별 특색이 없다고 보는 것이 옳았다.

민헤어 페퍼코른은 쇼샤 부인과 함께 이곳에 도착해서 함께 식당으로 들어와 식사를 했다. 더욱이 그는 쇼샤 부인의 바로 옆자리에 앉았다. 이런 일이 생기리라고는 꿈에도 생각하지 못했던 우리의 선량한 한스 카스토르프는 적잖이 당황했다.

물론 그는 쇼샤 부인이 돌아온다는 사실을 이미 알고 있었다. 베렌스 원장이 특유의 방식으로 귀띔했던 것이다.

"자, 우리의 노총각 카스토르프 씨! 성실하게 기다리면 보람이 찾아오게 마련이지요. 내일 새끼 고양이가 살금살금 돌아올 겁니다. 전보를 받았어요."

하지만 원장은 쇼샤 부인에게 동행이 있다는 이야기를 하지 않았다. 분명히 그도 몰랐을 것이다. 원장이 말했다.

제7장

"그녀가 그를 어디서 만났는지는 몰라요. 아마 피레네산맥에서 돌아오다 만난 것 같아요. 오, 가여워라. 오, 상사병 환자 양반, 그렇게 슬퍼하지 말아요! 참는 수밖에 없지. 보통 사이가 아닌 것 같아요. 짐도 함께 붙였으니……. 들리는 말로는 엄청난 부자랍디다. 은퇴한 커피 왕이라지요. 말레이 충복이 옆에서 극진히 모시고 있고……. 하지만 이곳에 그냥 즐기러 온 건 아닙니다. 알코올성 점액 과다증 외에도 악성 열대 열이 있는 것 같아요. 그러니 좀 참고 기다려요."

식당에서 한스는 식탁은 달랐지만 그들 옆에 나란히 앉게 되었다. 한스가 네딜란드인 약간 뒤쪽에 앉아 있었기에 그를 염탐하기에 편했으며 옆모습의 4분의 3 정도를 보여주고 있는 쇼샤 부인도 쉽게 관찰할 수 있었다.

페퍼코른의 모습을 바라보며 한스는 그가 좀 독특한 사람이라는 인상을 받았다. 몸이 호리호리하면서도 건장해 보였던 것이다. 둘이 어울릴 만한 형용사는 아니었지만 그렇게 표현할 수밖에 없었다. 코는 크고 통통했으며 입도 컸고 입술은 마치 살갗이 튼 것처럼 울퉁불퉁했고 콧수염은 말쑥이 깎고 있었다. 그리고 상당히 너른 손으로 세련된 손짓을 하며 이야기를 하고 있었다. 비록 그의 말뜻을 알아듣지 못하더라도 그 손짓만으로도 사람들을 즐겁게 해주고 마음을 푸근하게 해주는 것 같았다. 만일 귀머거리가 그의 동작을 보고 있노라면 뭔가 대단히 중요한 이야기를 하고 있다는 느낌을 줄 수 있는 표정이었고 동작이었다. 실제로 그와 마주 앉은 어느 중국인 남자는 독일어를 전혀 알아듣지 못했음에도 불구하고 그의 말이 끝나자 "너무 좋았습니다"라며 환한 얼굴로 박수를 치기까지 했다.

그는 기묘한 사람이었지만 뭔가 커다란 무게감을 느끼게 하는 인물이었다. 그가 등장하자마자 베르크호프 사람들은 그에게 큰 관심을 보였다. 사람들 말로는 그는 식민지 사업에서 얼마 전 은퇴했고 자본을 안전한 곳에 투자해 놓았다고 했다. 또한 헤이그에 어마어마한 저택이 있으며 스헤베닝엔에도 별장이 있다고들 했다. 특히 슈퇴어 부인은 쇼샤 부인이 야회복을 입을 때 목에 걸고 있는 진주 목걸이도 코카서스 산맥 너머에 있는 그녀의 남편이 준 선물이 아니라 페퍼코른에게서 받은 것이라고 수군거렸다. 그 말을 하면서 슈퇴어 부인은 한스 카스토르프를 턱으로 가리키며 안됐다는 표정을 지었다.

쇼샤 부인이 돌아온 사실에 대해 페르디난트 베잘이 보였던 반응도 빼놓을 수 없다. 그도 쇼샤 부인의 예기치 않던 귀환 상황에 대해 입을 삐죽거리며 빈정거렸다. 그런 그를 향해 한스는 '이런 지질한 녀석'이라는 눈짓으로 그 만하임 청년을 바라보았다. 베잘은 그 눈초리의 뜻을 정확히 알았지만 반항하지 않고 받아들였다.

쇼샤 부인이 돌아온다는 소식을 듣고도 한스는 마중 나갈 생각은 추호도 없었다. 또한 '그런 생각을 품지 않았다는 것이 그 얼마나 다행이었던가!'라고 생각했다. 그 여인, 병으로 인해 자유를 한껏 부여받은 그 여인이, 사육제 밤에 꾸었던 꿈, 게다가 외국어로 꾸었던 그 꿈속에서의 환상적인 모험들을 인정할 것인지 불확실했던 것이며 무엇보다도 그 꿈을 떠올리고 싶어 할지조차 불확실했던 것이다.

'그래! 초조하게 굴어서도 안 되고 억지 요구를 해서도 안 돼'라고 그는 결심했다. 자신을 비스듬한 눈길로 바라보는 그 환자와 자신과의 관계가 서구 전통에 의해 규정되어 있는 한계, 그 이성과 교양의 한계를 넘어서 있다 할지라도 지금으로서는 지극히 문명인다운 격식을 지키고 심지어 모든 것을 잊은 듯 행동하는 것이 상책이리라. 이렇게 기사도 정신을 발휘해서 참고 있다 보면 실제적인 만남이 이루어질 수 있으리라는 것이 그의 생각이고 작전이었다.

그런데 한스의 그런 섬세한 감정들, 배려들은 이제 모두 무효화되었다. 그에게는 이제 선택권이 없었고, 내세울 만한 것도 없게 되었다. 민헤어 페퍼코른의 출현으로 인해 한스에게는 완전히 물러난다는 것 외에는 다른 전략이 있을 수 없게 된 것이다.

쇼샤 부인이 도착하던 날 저녁 한스는 구불구불한 차도를 따라 썰매가 올라오고 있는 것을 발코니에서 지켜보고 있었다. 마차 뒤쪽 클라브디아 쇼샤 옆자리에 모자를 깊이 눌러 쓴 낯선 남자가 앉아 있었다. 그날 밤 한스 카스토르프는 거의 잠을 이루지 못했다. 그는 어렵지 않게 동반자의 이름을 알아냈고 두 사람이 서로 이웃하고 있는 2층 특별실에 묵게 되었다는 사실도 알아냈다. 이윽고 첫 번째 아침 식사 시간이 되자 한스는 문이 언제 쾅 하고 닫힐 것인지 이제나저제나 초조하게 기다렸다. 하지만 기대했던 소리는 들리지 않았다. 쇼샤 부인의 뒤를 따라 페퍼코른이 들어오면서 문을 닫았던 것이다.

그렇다, 그녀는 예전 그대로였다. 한스는 미리 세워 놓았던 계획 같은 것은 개의치 않고 잠이 모자라서 멍해진 눈으로 그녀를 뚫어져라 바라보았다. 전처럼 아무렇게나 땋아 머리 둘레에 칭칭 동여맨 불그스름한 금발, '황야의 늑대의 눈', 둥그스름

한 목선, 광대뼈 때문에 실제보다 도톰해 보이는 입술, 역시 광대뼈 때문에 약간 들어가 보이는 귀여운 볼이 그곳에 있었다. '클라브디아!'라고 그는 몸을 떨면서 속으로 그녀의 이름을 불렀다.

그는 예기치 않은 손님에게로 눈길을 돌렸다. 그리고 그 사내가 자아내는 가면을 쓴 것 같은 인상에 자신도 모르게 머리를 흔들었다. 그리고 지금이야 당당하게 그녀를 소유하고 있는 체하고 있지만, 과거에 자신과 그녀 사이에 있었던 결정적인 사건에 의해 그 소유가 무효가 될 수 있음을 모르고 있는 그 사내를 향해 비웃음을 흘렸다.

쇼샤 부인은 예전의 버릇대로 자리에 앉기 전에 식당 안 사람들을 향해 몸을 한 바퀴 돌려 자신을 선보였다. 페퍼코른은 그녀의 짤막한 의식이 끝나기를 기다려 그녀의 옆자리에 앉았다.

한스가 미리 예상하고 있던 정중한 인사, 그러니까 탁자들을 사이에 두고 고개를 숙여 서로 인사하는 일은 벌어지지 않았다. 자기 자신을 선보이는 인사를 할 때도 쇼샤 부인은 한스를 비롯해 한스 가까이 앉은 사람들을 그냥 쓱 지나쳤을 뿐이었다. 다음번에 식당에서 만났을 때도 마찬가지였다. 그녀는 아무 생각 없이 이쪽을 훑어볼 뿐이어서 한스는 그녀의 눈길을 잡아

둘 수 없었다. 그러니 정중하게 인사를 건넨다는 것은 실현 불가능한 계획이 되고 말았다.

저녁 식사 후에도 두 여행 동반자는 식탁 동료들에게 둘러싸인 채 소파에 나란히 앉아 있었다. 페퍼코른은 번쩍이는 백발과 턱수염 덕분에 더 불타오르는 것 같은 당당한 표정을 한 채, 식탁에 앉았을 때 주문한 적포도주 병을 마저 비웠다. 그는 식사 때마다 한 병, 혹은 두 병, 때로는 두 병 반의 적포도주를 마셨다. 이 제왕 같은 사나이는 분명 보통 이상으로 몸을 적실 필요가 있는 것이 분명했다. 그 외에도 그는 아주 큰 컵에, 식사 때마다, 심지어 식사 후에도 포도주와 커피를 마셨다. 둘 다 열을 내리는 데 효과가 있다고 그가 말하는 소리를 한스는 들었다. 그가 앓고 있는 간헐성 열대 열에 좋다는 것이었다. 그는 그 열 때문에 이곳에 온 이래 하루에 몇 시간 씩 침대에 누워 지내야 했다. 베렌스 원장은 그것을 '4일 열'이라고 불렀다. 그 열이 나흘에 한 번씩 네덜란드인을 찾아온 때문이었다. 처음에는 몸이 오슬오슬 떨리다가 이어서 열이 올랐고 마침내 땀을 비 오듯 흘린다는 것이었다. 그리고 그 열 때문에 그의 비장이 염증으로 부어 있다고 했다.

제7장

카드놀이

　그렇게 몇 주간의 시간이 흘러갔다. 시간에 관한 한 우리는
한스를 신뢰할 수 없으니 우리의 짐작에 그렇다는 말이다. 그
사이 별 변화는 없었다. 하지만 우리의 주인공은 그를 부당한
유배 생활에 처하게 만든 예기치 못한 상황으로 인해 계속 쓴
웃음을 보여줄 수밖에 없었다. 그 예기치 못한 상황이란 바로
자칭 피터 페퍼코른이라는 눈에 거슬리는 남자의 존재였다. 한
스는 그가 마치 제왕처럼 브랜디 잔을 들 때마다 전에 풍금장
이 세템브리니를 보고 속이 뒤집혔던 것보다 훨씬 심하게 속이
뒤집혔다. 한스는 이마에 가로로 주름을 긋고 눈살을 찌푸린
채 하루에 다섯 번씩 돌아온 여행자를 쳐다보았으며—어쨌든
그는 그녀를 볼 수 있게 된 것이 기뻤다—자신이 지금 누리고
있는 권위의 이면에 어떤 과거의 사건들이 숨어 있는지 모르고
그곳에 앉아 있는 현재의 '드높은 절대자'를 바라보았다.
　그러던 어느 날이었다. 별다른 특별한 이유도 없었는데 평소
보다 더 활기찬 저녁 사교 모임이 살롱에서 벌어졌다. 헝가리
출신의 대학생이 사라사테의 「치고이네르바이젠」을 연주했고,
약 15분간 그 자리에 참석했던 베렌스 원장은 누군가에게 바그

너의 「순례자의 합창」 멜로디를 피아노로 쳐보라고 한 뒤 연주가 끝나자 그곳에서 나갔다. 원장이 나간 뒤에도 연주는 계속되었지만 사람들은 각자 흩어져 도미노 게임이나 브리지 게임을 했고 삼삼오오 모여 잡담을 나누기도 했다. 민헤어 페퍼코른은 그중에서도 눈에 확 띄었다. 아니, 그가 어디에 있든 눈에 띨 수밖에 없었다고 하는 것이 옳을 것이다. 어디서든 그의 제왕 같은 머리가 우뚝 솟아 있었고 그가 풍기는 무게와 위엄으로 모두를 압도한 때문이었다. 그의 주변에 있는 사람들은 처음에는 그가 부자라는 소문 때문에 끌린 것이었지만 어느새 그의 인격에 빨려들었다. 모든 사람들이 그의 파리한 눈에, 깊은 주름이 잡힌 이마에, 긴 손톱의 손동작에 매혹되었다. 그리고 그가 제아무리 일관성 없고 황당하거나 쓸데없어 보이는 이야기를 하더라도 뭔가 아쉬움이나 부족함을 느끼지 않았다.

그들이 그곳에서 그렇게 즐기고 있는 동안 우리의 친구 한스 카스토르프는 어디에 있었을까? 그는 사람들이 모여 있는 살롱 옆의 서재에 앉아 있었다. 방 안은 매우 조용했으며 한스 외에 두세 명밖에 없었다. 한스는 신문을 들고 읽는 척하고 있었지만 실은 머리를 기울인 채 옆방에서 들려오는 음악 소리에 귀를 기울이고 있었다. 하지만 눈썹을 잔뜩 찌푸리고 있는 것으로 보아, 음악도 그저 건성으로 듣고 있을 뿐 뭔가 생각에 잠겨 있는 것 같았다. 오랫동안 그 무언가 기다렸건만 결국 무위로 끝나고 말았기에 우리 젊은이의 마음은 쓰리기 그지없었다. 그는 발코니에 누워 마리아 만치니가 주는 즐거움에나 빠지겠다는 생각에 몸을 일으키려 했다.

"그런데, 선생님, 당신 사촌은 어디 있어요?" 갑자기 그의 어깨너머에서 목소리가 들렸다. 그의 귀에 아주 매혹적인 목소리였다. 혹은 그의 감각이 그 달콤하면서도 쓴 허스키 목소리를 이 세상에서 가장 조화로운 목소리로 들을 준비가 되어 있던 것 같았다. 그 목소리는 언젠가 그에게 "조심하세요. 부러지기 쉬우니까요"라고 말했던 바로 그 목소리였다. 그가 잘못 들은 것이 아니라면 그 목소리는 요아힘의 안부를 묻고 있었다.

한스는 건성으로 듣고 있던 신문을 천천히 내려놓고 얼굴을 약간 들어올렸다. 몽유병자의 표정이라고 해도 좋을 만한 표정이었다. 그는 그녀가 다시 한번 물어주기를 기다렸으나 그녀는 아무 말이 없었다. 그는 한참 뜸을 들이고 나서 나지막한 목소리로 대답했다.

"죽었습니다. 군복무를 하려고 평지에 내려갔다가 죽었습니다."

한스는 둘 사이에 처음 오간 단어가 '죽었다'는 단어임을 의식하고 있었다.

"어머나, 너무 안됐어요! 죽어서 묻혔단 말이에요? 언제요?"

"얼마 전입니다. 어머니가 오셔서 유해를 수습해 갔습니다."

"그렇군요. 내가 언제 당신에게 말하지 않았나요? 당신 사촌이 군인이 되려고 평지로 내려가면 죽을 거라고요?"

"그래요, '댁'은 알고 있었지."

한스의 반말에 그녀는 그에게 대뜸 물었다.

"아니, 댁이라니요? 대체 무슨 생각을 하는 거예요?"

둘 사이에 잠시 침묵이 흘렀다. 한스는 자신의 어투를 취소한다는 말을 하지 않았다.

"그러면 선생님은 장례식에 참석하지 않았나요?"

"아니, 여기서 인사를 나눴지." 이어서 그는 불어로 반말을 했다. "죽은 사람의 이마가 얼마나 차가운지 댁은 모를 거야."

"또, 댁이라고. 잘 알지도 못하는 숙녀에게 무슨 말투가 그래요?"

"그렇다면 인간적으로 말하지 말고 휴머니스트식으로 말하라는 거로군."

"무슨 이상한 소리를! 그런데 내내 이곳에 계셨어요?"

"그래. 기다리고 있었소."

"기다려요? 뭘?"

"댁을!"

앉아 있는 그의 머리 위에서 웃음소리가 들렸다.

"나를요? 말도 안 돼요. 퇴원을 시켜주지 않아서였겠지요."
그녀는 독일어와 불어를 섞어 가며 말했다.

"아니. 베렌스가 한번은 나를 내려보내려 했어. 화가 났었지.
하지만 그랬다면 바보 같은 짓이었을 거야. 아직 열이 사라지
지 않고 있으니. 그런데 댁은 어디 있던 거지?"

"정말 계속 그렇게 반말을 할 거예요? 꼭 야만인 같아! 어디
있었느냐고요? 여기저기 있었어요. 모스크바에도 있었고, 바
쿠에도 있었어요. 독일 온천에도 있었고 스페인에도 있었지요."

"댁은 아직 내 엑스레이 사진을 갖고 다니나?" 한스는 그녀
가 말을 맺기도 전에 우울한 어조로 물었다. 그녀는 웃었다.

"한번 찾아봐야겠네요."

"난 댁의 것을 여기 이렇게 지니고 다니지. 그리고 밤에는……."
한스는 미처 말을 맺지 못했다. 그의 앞에 페퍼코른이 서 있
었던 것이다. 그는 자신의 여행 동반자를 찾으러 나섰다가 이
방으로 온 것이었다. 한스의 코앞에 탑처럼 우뚝 서 있는 것이

마치 몽롱한 상태의 한스를 깨우는 것 같았다. 또한, 얼른 일어나 예의를 갖춰야겠다는 생각이 들게 만드는 것 같았다. 한스는 얼른 의자에서 일어났다. 하지만 둘 사이가 너무 가까웠기에 옆으로 몸을 빼야만 했고, 세 사람은 의자를 한가운데 두고 삼각형을 이루어 서 있게 되었다.

쇼샤 부인은 서구 문명의 요구에 따라 두 신사를 소개했다. 그녀는 페퍼코른에게 한스를 전부터 아는 사이, 이전에 이곳에 머물 때부터 알던 사이라고 소개했다. 페퍼코른에 대해서는 새삼 소개할 것이 없었기에 그녀는 이름만 말해주었다. 네덜란드인은 이마에 덩굴 같은 주름을 한층 깊게 만들면서 흐릿한 눈으로 젊은이를 쳐다보며 솥뚜껑처럼 커다란 손을 내밀었다. 주름투성이의 손등을 바라보며 한스는 창처럼 긴 손톱만 없었다면 그 손이 선장의 손 같다고 생각했다. 한스는 처음으로 페퍼코른이라는 이 인상적인 '인격'의 직접적인 영향하에 놓인 것이다(이 사람에 관한 한 '인격'이라는 단어가 저절로 떠올랐다. 인격이란 바로 이런 것임을 즉각적으로 알게 되는 것이다. 그를 보면 볼수록 '인격'이란 다름 아닌 바로 이런 모습을 하고 있는 것이라고 확신하게 된다). 아직 동요하기 쉬운 젊은이인 한스는 이 넓은 어깨, 붉은 얼굴과 백발의 60대 사나이, 입술이 여기저기 터져 울퉁불퉁하고 턱수염이 가늘고 길게 드리워진 이 사나이에게 압도당하고 말았다.

페퍼코른의 매너는 정중함 그 자체였다. 그가 입을 열어 말했다.

"친애하는 선생, 정말 반갑소. 두말하면 잔소리지. 자, 편하게. 젊은 양반이 정말 신뢰가 가요. 당신이 좋아. 됐어. 자, 이제 됐어요. 당신 아주 좋아. 마음에 들어요."

한스가 할 수 있는 게 뭐 있었겠는가? 페퍼코른의 몸짓은 그야말로 단호하고 또 단호했다. 한스가 그의 마음에 든 것이고, 이미 그렇게 결정이 나버린 것이다.

그가 계속 말했다.

"이보게, 아주 좋아. 정말 좋아. 대단히. 그런데 어쩐다? 이봐요. 나를 이해해줘요. 이곳에서의 우리의 인생은 짧아. 그에 합당한 대우를 해주기에는. 이봐요, 젊은이, 그건 사실이야. 법칙이야. 가차 없지. 요컨대, 젊은이, 요컨대, 간단히 말해서……."

그는 말을 멈추었다. 마치 판단을 상대방에게 넘기면서, 그의 경고에도 불구하고 잘못을 저지른다 해도 자신에게는 책임이 없다는 것을 선언하는 것 같은 제스처였다. 쇼샤 부인은 페퍼코른의 말을 끝까지 듣지 않아도 그가 무엇을 원하는지 알아차리는 훈련이 충분히 되어 있는 것 같았다. 그녀가 말했다.

"그럼요, 좋지요. 우리 모두 함께 모여서 파티를 해요. 와인도 마시도록 해요."

이어서 그녀는 한스 쪽으로 몸을 돌리며 말했다.

"자, 서둘러요. 뭘 기다리고 있는 거예요? 사람들을 불러 모아요. 살롱에 사람들이 아직 있겠지요? 발코니에 있는 친구들도 데려와요. 나도 데려올게요."

페퍼코른이 두 손을 비비며 말했다.

"좋아, 아주 좋아. 완벽해. 훌륭해. 자, 젊은이 어서 서둘러요. 시키는 대로 해요. 모여 앉아 카드놀이도 하고 먹고 마십시다. 자, 느껴보자고. 됐어. 젊은이, 다 됐어."

한스는 엘리베이터를 타고 3층으로 가서 안톤 카를로비치 페르게의 방문을 두드렸고 이어서 페르게가 베잘과 알빈 씨를 아래 안정 요양실에서 끌고 왔다. 살롱에는 파라반트 검사, 마그누스 부부, 슈퇴어 부인을 비롯해 몇몇이 남아 있었다.

이윽고 살롱 한가운데 샹들리에 아래 카드놀이용 테이블이 놓였고 그 주위에 음식과 술을 놓을 탁자가 마련되었다.

모두 12명이 자리에 앉았고 한스 카스토르프는 제왕 같은 페퍼코른과 쇼샤 부인 사이에 앉았다. 트웬티원(21) 카드놀이를 하기로 의견이 모아졌고 카드와 칩이 탁자 위에 올려졌다. 페퍼코른은 특유의 손짓으로 난쟁이 아가씨를 불러 1806년산 샤블리 프랑스 와인을 우선 세 병 주문하고 열대 과일과 스낵을 있는 대로 가져오라고 했다.

카드놀이를 하는 도중 그는 포도주를 사람들에게 권하면서 마셨고 카드게임은 트웬티원에서 바카라로, 이어서 다른 여러 가지 게임으로 옮아갔다. 모두들 카드놀이와 포도주에 취해 있었다. 하지만 이 자리의 흥분과 긴장 등, 분위기를 고조시킨 것은 카드놀이와 포도주만이 아니었다. 사실상 그것들은 보조 역할만 했을 뿐이었다. 이 모든 것은 이 자리의 지배자로 앉아 있는 페퍼코른이라는 인물, 그의 인격의 영향이었다. 그는 다양한 손짓으로 사람들을 이끌었고 배우처럼 유연한 표정 연기, 주름살이 깊이 패어 있는 이마 아래의 흐릿한 눈빛으로, 간간이 던지는 말과 팬터마임 같은 몸짓으로 모든 사람들을 사로잡았다.

그가 무슨 말을 하는지는 상관없었다. 그가 하는 말은 불가해했고, 그럴수록 그는 포도주를 더 많이 마셨다. 하지만 모두 그의 입술에 매달렸고, 그가 말을 하는 대신 위엄 있는 표정으로 집게손가락과 엄지손가락으로 동그라미를 만들고 다른 손가락들은 뾰족하게 만드는 모습으로부터, 또한 그의 위엄 있는 얼굴로부터 눈을 떼지 못했다. 그리고 그들은 평상시 그들에게 익숙해 있던 감정을 훨씬 넘어서는 자기 망각적인 강력한 감정에 압도되었다. 사람들 중에는 그 감정을 이겨내기 힘든 사람도 있었다. 예를 들어 마그누스 부인은 거의 실신할 정도였다. 하지만 그녀는 방으로 돌아가는 것을 완강히 거부하고 물에 적신 냅킨을 이마에 대고 잠시 누워 있다가 다시 탁자 주위에 둘러앉은 무리에 끼어들었다.

페퍼코른은 그녀가 그런 어려움에 빠지게 된 것을 영양 부족 탓으로 돌렸다. 물론 말로서가 아니라 치켜든 집게손가락을 벌려서 그 뜻을 표현했다. 삶의 다양한 요구를 정당하게 대우해 주려면 제대로 먹어야 한다는 것을 그는 사람들에게 이해시켰다. 그리고 그곳 사람들을 위해 음식을 주문했다. 여러 접시의 찬 고기, 구운 덩어리 고기, 소 혓바닥, 거위 가슴살, 햄, 소시지 등 온갖 종류의 영양가 높고 맛있는 음식들이 있었고, 거기다 홍당무, 버터 볼, 파슬리 등이 마치 화단처럼 예쁘게 장식되어 놓인 음식 접시들도 있었다.

방금 아무런 부족함도 느낄 수 없는 푸짐한 저녁을 잘 먹었음에도 불구하고 그들은 모두 음식을 반겼다. 그런데 민혜어 페퍼코른이 음식 맛을 조금 보더니 모두 '허접쓰레기'라며 화를 벌컥 내더니 퇴짜를 놓았다. 이 위엄 있는 사람에게 또 다른 기질이 숨어 있음을 보여주는 좋은 예였다. 그렇다. 누군가 음식들을 옹호하려고 하자 그는 그 사람을 향해 불같이 화를 냈다. 분노로 얼굴이 부풀어 올랐고 주먹으로 탁자를 내리치며 이 모든 게 잔반통, 쓰레기통에나 처넣을 것이라고 욕설을 퍼부었다. 그러자 무례한 짓을 저질렀던 자는 그대로 움츠러들었다. 어쨌든 페퍼코른이 주인이었고 사람들의 기분을 즐겁게 해주어야 할 사람이었으므로 그가 선택한 음식의 질에 대해 평가를 내리는 것은 그의 몫이었다.

그런데 그의 분노가 그에게 걸맞지 않은 것처럼 보이면서도 그에게 정말 멋지게 어울린다는 것을 한스는 알 수 있었다. 그의 분노는 그의 본 모습을 왜곡시키거나 그를 속이 좁은 사람으로 보이게 하지 않았다. 그에게 어울리지 않는 것 같은 그 모습을 그가 마신 포도주 탓으로 돌리는 사람은 아무도 없었으며 여전히 그가 지니고 있는 제왕적 분위기에 압도되어 아무도 고기에 입을 대려 하는 사람이 없었다.

쇼샤 부인이 동반자의 기분을 달래주기 시작했다. 그녀는 선장의 손처럼 커다란 그의 손을 어루만지며 뭔가 다른 음식을 주문하면 되지 않겠느냐고 달래듯 말했다.

"그래, 좋아."

페퍼코른이 누그러진 목소리로 말했다. 그는 위엄을 잃지 않은 채 클라브디아의 손을 잡고 입을 맞추었다. 마치 언제 그렇게 분노에 휩싸였느냐는 듯 온화하기 그지없는 표정이었다. 그는 오믈렛을 먹는 게 어떻겠느냐고 제안하더니, 모든 사람들이 '그들의 삶의 요구에 합당한 대우를 해줄 수 있도록' 모든 사람들의 몫을 주문했다. 그는 시간 외로 일을 하는 주방 사람들을 달래주기 위해 지폐 100프랑을 주방 사람늘에게 보내주었다. 잠시 후 오믈렛이 오자 기분이 좋아진 그는 사람들과 함께 오믈렛을 맛있게 먹었다. 페퍼코른은 둘러앉은 사람들에게 일일이 네덜란드산 진을 따르게 하고 경건한 마음으로 진을 맛볼 것을 권했다.

한스는 담배를 피웠고 쇼샤 부인도 궐련을 꺼내어 피웠다. 페퍼코른은 자신의 양쪽에 앉은 사람이 담배를 피워도 아무 핀잔을 주지 않았지만, 자신은 담배를 피우지 않았고 이제껏 담배를 피워보지도 않은 것 같았다.

그를 제대로 이해한 것이라면 그는 흡연을 지나치게 세련된 향락 중의 하나로 간주하는 것 같았다. 담배를 즐기는 것은 삶이라는 소박한 즐거움, 즉 우리의 감각의 힘으로는 아무리 애를 써도 도달하기 어려운, 삶이라는 선물과 권리의 존엄성을 해치는 것으로 보는 것 같았다.

"이보게, 젊은이." 페퍼코른은 특유의 창백한 눈빛과 세련된 몸짓으로 한스를 사로잡으면서 말했다. "젊은이, 소박한 것……, 신성한 것……. 좋아요. 날 이해할 거야. 한 병의 포도주, 김이 모락모락 나는 오믈렛, 순곡주……, 있는 그대로 흡수합시다. 다 해치웁시다. 그것들의 권리를 충족시켜주자고. 단호하게. 말이 필요 없지. 난 코카인을 마시고 하시시를 피우는 사람들, 모르핀 중독자들을 알고 있어요. 이봐요, 내 친구. 좋아요. 정말 좋아요. 정말로. 내버려두지. 우리는 심판할 수도 없고 처벌할 수도 없어. 하지만 단순한 것, 위대한 것, 신이 내린 원초적 선물, 그것과는 애당초 비견할 수가 없어. 이봐요, 내 친구. 그건 확실한 거야. 죄야. 버려야 해. 그것들은 답이 아니야. 아, 참, 젊은이 이름이 뭐지? 아, 좋아. 알고 있었는데 잊어버렸군. 사악한 것이 코카인에, 아편에, 악덕에 들어 있는 건 아니야. 용서할 수 없는 건, 용서할 수 없는……, 죄는……."

그는 말을 멈추었다. 큰 키에 어깨가 떡 벌어진 그는 한스를 향해 몸을 기울이고 있었다. 이유가 있는 침묵이었고 불가사의한 의미를 담고 있는 침묵이었다. 그는 집게손가락을 들고 있었고 면도날에 벤 것 같은 상처가 있는 붉은 윗입술 아래로 그와는 어울리지 않는 튼 입술이 보였으며 불길처럼 치솟은 백발이 덮고 있는 이마에는 주름이 깊게 패여 있었고, 흐릿한 작은 눈을 부릅뜨고 있었다. 한스는 그 모든 것에서 범죄, 커다란 위반, 용서받을 수 없는 죄에 대한 공포가 번뜩이는 것을 보았다. 페퍼코른은 그의 인격에서 뿜어져 나오는 권위로 그 공포가 무엇인지 한번 규명해보라고 침묵 속에서 한스에게 명령하고 있었다.

한스는 그 공포가 개인적인 공포가 아니면서, 즉 객관적인 공포이면서 동시에 개인적일 것이라고, 자신 가까이 있는 그 제왕적인 피조물을 직접 건드린 공포일 것이라고 생각했다. 그것은 두려움이긴 하지만 보잘것없는 사소한 두려움이 아니리라고 생각했다. 그것은 순간적으로 눈에 번쩍이는 공포 같은 것이었다. 쇼샤의 동반자에게 적개심을 품을 이유가 충분했던 한스였지만 천성적으로 남을 존중하는 성격을 타고 난 한스는 그 빛의 계시(啓示)에 충격을 받았다.

한스는 눈을 내리깔고 옆자리의 위대한 인물에게 잘 이해하겠다는 듯 고개를 끄덕였다.

"정말 옳으신 말씀입니다." 그가 말했다. "죄악일지도 모릅니다. 무능함의 신호일지도 모르고요. 소박하면서도 자연스러운 삶의 선물, 그토록 위대하고 신성한 삶의 선물에 부응하지 못하는 것입니다. 이제까지 그런 생각은 전혀 못 했습니다. 제가 너무 비양심적이었고 정신적으로 느슨해져 있었습니다."

군주 같은 사람은 대단히 흡족해했다.

"젊은이, 정말이야. 괜찮다면……, 아니 말이 필요 없지. 자, 한잔합시다. 팔짱을 끼고 한잔합시다. 그렇다고 당장 의형제를 맺자는 건 아니야. 그러려고 했지만 그렇게 서두를 것 없지. 어쨌든 가까운 장래에. 믿어요. 뭐, 당신이 지금 당장 그러자고 하면……."

한스는 페퍼코른이 취했다는 것을 갑자기 깨달았다. 하지만 그가 취했다고 해서 그의 품위가 떨어진 것은 아니었다. 위엄도 여전했으며, 오히려 취기가 그의 고결함과 결부되어 커다란 경외감을 불러 일으켰다. 주신 바쿠스가 술에 취해 열광적인 숭배자들에게 몸을 기대고 있더라도 그가 그의 신성(神性)을 조금도 잃지 않는 것과 같다고 한스는 생각했다. 중요한 것은 술에 취했다는 사실 자체가 아니라 누가 취했는가 하는 것이라고도 그는 생각했다. 술에 취해 혀가 꼬부라진 페퍼코른의 모습을 보면서 한스는 자신을 옴짝달싹 못 하게 만드는 이 인물을 향한 자신의 존경심이 약해지지 않도록 조심하겠다고 단단히 각오했다.

페퍼코른은 취한 몸을 뒤로 뻗더니 팔을 탁자 위로 쭉 뻗고는 느슨하게 쥔 주먹으로 가볍게 탁자를 내리치며 말했다.

"젊은이, 의형제는 나중에……, 가까운 시일 내에……, 좀 생각해 본 다음에……. 좋아. 정해진 거야. 젊은이, 삶이란 여자야. 팔다리를 뻗치고 누워 있는 여자. 부풀어 오른 젖가슴, 허리 사이의 부드럽고 아름다운 계곡, 가느다란 팔, 탱탱한 넓적다리, 반쯤 감은 눈. 삶은 우리를 비웃어. 삶은 우리에게 우리의 남성다움을 마지막 한 조각까지 다 써버리라고 요구하지. 그 앞에 서 있거나 쓰러지라고 요구하지. 서 있거나 쓰러지거나, 아니면 투옥되거나. 이보게, 젊은이, 그게 무슨 뜻인지 알겠나? 감정이 패배하는 거야. 삶과 맞서서 그걸 내팽개치는 거야. 그건 무능이고 발기부전이야. 그건 자비를 베풀 필요도 없고 동정할 필요도 없어. 비웃으며 가둬버려야 해. 말이 필요 없어, 젊은이! 말 같은 건 입에서 다 토해버려야 해. 그런 것에 수치니, 불명예니 하는 말을 붙이는 건 사치야. 그건 폐허고, 파산이야. 무시무시한 치욕이야. 그건 모든 것의 종말이고 지옥 같은 절망이고 최후의 심판의 날이야."

그 말을 하면서 페퍼코른의 몸은 뒤로 점점 젖혀졌고, 머리가 가슴 쪽으로 기울어지는 것이 마치 잠들려는 것 같았다. 하지만 '최후의 심판의 날'이라는 말을 하면서 그가 갑자기 탁자를 쾅 하고 내리쳤다. 한스는 깜짝 놀라 몸을 부르르 떨며 이 위대한 인물을 바라보았다.

'최후의 심판의 날'이라! 이 남자에게 그 얼마나 잘 어울리는 말인가! 교리 문답 시간 외에는 그 누구에게서도 그런 말을 들은 기억이 없었다. 그 누가 그런 식으로, 그보다 정확하게 그 말을 사용할 생각을 품을 수 있을 것인가! 그 누가 그런 불호령이 입에서 떨어질 수 있을 만큼 스케일이 클 수 있단 말인가! 나프타라면 신랄한 말투로 그런 말을 한 적이 있을지 몰라도 그건 남의 말을 빌렸을 뿐이니 그저 뻔뻔스러운 쓰레기일 뿐이다. 그에 비해 페퍼코른의 입에서 나온 말은 마치 벼락같았으며 마지막 나팔 소리처럼 장엄했고, 성서의 위대함을 지닌 것 같았다.

'오, 맙소사! 이 얼마나 위대한 인물이란 말인가!'라고 한스는 수도 없이 생각했다. '나는 마침내 진짜 인물을 만난 것이다. 그런데 하필 그 사람이 클라브디아의……'

한스는 머리가 몽롱해진 상태에서 입에 물고 있는 담배 연기 때문에 눈을 가늘게 뜬 채 손에 든 술잔을 뱅글뱅글 돌리고 있었다. 그는 얌전히 입을 다물고 있는 편이 나았을 것이다. 벼락같은 소리가 울려 퍼진 판에 미약하게 삑삑거리는 소리를 내본들 무슨 소용이 있었겠는가? 하지만 민주주의적인 두 명의 스승들이—비록 그중 한 명은 민주주의를 공격했지만, 어쨌든 둘 다 민주주의적이었다—그에게 토론 훈련을 시켰고, 그는 솔직하게 자신의 의견을 표명할 수밖에 없는 버릇에 길들여져 있었다.

그는 마치 나프타나 세템브리니와 토론을 하듯이, 죄에 대한 페퍼코른의 말에 동의한다. 하지만 그의 말이 너무 스케일이 커서 당혹감을 느끼지 않을 수 없다, 악습에도 변명이 있을 수 있지 않느냐, 이러한 악습에 빠지는 인간도 그 무서움을 느끼지 않는 건 아니다, 따라서 그건 삶에 대한 모욕이 아니라고 볼 수도 있다, 그것 역시 삶에 대한 믿음으로 볼 수 있지 않느냐, 라고 장황하게 이야기했고, 결국 자신도 무슨 소리를 하는지 알 수 없는 횡설수설이 이어졌다. 그는 횡설수설을 지껄이면서 도대체 자신이 언제부터 이렇게 뻔뻔스러운 분석에 익숙해졌는지 스스로도 의아해했으며 자청해서 끔찍한 회오리바람을 유발한 꼴이 되었으니 대체 이 난관에서 어떻게 빠져나갈 것인지 난감하기만 했다.

민헤어 페퍼코른은 한스가 장광설을 늘어놓는 동안 의자에 등을 기댄 채 여전히 머리를 가슴속에 파묻고 있었다. 그가 한스의 말에 귀를 기울이고 있는지 아닌지도 알 수 없었다. 그런데 한스의 말이 초점을 잃고 횡설수설하게 되자 그는 앉은 자세대로 허리와 붉은 머리를 꼿꼿이 세웠다. 이마에 파인 주름이 치켜올라가 있었고 작은 눈에는 창백한 위협의 빛이 나타나 있었다. 좀 전에 그가 보여주었던 분노는 그저 지나가는 구름 정도에 불과할 뿐인, 그런 거대한 폭풍우가 일 것 같았다. 그의 아랫입술이 분노한 듯 윗입술을 누르고 있었으며 입 가장자리가 처지고 턱이 앞으로 튀어나와 있었다. 그는 오른손을 천천히 머리 위로 쳐들었다. 그는 주먹을 높이 쳐든 채, 당장에라도 이 민주주의적인 수다쟁이를 즉결 처형할 것 같은 자세를 취했다. 한스는 공포에 사로잡혔다. 하지만 그와 동시에 이 제왕의 분노 앞에서 뭔가 묘한 쾌감을 느끼고 전율했다. 그는 도망가야 한다는 기분을 억누르며 서둘러 상냥하게 상대방을 달래기 시작했다. 그는 포도주에 대한 얼치기 지식을 늘어놓고 그럴듯한 분석을 하면서 포도주를 예찬했고 문명이란 오성과 냉철함의 산물이 아니라 열광과 도취의 산물이라고 떠들어댔다. 그리고 자신의 그런 견해에 페퍼코른 당신도 동의하지 않느냐고 질문을 던졌다.

한스 카스토르프는 교활한 강아지 모습 바로 그것이었다. 혹은 셈템브리니식으로 문학적인 감정을 넣어서 표현한다면 '꼬리 흔드는 재주꾼'이었다. 이런 큰 인물과는 어떤 식으로 논쟁을 전개해야 하는지, 어떻게 앞서서 말을 해야 하는지 알고 있었으며 어떻게 함께 흥분해서 꼬리를 흔들며 이 난관에서 빠져나와야 하는지 알고 있었던 것이다! 우선 그는 즉흥적으로 포도주를 예찬했고, 이어서 민헤어 페퍼코른의 원시적이고 위협적인 태도에서는 그 흔적을 조금도 찾아보기 어려운 '문명'에 대해 언급했다. 그리고 마지막으로는 분노에 휩싸인 그런 위협적인 자세로는 도저히 대답할 수 없는 질문을 상대방에게 던짐으로써 오히려 잘못을 상대방에게 전가하는 전술을 사용한 것이다.

그의 전술은 적중했다. 한스의 '문명' 앞에서 네덜란드인의 노아의 방주 이전 '석기 시대의 분노'는 서서히 가라앉았고 팔은 다시 탁자 위로 내려왔으며 잔뜩 부풀어 올랐던 얼굴도 정상을 되찾았다. 천둥이 나지막이 중얼거리는 소리를 끝으로 폭풍우가 지나간 것이다. 심지어 페퍼코른은 잔을 들어 다시 건배를 제안하려는 것 같기도 했다. 그때 쇼샤 부인이 끼어들어 마지막 수습을 했다. 그녀가 페퍼코른에게 불어로 말했다.

"이보세요. 당신, 다른 손님들은 너무 소홀히 대하고 있어요.

너무 이분만 상대하고 있잖아요.—물론 아주 중요한 대화이긴 하지만요—그런데 다른 분들은 카드놀이도 그만두고 지친 것 같아요. 우리 이제 그만 헤어질까요?"

페퍼코른은 주위를 둘러보았다. 쇼샤 부인의 말 그대로였다. 무력감, 따분함에 젖은 손님들은 마치 선생님의 감시에서 벗어난 학생들처럼 제멋대로였다. 심지어 꾸벅꾸벅 졸고 있는 사람들도 있었다. 페퍼코른은 잠시 늦추었던 고삐를 다시 잡아당겼다. 그는 집게손가락을 높이 들고 "여러분!"이라고 외쳤다. 손톱이 뾰족하게 자란 이 손가락은 마치 물결치는 깃발 같았고 군도 같았으며 그의 입에서 나온 말은 마치 도망치는 패주병들을 그 자리에 불러 세우는 지휘관의 호령 같았다. 그 효과는 금방 나타났다. 모두들 정신을 차렸고 해이해졌던 표정이 긴장한 표정으로 바뀌었으며 미소를 지은 채 지휘관의 눈을 응시했다. 모두 원위치로 되돌아간 것이다.

페퍼코른은 집게손가락 끝을 엄지손가락 끝에 대고 나머지 세 손가락을 꼿꼿이 세운 채, 그 선장 같은 손을 앞으로 쭉 내밀고 그들을 점검했고 그들에게 경고했으며 갈라진 입술로 말을 했다. 앞뒤가 맞지 않을뿐더러 모호하기 짝이 없는 말이었지만 그들 모두의 정신에 불가항력적인 힘을 발휘했으며 그 말들 뒤에 들어 있는 인격에 대해 감사의 마음을 품게 했다.

"여러분. 좋습니다. 정말 좋아요. 정말. 여러분, 살(肉)이란,—다른 말로는 안 돼요. 그냥 그렇게 말합시다—약해요. 성서에도 나와 있어요. 약해요. 그 권리가 불평등해질 수도 있고. 신사 숙녀 여러분, 말하자면, 요컨대, 간단히 말해서 여러분에게 호-소-합니다. '잠이 온다'고 여러분은 말하겠지요. 여러분, 좋아요. 아주 좋아요. 나노 삶을 사랑하고 존경합니다. 나는 그윽하고 달콤하고 원기를 회복시키는 잠의 희열을 축복합니다. 잠은—이보게 젊은이, 댁이 뭐라고 했던가?—삶이 주는 고전적 선물의 하나입니다. 최고급의 선물입니다. 여러분 성서에 나오는 말씀 기억하지요? '예수께서 베드로와 세베대의 두 아들을 데리고 가셨다.' 기억하세요. '예수께서 제자들에게 와서 이들이 잠들어 있는 것을 보았다. 예수께서 베드로에게 말씀하셨다. 나와 함께 한 시간 동안 보지 않겠느냐?' 여러분 엄청납니다. 폐부를 찌르는 이야기입니다."

그의 요령부득의 말에 그곳에 있던 사람들은 모두 감동을 받고 부끄러워했다. 슈퇴어 부인은 훌쩍훌쩍 울고 있었고 파라반트 검사는 일동을 대표해서 모두들 생기 넘치고 기분이 좋다, 당분간 잠이라는 삶의 선물을 이용하려는 생각을 할 사람은 아

제7장

225

무도 없을 것이라고 말했다.

검사의 말에 페퍼코른이 자리에서 일어나 한데 모았던 두 팔을 벌려 위로 치켜들면서 "굉장해요, 훌륭해요!"라고 말했고 연회는 다시 시작되었다. 그는 "때가 왔습니다"라고 말한 뒤 와인 메뉴판을 가져오라고 하더니 독한 적포도주 세 병과 빵과 케이크를 주문했다. 사람들은 즐겁게 먹고 마셨고, 연회는 몇 시간 이상 더 이어졌어도 끝날 줄을 몰랐다. 술에 취해 몸이 납덩이처럼 무거웠지만 취침 시간을 무시하고 술을 마신다는 색다른 즐거움도 있었다. 페퍼코른이라는 제왕적 인물의 영향도 있었고 베드로와 두 아들의 본보기에서처럼 육체의 나약함에 굴복하지 않겠다는 오기도 있었다. 그리고 일반적인 경향이지만 그런 점에서는 남성보다 여성이 강했다. 남자들은 가쁜 숨을 몰아쉬며 기계적으로만 술에 손을 댈 뿐 진심으로 마시고 싶어 하지 않았지만 여자들은 여전히 힘이 남아 있었다. 페퍼코른은 취해서 클레펠트라는 여자에게 키스를 청해서 받아내기도 했고 마그누스 부인과 진한 농담을 하기도 했다. 하지만 자신의 여행 동반자에게 헌신적인 애정 표현을 하는 것을 잊지 않았다. 그는 여러 번에 걸쳐 쇼샤 부인의 손을 자신의 입술에 갖다댔다.

"포도주는" 그가 말했다. "부인들, 이것은, 이것이야말로, 죄송합니다만, 겟세마네—최후의 심판의 날……."

새벽 2시쯤 되었을 때 베렌스 원장이 급히 살롱으로 오고 있다는 소식이 전해졌다. 지칠 대로 지쳐 있던 손님들은 그 소식에 혼란에 빠졌다. 사람들은 의자가 자빠지는 것도 모르는 채 도망치느라 바빴다. 페퍼코른은 자신이 베푼 향연이 눈 깜짝할 사이에 와해되는 것을 보고 분노에 사로잡혀 탁자를 내리쳤다. 그러고는 우왕좌왕 흩어지는 사람들을 향해 '비겁한 노예들'이라고 욕설을 퍼부었다. 하지만 쇼샤 부인과 한스가 연회가 벌써 여섯 시간 이상 벌어졌으니 이제 끝낼 때가 되었다고 그를 달래자 어느 정도 진정이 되었다. 그리고 잠이라는 '거룩한 은혜' 생각도 좀 해줘야 하지 않겠느냐고 속삭이자 귀를 기울였고 마침내 그를 침대로 데려가려는 그들의 노력에 굴복했다.

페퍼코른은 쇼샤 부인과 한스의 부축을 양쪽에서 받으며 갈지자걸음으로 침실로 향했다. 아마도 그런 식으로 제왕처럼 부축과 호위를 받는 호사를 누리고 싶어서였을 것이며, 마음만 먹으면 혼자 걸을 수도 있었을 것이다. 하지만 그는 혼자 걷겠다는 노력을 경멸했다. 취한 것을 감추려는 하찮은 짓을 비웃었고, 취한 것을 당당하게 부끄러워하지 않았으며 옆에 부축하고 있는 사람들도 함께 비틀거리게 만들면서 즐기고 있었다. 그는 침실로 향하는 도중에 "이봐……, 말도 안 돼……. 물론 나는……, 아니야……. 지금은……, 당신들도 알아야 해……. 우스워"라고 뜻 모를 말을 중얼거렸다.

원장이 연회실로 온다는 말은 허풍이었다. 아마 식당의 난쟁이 아가씨가 너무 피곤한 나머지 퍼뜨린 낭설이었을 것이다. 원장이 오지 않았다는 사실을 알게 되자 페퍼코른은 돌아가서 더 마시자고 했다. 하지만 좌우의 두 사람이 애써 만류하자 그는 다시 발걸음을 옮기기 시작했다.

그의 방 앞으로 가자 키 작은 말레이 하인이 방 앞에서 기다리고 있었다. 그는 가슴에 손을 얹고 공손히 주인을 맞아들였다.

"자, 키스를 해." 페퍼코른이 명령했다. "젊은이, 이 매력적인 여인의 이마에 작별의 키스를 해. 거부하지 않을 거야. 답례를 해 줄 거야. 내가 축복해주는 거니까, 내 건강을 위해 키스를 해요."

한스는 그의 명령을 거부했다.

"안 됩니다, 폐하! 송구스럽지만 그럴 수 없습니다."

페퍼코른은 하인에게 몸을 기댄 채 이마의 주름을 치켜올리면서 왜 안 되느냐고 물었다.

"폐하의 동반자와 제가 키스를 주고받을 수는 없기 때문입니다. 어서 들어가 주무십시오. 정말 안 됩니다. 폐하가 어떻게 생각하시든 정말 말도 안 되는 짓입니다."

쇼샤 부인은 이미 자기 방 쪽으로 걸어가고 있었다. 페퍼코른은 물러났다. 그리고 이 고집쟁이 청년이 가도록 내버려두었다. 그는 청년이 멀어지는 모습을 말레이 하인 너머로 물끄러미 바라보았다. 그의 제왕적인 기질이 단 한 번도 겪어보지 못했던 이런 식의 불복종에 놀라 그의 주름 잡힌 이마가 높이 치켜올라가 있었다.

민헤어 페퍼코른(계속)

민헤어 페퍼코른은 겨울 내내 베르크호프에 머물러 있었고 봄이 와서도 그곳을 떠나지 않았다. 그동안 플뤼엘라 계곡으로 폭포를 구경하러 소풍을 갔던 것이—그 소풍에는 세템브리니와 나프타도 동행했다—그 무엇보다도 잊을 수 없는 일이었다. 그 일은 그의 이곳 체류 끝 무렵에 일어났다. 끝 무렵이라니? 그 소풍을 끝으로 그가 더 이상 이곳에 머물지 않게 되었단 말인가? 그렇다. 어디론가 멀리 가버렸단 말인가? 그렇기도 하고 그렇지 않기도 하다. 어떻게 그렇기도 하고 그렇지 않기도 하단 말인가? 시간이 가면 결국 밝혀질 것을 제발 그렇게 수수께끼 같은 말로 애를 태우지 말라. 죽음의 장단에 춤을 추었던 별로 중요하지 않은 사람들은 차치하고라도 우리는 침센 소위가 죽었다는 것을 알고 있지 않은가? 그렇다면 악성 열병이 페퍼코른을 저세상으로 데려갔단 말인가? 아니다, 그렇지 않다. 왜 그렇게 조급해하는가? 제발 우리의 삶의 조건이자 이야기의 조건을 잊지 말자. 우리는 결코 전체 그림을 한꺼번에 볼 수 없다는 그 조건, 정말로 조금밖에 볼 수 없다는 그 조건 말이다. 인간의 인식 형태에 대해 신이 부여한 조건을 멀리 던져버리지 않는 한 말이다. 그러니 우리의 이야기의 성격이 허락하는 한에서 적어도 시간에 대해 그만큼의 존중을 하기로 하자. 시간은 뒤죽박죽, 그리고 허둥지둥 돌진할 것이니 말이다. 뒤죽박죽이니 허둥지둥이니 하는 말들이 너무 요란하고 혼란스럽다면 바람처럼 흘러간다고 말해야 할까?

어쨌든 우리가 이곳에 수년 동안 있었던 것은 확실하다. 우리의 뇌가 휘청거리는 것으로 보아 비록 아편이나 하시시의 힘을 빌린 것은 아니라 할지라도 이것은 악몽임이 분명하다. 도덕적 검열관은 우리를 그런 식으로 비난할 것이 분명하다. 그렇다면 이제까지 우리는 이 애매모호한 상태, 범죄자 같은 이 은밀한 상태에 맞서서 논리적 명료함, 이성의 밝은 빛을 얼마나 내세웠는가? 결코 우연은 아니겠지만 우리는 우리가 페퍼코른같이 전혀 앞뒤가 맞지 않는 인물에게 감싸이기 전에 나프타와 세템브리니 같은 지성의 빛과 함께 했던 것이다! 우리는 당연히 그들을 비교하게 된다. 그리고 여러 가지 면에 있어서, 특히 그 스케일 면에 있어서 무대에 나중에 등장한 사람에게 후한 점수를 주게 되어 있다. 한스의 마음에도 바로 그러한 일이 벌어졌다.

한스는 발코니에 누워 이런저런 생각 끝에 두 명의 말 많은 은사들, 스스로 그의 영혼의 수호자를 자처한 그들이 피터 페퍼코른에 비하면 난쟁이처럼 왜소하다는 사실을 인정할 수밖에 없었다. 그는 페퍼코른이 제왕의 술잔을 들고 자신을 수다쟁이 취급한 것처럼 그들을 수다쟁이라고 부르고 싶을 정도였다.

이 인물이 클라브디아 쇼샤의 여행 동반자라는 사실이 그를 크게 동요하게 만든 요인인 것은 사실이다. 하지만 그것은 페퍼코른에 대한 그의 마음과는 전혀 별개의 문제였다. 한스는 그 때문에 페퍼코른에 대한 평가에 그 어떤 선입견도 갖지 않았다. 그의 그런 모습을 보고 그가 배알도 없는 놈이라며, 페퍼코른을 미워하고 그를 술주정뱅이라고 마음속으로 욕해주기를 바라는 사람들이 분명 있었을 것이다. 하지만 한스는 그런 사람들의 기대를 저버렸다. 그는 페퍼코른이 열 때문에 침대에 누워 있을 때마다 그를 찾아가 침대 맡에 앉아서 재잘거렸고, 호기심에 가득 찬 젊은이, 교양을 쌓아가는 와중에 있는 젊은이답게 이 위대한 인물이 주는 영향을 기꺼이 받아들였다. 한스는 여자 때문에 남자들 간의 관계에 영향을 받는 소설의 주인공도 아니었고 깊은 자기 비하에 빠지는 인물도 아니었다. 의식적으로 그런 것이거나 경험으로 알게 된 것이 아니라 자연스럽게 그렇게 된 것이었다. 아마 한스의 그런 면 때문에 사람들이 그를 앞다투어 교육 대상으로 삼으려 했는지도 모른다.

당연한 일이었지만 페퍼코른은 카드놀이를 하며 샴페인과 포도주를 마신 그날 저녁부터 심하게 앓아 자리에 눕게 되었다. 그날 그 자리에 있던 대부분의 사람들도 후유증에 시달렸다. 한스도 예외가 아니어서 머리가 깨질 듯이 아팠다. 그럼에도 불구하고 그는 전날 연회의 주인을 문병했다. 2층 복도에서 만난 말레이인에게 용건을 말했더니 그를 반갑게 맞으며 안으로 안내했다.

한스는 응접실을 지나 침대가 둘 놓인 네덜란드인의 침실로 들어갔다. 응접실은 쇼샤 부인의 침실과 페퍼코른의 침실 사이에 있었다. 그가 누워 있는 침실은 다른 일반 병실보다 훨씬 크고 가구도 훌륭했다. 비단으로 씌운 안락의자가 있었고 다리가 멋지게 휘어진 탁자가 있었으며 바닥에는 양탄자가 깔려 있었다. 페퍼코른이 누워 있는 침대도 그 병원에서 볼 수 있는 위생 처리된 임종 환자용 침대가 아니라 보기에도 멋진 침대였다.

페퍼코른은 침대에 누워 안경을 걸친 채 네덜란드 신문 「텔레그라프」를 읽고 있었다. 옆에 있는 의자 위에는 커피 세트가 놓여 있었고 작은 탁자 위에는 약병과 함께 어제 반쯤 비운 포도주병이 놓여 있었다. 한스는 그가 하얀 나이트가운을 입고 있지 않은 것을 보고 약간 놀랐다. 페퍼코른은 넓은 어깨와 떡 벌어진 가슴을 그대로 느끼게 해주는 긴 소매가 달린 양모 셔츠를 입고 있었다. 그런 식의 평복을 입고 누워 있으니 베개를 베고 있는 그의 머리에서 내뿜는 그의 위대한 인간성이 더욱 돋보이는 것 같았다. 한편으로는 서민처럼 보이면서 동시에 다른 한편으로는 상반신 초상화처럼 보임으로써 인습적인 중간 계급과는 아주 거리가 먼 인물 같은 느낌을 주었던 것이다.

제7장

233

"암, 그렇군, 젊은이." 한스를 보자 그가 안경을 벗으며 말했다. "어서 와요. 아니, 됐고……. 그보다는 오히려……."

그의 얼굴은 누렇게 떠 있었으며 매우 피곤해 보였다. 새벽녘에 열병의 공격을 받았고, 어젯밤 잔치의 후유증이 겹쳐 더욱 힘들어 하는 것이 분명했다.

"어젯밤에는……, 우리가……, 좀 멀리 갔지." 그가 말했다. "하지만 당신은……, 아주 좋군. 하긴 당신에게는 별로 심한 것도 아니지……. 하지만 내 나이에는……, 나 같은 상태에서는……, 이봐요!"

그는 막 옆방으로부터 응접실을 거쳐 이쪽으로 오고 있는 쇼샤 부인 쪽으로 고개를 돌리며 부드러우면서도 눈에 띌 만큼 준엄한 목소리로 말했다. "다 좋아. 정말 좋아. 정말로. 하지만 되풀이 말하지만……, 나를 말렸어야지."

그의 제왕 같은 목소리와 표정에는 노여움 비슷한 것이 서려 있었다. 하지만 그런 식의 책망은 정말 부당하고 불합리한 것이었다. 만일 어젯밤 누군가가 그가 술을 더 이상 마시지 못하게 만류했다면 어떤 폭풍우가 몰아닥쳤을 것인지 한번 상상해 보라. 하지만 위대한 인물들은 대개 그런 성향을 지니고 있는 법이다.

쇼샤 부인은 한스에게 미소를 보내고 고개를 까딱하는 것으로 인사를 대신했다. 의자에서 벌떡 일어나는 그에게 마치, 일어나지 말라고, 페퍼코른과 이야기를 계속하라고 부탁하는 것 같았다. 그리고 선 채로 이야기에 끼어들었다. 아니 끼어들었다기보다는 마치 대화를 감시하는 것 같다는 느낌을 한스는 받았다. 그녀가 스케일이 큰 인물과 함께 베르크호프로 돌아온 것은 그녀 입장에서 아무 문제될 것도 없었다. 하지만 오랫동안 자신을 참을성 있게 기다려온 연인이 그 인물을 향해 남자 대 남자로서 외람되게 존경심을 보이자 그녀는 심기가 불편했고 그 심기를 "그냥 그대로 계세요"라는 등등의 말을 통해 드러냈다. 그녀의 마음을 눈치채고 한스의 얼굴에 미소가 떠올랐다. 그는 미소를 감추기 위해 고개를 숙였지만 실은 속으로 흥분해 있는 마음을 감추기 위해서였다.

페퍼코른은 탁자 위에 있던 포도주병을 집어 들고 한스에게 한 잔 따라주었다. 그리고 자신의 견해로는, 이런 상황에서는 어젯밤 마지막 순간의 행동을 그대로 이어가는 것이 최선이라고, 이렇게 톡 쏘는 와인은 소다수와 그 효능이 같다고 말했다. 한스는 포도주를 받아 마셨다. 그러자 페퍼코른은 키니네를 한스에게 권하면서 키니네의 효능에 대해서 그답지 않게 장황한 설명을 이어갔다. 페퍼코른은 키니네에 이어 신초나 나무, 기나 나무에 대하여, 뉴기니 북쪽 섬에서 자라는 나무껍질로 만드는 사랑의 미약(媚藥)에 대하여, 인도 해안 지방에서 자라는 마전자 나무 열매의 효능에 대하여 길게 해박한 지식을 늘어놓았다. 평상시와는 전혀 다른 말투였다. 모호한 부분도 없었고 도중에 말이 끊어지지도 않았던 것이다. 그런 이야기를 하는 동안 페 퍼코른은 침대에서 일어나 앉아 포도주를 목이 타는 듯 꿀꺽꿀 꺽 들이켰다.

한스와 페퍼코른과의 대화는 쇼샤 부인이 너무 대화를 오래 해서 피곤해지면 열이 오를 수도 있다고 만류할 때까지 이어졌 다. 한스도 그녀의 말에 동의하고 방을 물러나왔다.

이후 몇 개월 동안 한스는 페퍼코른에게 4일마다 엄습하는 고열이 지나가면 그의 침대 맡에 자주 앉아 이야기를 나누었 다. 그 네덜란드인은 침대에 누워 있지 않은 날에는 몇몇 사람 들을 모아 놓고 전처럼 큰 규모는 아니었지만 가벼운 연회를 베풀었다. 그때마다 한스는 늘 그렇듯, 그 위대한 인물과 그의 나사 풀린 동반자 사이에 앉았다.

그들은 함께 야외 산책을 나가기도 했는데 곧잘 베잘과 페르게 씨가 동행하곤 했다. 그리고 얼마 안 있어, 사상적인 맞수인 세템브리니 씨와 나프타도 가세하게 되었다. 한스는 그 두 사람을 페퍼코른에게 즐거운 마음으로 소개했다. 그는 그 두 사람이 페퍼코른과 알고 지내게 된 것을 반갑게 여길지 아닐지는 전혀 개의치 않았다. 그들에게는 교육적인 이빨을 계속 들이댈 대상이 필요하다는 것을 한스는 확신했고, 그렇기에 그들을 이 달갑지 않은 사회에 끼워 넣는 것이 좋겠다고 생각했다. 한스는 내심으로 계속 그들의 피교육자가 되는 즐거움을 이어가고 싶었던 것이다.

한스는 서먹서먹함과 긴장, 심지어 적대감까지 흐르는 이 잡다한 사람들이 결국에는 익숙해질 수 없는 것에 익숙해질 수 있을 것이라고 생각했고 그 생각이 맞았다. 그리고 언제까지나 양립이 불가능해 보이던 세템브리니와 나프타가 의견의 일치, 아니 의견의 일치라기보다는 감정의 일치를 경험하게 되었다는 사실이 흥미로웠다. 두 사람은 공히 쇼샤 부인에 대해 가벼운 적의를 느끼게 되었던 것이다. 쇼샤 부인은 여성 특유의 직감으로 그것을 느꼈다. 그들이 그녀에게 왜 적의를 느끼는지 그들에게 설명해보라고 하면 아마 나름대로 장황하게 논리적으로 이야기를 늘어놓을 수 있었을 것이다. 하지만 사실상 그 적의는 그들의 햇병아리 피교육자와 그들과의 관계에서 비롯된 것이었다. 그들에게 쇼샤 부인이라는 존재는 그들을 향한 한스의 관심과 열의를 흩뜨리는 존재였고 교육자로서의 두 사람의 역할을 방해하는 요소였다. 그 때문에 둘은 그녀를 향한 원색적인 적개심을 말없이 공유하고 있었으며 그 적개심은 둘 사이의 의견 충돌만큼 강력한 것이었다. 한스까지도 그것을 느낄 수 있을 정도였으니 쇼샤 부인이 눈치채지 못할 리 없었던 것은 당연하다.

혹시 피터 페퍼코른을 향한 두 변론가의 태도에도 그와 비슷한 혐오감이 들어 있지 않았을까? 한스는 그런 것을 어렴풋이 느낀 것 같기도 했다. 그리고 사실은 이 떠듬거리는 군주가 그 두 명의 '감사관'을 만나 어떤 반응을 보일 것인지 적이 궁금하기도 했다.

바깥에서의 페퍼코른은 집 안에 있을 때만큼 인상적이지 않았다. 부드러운 펠트 모자를 얼굴 깊숙이 눌러쓰고 있어서 특유의 불꽃 같은 백발과 깊이 파여 있는 이마의 주름을 감추었기에 붉은 코도 그 당당한 위엄을 발휘하지 못했다. 보폭이 짧고 상체를 앞으로 기울이는 보행 자세는 제왕 같다는 느낌보다는 오히려 마음씨 좋은 백발노인 같다는 느낌을 주었다. 하지만 몸을 구부정하게 구부리고 걸었어도 키 작은 나프타는 말할 필요도 없이 로도비코 세템브리니보다도 머리 하나만큼은 더 컸다. 하지만 그의 존재가 그 두 명의 정치가를 압도한 것은,—실제로 한스가 이미 예상했듯, 그는 두 명을 완전히 압도했다—큰 키 때문이 아니었다.

그렇다. 그들은 비교되고 있었다. 그리고 그 대비가 한스라는 감식가의 조심스러운 눈에만 띈 것이 아니라 낭사자들, 즉 더듬거리는 거인을 비롯해 하찮은 수다쟁이 논객 두 명도 분명 느끼고 있었다. 페퍼코른은 두 명을 예의 바르고 정중하게 대했다. 심지어 존경하는 것처럼 보이기도 했다. 만일 한스가 역설적이라는 말은 위대한 스케일의 남자에게는 어울리는 단어가 아니라는 사실을 몰랐다면 아마 역설적 태도라고 불렀을지도 모른다. 왕들은 역설적이지 않다. 수사학적인 의미에서만 그럴 뿐 아니라 그 어떤 의미에서도 그렇다. 한스의 친구들을 향한 네덜란드인의 매너는 역설적이라기보다는 조롱에 가까웠다. 그는 과장된 친절과 존경심을 보이면서 공공연히 혹은 은밀하게 그들을 마음껏 놀리고 있었다.

"아, 그래요. 맞아요." 그는 입술에 미소를 띤 채 고개를 돌리고 손가락으로 위협하듯 그들을 가리키며 말하곤 했다. "여러

분, 이것은, 이것들은……, 자, 들어봐요. 대뇌(大腦)입니다. 대
뇌적인 겁니다. 알겠어요! 아니, 아니……, 완벽하게. 비범하
게……. 대단해 보이지만……."

그에 대한 앙갚음으로 둘이 할 수 있는 일은 아무것도 없었
다. 다만 서로 눈길을 교환하며 절망의 몸짓을 했을 뿐이었다.
그들은 한스 카스토르프와 눈을 마주치려 했지만 한스는 외면
했다.

그렇더라도 세템브리니는 한스를 향한 교육자로서의 관심을
결코 포기하지 않았다. 어느 날 그가 한스를 직접 공격했다.

"이거 원, 얼마나 멍청한 늙은이인지. 도대체 뭐가 그리 좋은
겁니까? 당신에게 무슨 도움이 된다는 겁니까? 난 도무지 이
해가 되지 않아요. 그 사람 애인 때문에 가까이하는 거라면, 뭐
바람직한 일은 아니지만 그럭저럭 이해가 되긴 하지만……. 하
지만 당신이 그녀보다 오히려 그에게 더 신경을 쓰고 있다는
것이 눈에 훤히 보여요. 제발 납득할 수 있게 설명 좀 해봐요."

한스는 웃었다.

"아, 좋고말고요." 한스가 말했다. "절대적으로. 말하자면, 아
주 좋아요. 정말 좋아요." 그는 심지어 페퍼코른의 말투와 몸짓

을 흉내 내기도 했다. 그는 웃으면서 계속했다. "세템브리니 씨. 그걸 멍청하다고 말씀하시는군요. 좀 분명하지 않은 건 사실입니다. 당신 눈에는 그게 더 나쁘게 보이겠지요. 멍청하다……, 세상에는 아주 여러 종류의 멍청함이 있지요. 영리함이 가장 나쁜 멍청함 중의 하나이고요……. 야, 말해 놓고 보니 멋진 말이네요. 어떻게 생각하세요?"

"대단하군. 당신의 잠언집이 출간되기를 학수고대하고 있겠습니다. 그 잠언집에 역설이 얼마나 반사회적 성질을 지니고 있는지에 대해서도 지면을 할애해 주길 바랍니다."

"아니, 절대로 그러지 않을 겁니다. 그럴 생각 없어요. 내가 한 말은 절대로 역설이 아니에요. 다만 멍청함과 영리함을 구분한다는 것이 얼마나 어려운가를 강조하고 싶었을 뿐이에요. 그렇지 않나요? 명확한 선을 긋는 게 정말 어려워요. 서로 넘나드니까요. 나는 당신이 뒤범벅을 싫어한다는 것을 잘 알고 있습니다. 당신은 가치와 판단을 우선시하고, 가치의 판단을 중시하지요. 나는 당신이 옳다고 믿습니다. 하지만 이 멍청함이라는 문제는 정말 완전히 불가사의해요. 세템브리니 씨, 당신께 묻고 싶어요. 그 사람이 우리 모두를 쥐락펴락한다는 것을 부정할 수 있어요? 표현이 좀 거칠긴 하지만 부정하진 않으시겠지요?

　그는 우리를 주머니 안에서 갖고 놀아요. 그에게는 어떤 식으로건 우리 모두를 비웃을 권리가 있어요. 그런데 그런 능력이 어디서 오는 걸까요? 어떻게 그럴 수 있는 걸까요? 그가 영리하기 때문에 그렇지 않다는 건 확실합니다. 그는 분명 영리한 사람은 아니에요. 그는 오히려 제대로 표현도 못해요. 그에게서는 뭔가 느껴지고 그 느낌이 그의 표지입니다. 그가 우리와 함께 있을 때 그렇게 행동할 수 있는 건 그가 지성에 바탕을 두고 있기 때문이 아니에요. 당신도 인정하시겠지요? 그건 지성에 바탕을 둔 게 아니에요. 그건 핵심이 아니에요.

　그렇다고 육체적인 것도 아니에요. 그가 어깨가 넓고 근력이 강해서가 아니에요. 마음만 먹으면 우리를 눕힐 수 있어서가 아니에요. 그 사람은 자신이 지니고 있는 힘을 의식하고 있지도 않아요. 만일 그런 생각을 품게 되더라도 문명화된 말 몇 마디로 가라앉힐 수 있어요. 그러니 분명 육체적인 건 아니에요. 하지만 육체적인 것과 뭔가 관련이 있어요. 남성적인 육체의 힘 이야기를 하는 게 아니에요. 그건 뭔가 완전히 다른 신비적인 거예요. 육체적인 것이 그것과 연관을 맺게 되면 모든 게 신비해져요. 육체적인 것이 정신적인 것으로 흘러 들어가고 반대로 정신적인 것이 육체적인 것에 섞여요. 그렇게 되면 그 둘을 구분할 수 없게 되고 영리한 것과 멍청한 것을 구분할 수 없게 되요.

그런데 그 결과는 우리가 보듯 역동적인 영향력을 발휘해요. 다시 말하지만 우리 모두를 쥐락펴락할 수 있게 되는 거지요. 그런 것을 표현할 수 있는 단어는 하나밖에 없습니다. 바로 인격, 인물이라는 단어이지요. 우리는 '우리 모두에게 각자 인격이 있다'라는 식으로 상식적인 의미로 그 단어를 사용하지요. 도덕적으로, 혹은 법적으로 말입니다. 하지만 나는 지금 그런 뜻으로 그 단어를 사용하고 있는 것이 아닙니다. 나는 인격의 신비에 대해서, 영리함과 멍청함 너머에 있는 그 무언가, 우리 모두 중시해야 할 그 무언가에 대해 말하고 있는 거예요. 한편으로는 그것을 이해해야 하고 다른 한편으로는 이해까지는 못하더라도 거기서 뭔가 느껴야 해요. 당신은 무엇보다 가치를 중시하지요? 그렇다면 인격도, 인물도 가치가 있는 것 아닌가요? 내게는 그게 영리함이나 멍청함보다 더 중요한 가치로 보이고 그것이 삶과 마찬가지로 절대적이고 긍정적인 가치로 보여요."

요즘에 와서 한스는 자신의 심정을 이런 식으로 토로하면서도 더듬거리지도 않았고 하고 싶은 말을 똑 부러지게 할 수 있게 되었다. 세템브리니는 한참 동안 침묵을 지키고 있다가 입을 열었다.

"인물을 신비화하다보면 우상 숭배에 빠질 위험이 있어요. 당신은 공허한 가면을 존경하고 있는 거예요. 당신, 내가 신비를 싫어한다고 말했나요? 내가 그런 것들을 사랑하는 걸 알고 있을 텐데. 하지만 당신은 신비화를 신비로 착각하고 있어요. 그건 가짜입니다. 육체적인 형태를 한 사악한 악마가 우리를 조롱하기 위해 즐겨 사용하는 방법입니다. 이 세상 모든 훌륭한 사람들을 합친 것 같은 용모를 하고 있는 배우가 일단 입을 열면 어처구니없는 바보임이 밝혀지는 그런 경우를 당신은 모른단 말입니까?"

"좋아요. 자연의 장난이지요." 한스가 말했다. "하지만 단순히 자연의 장난도 아니고 조롱도 아닙니다. 그들이 배우인 한 그들은 재능을 타고 난 거지요. 그리고 바로 그 재능이 영리함과 명청함을 뛰어넘는 것이고 결국은 그게 바로 가치입니다. 당신이 뭐라고 하던 민헤어 페퍼코른은 재능을 타고 났습니다. 그리고 그 재능으로 우리보다 훌륭하며 우리를 압도합니다. 나프타 씨가 사람들을 앞에 놓고 그레고리우스 1세와 신정 국가에 대해 연설을 한다고 치지요. 아주 들을 만한 내용일 겁니다. 그리고 한구석에서 페퍼코른이 이상한 입술 모양으로 이마의 주름을 잔뜩 치켜올린 채 '좋아요…… 중요해요……. 됐어요. 확실한 겁니다'라는 말만 되풀이한다고 치지요. 아마 모든 사람들이 페퍼코른 곁으로 몰려들 것이고, 폐부를 찌르는 명쾌한 강연을 한 나프타 옆에는 아무도 없이 그 사람 혼자 우두커니 있게 될 겁니다."

"그런 식으로 결과 만능주의에 빠지다니! 부끄러워할 줄 알아야 해요. 세상 사람들이 얼마나 속임수에 넘어가기 쉬운데. 사실 나도 나프타 주변에 사람이 모이는 건 별로 탐탁지 않게 생각하지만……. 어쨌든 당신은 논리, 정확함, 구별 이런 것을 멸시한다 이거요? 그래, 그저 홀리는 듯한 암시나 감정적인 속임수를 존경하고 명확한 것들을 경멸한다 이거요? 그렇다면 당신은 이미 악마의 손아귀에서……, 암튼 현재 상황을 있는 그대로 정확하게 말해볼까요. 그 어릿광대가 당신의 베아트리체를 빼앗아 갔어요. 그런데 당신은……. 어떻게 이런 일이. 이런 식의 이야기는 들어본 적이 없어요."

"뭐, 기질 차이겠지요. 당신과 나는 무엇이 기사도적인 것이고 무엇이 열혈적인 것인가에 대해 서로 다른 견해를 갖고 있는 것 같아요. 남쪽 나라 출신인 당신은 독약이나 단검을 처방하려 하거나 최소한 이 일을 사회적이고 열정적인 측면에서 파악하고 내가 마치 싸움닭처럼 행동하길 바라고 있어요. 사회적인 의미에서는 그게 남성답고 씩씩한 행동이겠지요. 하지만 나는 달라요. 내게는 그에게서 수컷 경쟁자의 모습 외에는 다른 아무것도 보이지 않는 사람이라는 뜻에서의 남성이 아니에요. 아마 남자답지 못한 거겠지요.

왜 그런지는 모르겠지만 아마 내게는 내가 '사회적'이라고 부르는 그런 기질이 없는 것 같아요. 그래서 나는 '내가 그 사람에 대해 불평할 근거가 있는가?'라고 내 마음에게 묻습니다. '그가 정말로 나를 모욕했는가?'라고. 모욕이라는 것은 그 행동에 고의성이 들어 있어야 성립되는 것 아닌가요? 그렇지 않은 경우라면 그냥 아무것도 아니지 않습니까? 그리고 그가 나에 대해 그 무언가를 했다고 할지라도, 그 행위를 그녀에게 적용시키면 나는 아무 권리가 없습니다. 게다가 상대가 페퍼코른 씨라면 더욱더 권리가 없습니다. 그는 대단히 비범한 인물이고 그래서 여성들에게 어필하는 게 있고, 그는 나처럼 민간인이 아니라, 나의 불쌍한 사촌처럼 군인 같은 인물이고, 그래서 감정이나 삶을 중시하는 약점을 지니고 있고, 그래서……, 어쩐지 횡설수설이 되어버렸네요."

"그렇게 말해도 되겠군. 휴머니즘적이라고 할 수도 있을 테니."

둘은 그런 식으로 토론 아닌 토론을 적절히 끝낼 수 있었으며 마지막에는 늘 세템브리니 씨가 화해를 했다. 더 이상 파고들다보면 자신도 남자답지 못하다는 것이 드러날까 은근히 두려운 때문이었다.

세템브리니와 나프타는 일행이 함께 산책을 할 때도 논쟁을 그치지 않았다. 그리고 그들의 논쟁 덕에 분위기가 지적(知的)으로 되었을 때 그들은 가장 의기양양해했다. 그럴 때면 사람들은 두 논적의 격정적이고 학구적인 토론에 귀를 기울였다. 그들이 토론에 열을 올리는 동안 단지 이마의 주름과 몸짓과 비웃는 듯한 말 한마디로 사람들을 사로잡았던 '스케일이 큰 인물'의 영향력이 어느 정도 약화된 것은 사실이다. 하지만 사실은 그 인물의 존재가 그들의 토론을 흐려놓아 빛을 잃게 했고 힘을 잃게 만들었다. 페퍼코른이 의식하지 않고 있건 혹은 어느 정도 의식하고 있었건 간에, 말하자면, 그들의 토론에 역류를 흘려보낸 셈이 되어 그들의 토론을 하찮게 만들었던 것이다.

게다가 논쟁을 하는 당사자들까지도 마치 자신들이 쓸모없는 논쟁을 하고 있는 것 같다는 느낌에 젖어 당황할 수밖에 없었다. 우리로서는 이런 식으로 말해도 될 것이다. 그들은 생사를 건 기지에 찬 논쟁을 계속하면서 그들 옆에서 걷고 있는 이 '큰 인물'을 은밀히 의식하고 있었으며, 그 인물이 뿜어내는 자력(磁力)에 의해 토론의 힘을 빼앗기고 있었다. 이런 식이 아니고는 그 두 명의 광적인 토론자들이 어떻게 그런 상황에 처하게 된 것인지 설명할 길이 없다. 다만, 만일 피터 페퍼코른이 없었다면 두 명 모두 훨씬 과격한 토론을 벌였으리라는 것만은 확실하다.

여기서 교회와 진보와 정치에 관한 두 사람의 토론을 또다시 장황하게 소개해 독자들을 황폐하게 만들고 싶지는 않다. 다만 둘이 그렇게 치열한 논쟁을 벌이면서도 더 이상 전처럼 불꽃이 탁탁 튀지도 않았고, 섬광이 번쩍이지도 않았다는 사실만 다시 한번 강조하기로 하자. 특히 세템브리니가 자신의 지성에 의지해서, '무기력한 존재일 뿐'이라고 단죄한 그 존재에 의해, 그 지성 자체가 무기력해지는 일이 벌어진 것이다. 한스는 그 사실을 알아차리고 놀랍고 흥미로웠다.

두 논객은 별로 당당하지 않은 걸음걸이로 걸어가고 있는 페퍼코른을 쳐다보았다. 그는 모자를 푹 뒤집어쓴 채 두 논객을 향해 장난스럽게 머리를 흔들거리며 말했다.

"그래요, 정말 그래……. 대뇌(大腦)입니다. 아주, 대뇌적인 겁니다. 알겠어요? 대단히. 말하자면 척 보면 알 수 있다 이거지."

그런데 보라! 순식간에 둘 간의 토론의 흐름이 완전히 꺾여버렸으니! 정말 완전히 꺼져버린 것이다. 세템브리니와 나프타는 불꽃을 살리기 위해 귀족성에 대한 문제를 다시 거론하려 했다. 하지만 아무 소용없었다. 모두들 각자 다른 생각에 젖어 있었고 심지어 토론 당사자들조차도 페퍼코른의 얼굴을 바라보는 순간—그들은 그의 얼굴을 바라보지 않으려 했지만 마치 자석에 이끌리듯 그를 바라보지 않을 수 없었다—논쟁의 핵심과 불꽃을 잃어버렸다. 한스의 표현대로라면 불꽃은 사라지고 '신비'만 남았다. 그는 그것을 간단히 '신비'라는 말로 표현하거나 혹은 아무 표현도 하지 않은 채 놔둘 수밖에 없다고 적어 놓았다. 나중에 잠언집에 추가하기 위해서였다.

하지만 그것을 굳이 표현해야만 한다면 제왕 같은 얼굴, 차갑게 찌그린 입술의 피터 페퍼코른은 '둘 다'라고, 그러니까 때로는 이것, 때로는 저것이었다고 잘라 말할 수밖에 없다. 둘 다 그에게 어울리는 것 같았으며 그를 바라보기만 하면 이것과 저것 둘이 서로를 중화, 혹은 무효화시키는 것 같았다. 그렇다!

제7장

이 멍청한 노인은 지배하는 영(靈)이었던 것이다! 그는 나프타처럼 상대방을 혼란과 선동에 빠뜨려 마비시키지 않았다. 그는 나프타처럼 애매모호하지 않았고, 그와는 전혀 다른 방법으로, 말하자면 긍정적인 방법으로 사람들을 어리둥절하게 만드는 신비 그 자체였다. 그의 그 신비는 영리함과 멍청함을 천진난만하게 무시했을 뿐 아니라 나프타와 세템브리니가 교육적 목적에서 흥미를 자극하기 위해 꺼낸 대립되는 명제들까지도 비웃게 만들었다. 이 인물은 교육적인 면모를 지닌 것처럼 보이지는 않았다. 하지만 교양을 쌓는 길 위에 있는 젊은이에게 이 인물을 만난 것은 얼마나 다행이고 얼마나 큰 선물이었던가! 두 사람이 결혼과 죄와 관용에 대해, 감각적 쾌락이 죄악인가 아닌가에 대해 열띤 논쟁을 벌일 때 이 수수께끼 같은 인물의 제왕 같은 면모를 바라보는 것은 얼마나 매혹적이었던가!

이 위대한 인물은 콧구멍을 벌렁거리고 있었으며 이마의 주름은 치켜 올라갔고 눈에는 고뇌의 빛을 띠고 있었다. 쓰라림과 고뇌를 보여주는 모습이었다. 그런데 보라! 그를 바라보고 있으면 이 순교자의 얼굴에 외설(猥褻)기가 활짝 피어났다. 머리를 장난꾸러기처럼 옆으로 기울이고 있었으며 열린 입술에는 장난기 어린 미소를 띠고 있었고 탕아(蕩兒) 같은 보조개가 양쪽

뺨에 나타났다. 마치 춤추는 이교도 사제 같았다. 그는 장난스럽게 두 대뇌적 존재를 가리키며 말했다.

"아, 네, 그래요, 완벽하게! 하지만, 쾌락의 성사(聖事)가 있지 않나요……? 아시겠어요……?"

이어서 화제는 지적인 영역을 벗어나 극히 세속적이고 실질적인 문제로 넘어갔고 페퍼코른의 지도력이 진가를 발휘했다. 이제까지 어느 정도 주도권을 잡고 있던 두 명의 논객은 이제 완전히 초라한 꼴로 뒷전으로 밀려났고 페퍼코른이 전면에 등장해서 홀(忽)을 잡은 채 사태를 정리하고 결정했다. 그가 분위기를 바꾸어 그 논쟁을 흩뜨려 놓고 싶어서 그런 식으로 행동한 것이 틀림없었다. 그는 그 논쟁이 계속 길게 이어지면 고통스러워했다. 하지만 결코 지배하고 싶은 허영심 때문이 아니었다. 한스 카스토르프는 그 점에 대해 확신했다. 스케일이 큰 사람에게 허영심이란 없으며 허영심은 위대한 인물에게는 쓸모없는 것이기 때문이다. 그렇다, 페퍼코른이 현실을 필요로 한 것은 이유가 따로 있었다. 그것은 노골적으로 말한다면 '두려움' 때문이었다. 그것은 이 스케일이 큰 인물의 마음속에 들어 있는 특징적 결점, 그가 민감할 정도로, 또한 열정적으로 애지중지한 '명예에 관한 일'인 때문이었다.

"여러분!" 네덜란드인은 창끝처럼 뾰족한 선장의 손을 들어 올리며 간청하듯, 혹은 경고하듯 말했다. "여러분, 좋습니다. 대단히. 금욕주의. 관대함. 육욕(肉慾). 좋고말고요. 아주 중요해요. 정말 논쟁할 만해. 하지만 나는…… 우리가 심각한 죄를 저지를까 봐 두려운 것 같고…… 두려워해야 할 것 같고…… 우리가 무책임하게 무시하는 게 아닌가……. 가장 중요한 것을……." 그는 숨을 깊이 들이마셨다. "여러분, 이 공기, 이 특유의 훈풍, 우리를 마비시키는 그 무엇인가가 들어 있고, 기억이, 봄을 향한 약속이 가득한 이 훈풍, 우리는 이 훈풍을 그냥 내뿜기 위해 들이마시면 안 됩니다. 정말로. 간청합니다. 그러면 안 됩니다. 그건 모욕입니다. 오로지 숭배하기 위해, 완전히, 그리고 철저하게, 들이마시고, 그리고 내뿜어야……. 여러분, 됐습니다. 그만하겠습니다, 여러분. 이것에 경의를 표하기 위해……."

그는 정말로 머리를 뒤로 젖히고 모자로 눈썹을 가린 채 멈춰 섰다. 사람들은 모두 그의 눈길을 따랐다. "자." 그가 말했다. "자, 저 높은 곳을 보시겠습니까? 저 높은 하늘, 오늘따라 유난히 검푸른 하늘을 향해 빙빙 돌고 있는 저 검은 점이 보입니까? 맹금입니다. 그건, 내가 잘못 본 게 아니라면……. 여러분, 보십시오. 저건 독수리입니다. 클라브디아, 당신도 봐. 자,

제발 똑똑히 보세요. 말똥가리도 아니고, 콘도르도 아니고, 독수리입니다. 여러분들도 내 나이가 되어 멀리까지 볼 수 있다면……. 나는 백발이지요……. 여러분도 나처럼 날개 끝을 똑똑히 볼 수 있을 겁니다……. 저건 황금 독수리입니다. 그 황금 독수리가 우리 머리 위에서 빙빙 돌며 날고 있습니다. 날갯짓 없이도 저 높은 곳을 맴돌며 그 대단한 시력으로, 그 빛나는 눈으로 지상의 우리들을 응시하고 있습니다. 여러분, 제우스의 새이며, 새들의 왕이고, 하늘의 사자(獅子)입니다. 저 날카로운 발톱을 보십시오. 엄청난 힘으로 먹이를 낚아채는……." 그는 선장 같은 손으로 독수리의 발톱 모양을 만들며 외쳤다. "이놈아! 왜 빙빙 돌면서 엿보는 거냐? 어서 내리 덮쳐라! 네 강철 같은 부리로 머리와 눈을 쪼고, 신이 네게 선물로 준 피조물의 배를 찢어라! 엄청납니다! 굉장합니다. 절대적으로! 너의 발톱을 내장에 박고, 네 부리를 그 피로 적셔라!"

페퍼코른은 극도로 흥분해 있었다. 세템브리니와 나프타의 논쟁을 향해 있던 관심은 이미 완전히 증발해버렸다. 이어서 페퍼코른이 주도하는 가운데 모두들 음식점에 들어가 먹고 마시자는 결론이 내려졌다. 그러는 중에도 조금 전의 그 독수리 이미지가 사람들의 뇌리에서 떠나지 않았고 그 이미지가 사람들의 결정에 많은 영향을 미쳤다.

이쯤에서 우리는 우리의 주인공답지 않은 주인공이 나눈 소중한 두 번의 짧은 대화에 대해 소개하기로 하자. 그중 하나는 클라브디아 쇼샤 부인과의 대화였고 다른 하나는 그녀의 여행 동반자와의 대화였다. 그중 첫 번째는 '방해적인 요소'가 열 때문에 위에 누워 있을 때 홀에서 이루어진 것이었고 다른 하나는 민헤어 페퍼코른의 침대 곁에서 이루어진 것이었다.

그날 밤 홀은 어둑어둑했다. 그날 밤 사교 모임은 무미건조하게 끝나버렸고 모두들 발코니에서 안정 요양을 하거나 춤을 추고 카드놀이를 하기 위해 마을로 내려갔다. 하지만 한스는 방에 올라가지 않고 홀 구석 난로 옆 안락의자에 앉아 있었다. 쇼샤 부인이 2층 자기 방으로 가지 않고 독서실에 홀로 앉아 있다는 것을 알고 있던 때문이었다. 다행히 이 시간에는 홀에서 담배를 피우는 것이 허락되어 있었기에 그는 담배를 꺼내 물었다.

바로 이때 쇼샤 부인이 홀로 들어왔다. 홀로 들어온 그녀는 편지 모서리를 잡고 부채처럼 이리저리 흔들며 한스에게 말했다.

"관리인이 없어요. 우표 한 장 있으면 주실래요?"

그녀는 검은색의 얇은 비단옷을 입고 있었으며 목에는 진주 목걸이를 걸고 있었다. 한스는 키르기스인 같은 그녀의 눈을 쳐다보았다.

"우표요?" 그가 반문했다. "내게는 없는데."

"없어요? 숙녀를 위해서 그런 건 준비하고 다녀야 하는 거 아닌가요? 난 당신이 지갑 속에 온갖 종류의 우표를 가격별로 챙겨 두고 있는 사람인 줄 알았는데."

"아니, 대체 누구에게 편지를 쓰려고 우표를 갖고 다닌단 말이요? 이 세상과 인연이 완전히 끊긴 사람인데. 난 세상에서 완전히 사라진 사람이에요."

"좋아요. 세상에서 사라진 분, 대신 담배는 하나 줄 수 있겠지요." 그녀는 난로 옆의 의자에 다리를 꼬고 앉아 손을 내밀며 말했다. "그건 준비하고 다니겠지요."

그녀는 그가 은제 케이스에서 꺼내준 담배를 고맙다는 말도 없이 받아들었고 한스는 라이터로 불을 붙여주었다.

"담배야 늘 가지고 있지요. 사람들 말을 빌리면 담배를 향한 열정이 있다고 할까요. 물론 나는 열정적인 사람은 아닙니다. 열정이 있다고 해도 차분한 열정이라고 할까요."

"당신이 열정적인 사람이 아니라고 하니 안심이 되네요. 하

긴 당신 독일인들은 열정적이 될 수가 없지요. 열정적이라는
건 삶 그 자체를 위해 산다는 뜻인데, 당신들은 경험을 위해 살
잖아요. 열정은 자기 자신을 망각하는 건데, 당신이 원하는 것
은 자신을 풍요롭게 하는 거잖아요. 그래요. 당신은 그게 얼마
나 혐오스러운 이기주의인지 모르고 있나요? 언젠가 당신들을
인류의 적으로 만들리라는 것을 모르고 있나요?"

"아니, 잠깐, 인류의 적이라니요? 클라브디아, 어떻게 그렇게
일반화를! 우리가 무엇을 위해 사는지 우리 자신도 모를 뿐 아
니라 어느 누구도 제대로 알 수 없어요. 내 말은 경계가 모호하
다는 말입니다. 이기적인 헌신도 있고 헌신적인 이기도 있고.
그리고 사랑의 경우는 더욱더 경계가 모호해요. 도덕적인 것이
어떤 건지, 비도덕적인 것이 어떤 건지……. 내가 댁과 이렇게
단둘이 앉아 있는 게 비도덕적인지도 모르겠어요."

"난, 이제 가겠어요."

"오, 제발! 제발, 가지 말아요. 내가 상황도 무시하고, 사람들
생각도 전혀 않는 사람은 아니니까요."

"열정이 없는 사람이라니 믿어야겠군요. 냉정한 사람에게 질
투는 어울리지 않으니까. 그런 사람은 늘 스스로를 꼴불견이라
고 여기잖아요."

"그래⋯⋯. 꼴불견⋯⋯. 그러니 나의 냉정함을 용서해줘요. 다시 말하지만 내가 어떻게 냉정하지 않을 수 있었겠어요? 내가 냉정하지 않았다면 어떻게 지금까지 참고 기다릴 수 있었겠어요?"

"뭐라고요?"

"댁을 보기 위해 어떻게 그렇게 오래 기다릴 수 있었겠느냐는 말이지." 그는 불어로 말했으며 존칭이 아닌 반말을 썼다.

"좋아요. 이제 당신이 끈질기게 사용하고 있는 '댁'이라는 호칭에 대해서는 더 이상 신경 쓰지 않겠어요. 언젠가는 당신도 그런 호칭에 대해 싫증이 나겠지요. 게다가 나는 요조숙녀도 아니고 양갓집 마나님도 아니니까."

"물론이지. 댁은 앓고 있으니까. 댁의 병이 댁에게 자유를 주지. 그 병이 댁을⋯⋯. 가만⋯⋯. 적당한 말이 떠오를 것 같아. 그 병이 댁을 영적(靈的)으로 만들어줘!"

"영적이니 하는 이야기는 나중에 해요. 내가 듣고 싶은 건 그런 게 아니에요. 당신에게 부탁이 있어요. 만일 당신이 나를 기다렸다고 해도, 그것이 나와 무슨 상관이 있다든지, 혹은 내가 그렇게 만들었다든지, 혹은 그걸 허락해주었다든지 하는 말은 하지 말라는 거예요. 지금 이 자리에서 전혀 그 반대였다는 것을 확실히 밝혀주세요."

"물론이지, 클라브디아. 기꺼이. 댁이 내게 기다려달라고 하지 않았으니까. 내가 스스로 그런 거니까. 댁에게는 그게 중요한 문제라는 것도 알고 있고."

"당신은 당신 탓이라는 것을 인정하면서도 그렇게 뻔뻔하게 말하는군요. 당신은 진작 평지로 내려갔어야 해요. 그렇게 해서 조선소에서 일을 하든지, 아님 다른 일을 하든지……."

"댁 입에서 지금 나온 말은 영적이지 않아. 비속하게 들려. 나보고 내 사촌처럼 하라고? 하지만 나는 군인이 아니고 민간인이야. 내가 요아힘처럼 했다면, 그리고 평지에서 실리와 진보를 위해 일을 했다면 그건 도망가는 꼴이 되었을 거야. 그건 엄청난 변절이고 배은망덕이 되었을 거야. 병에 대한, 병이 지닌 영성에 대한, 그리고 댁을 향한 내 사랑에 대한,—나는 그 사랑의 낡은 상처와 새로운 상처를 달고 다니지—그리고 내가 너무 잘 알고 있는 댁의 팔에 대한. 물론 나는 그 사랑이 꿈속의 사랑, 고도로 영적인 꿈속에서의 사랑이었다는 것을 인정해. 그러니 댁에게는 그 꿈에 대해 아무런 책임도 없고 거기 묶일 필요도 없어. 댁의 자유가 그것으로 제약을 받을 이유도 없고."

그녀는 담배를 입에 문 채 웃었다. 그 때문에 키르기스인의 눈이 더욱 가늘어졌다.

"정말 너그러우시군요. 불쌍한 양반! 그래요, 정말, 정말, 당신은 내가 천재란 이런 거라고 늘 생각해왔던 바로 그런 사람이에요."

"그만해, 클라브디아. 나는 천재가 아니야. 나는 보잘것없는 사람이야. 정말이야. 그런데 우연히, 그래 바로 우연이야, 이렇게 드높은 영적인 세계로 떠밀려오게 된 거야. 당신은 모르겠지만 어딘가 연금술적인 데가 있어. 연금술적인 교육, 낮은 곳에서 높은 곳으로 올라가는 성체(聖體) 변화, 즉 등급이 높아지는 그런 변화가 있어. 물론 그렇게 된 데는 나의 내부에 그 무언가가 있었기 때문일 거야. 그게 뭘까? 나는 잘 알고 있어. 오래전부터 나는 병, 그리고 죽음과 매우 친숙했다는 것을. 나는 사육제 날 댁에게 그랬듯이 아주 오래전에 댁에게 연필을 빌린 적이 있어. 상식에 어긋나는 짓이었지. 하지만 그런 무분별하고 터무니없는 사랑이 영적인 거야. 죽음이란 영적인 원칙이고, 지혜의 돌이고 교육의 원칙이기도 하니까. 죽음에 대한 사랑이, 우리가 삶을 사랑하도록, 인류를 사랑하도록 이끄니까. 어느 날 발코니에 누워 있으면서 떠오른 생각들이야. 그리고 댁에게 이런 말을 할 수 있어서 너무 기뻐. 삶에 이르는 길은 두 가지가 있지. 그중 하나는 규칙적이고 직접적이며 정직한 거야. 다른 하나는 나쁜 길이며 죽음을 통해 이르는 길이야. 그게 바로 영적인 길이지."

"당신은 정말 야릇한 철학자예요. 어쨌든 당신의 말도 인간적이고 좋은 말처럼 들려요. 당신은 좋은 사람이에요. 하지만 나를 기다린 보람이 없으니 나를 원망하고 있겠지요?"

"냉정한 정열가로서도 힘든 일이었지. 하지만 아까도 말했지만, 우리 둘 사이의 일을 나는 꿈속에서의 일로 여기고 있으니 댁은 조금도 구애받을 필요가 없어. 게다가 내가 기다린 보람이 전혀 없는 게 아니야. 우리는 그때처럼 나란히 앉아 있고, 나는 그때처럼 날카롭게 쏘아붙이는 댁의 목소리를 듣고 있으니까. 그리고 그 얇은 옷 아래의 풍성한 팔이 내 눈앞에 있으니까. 비록 저 위에 댁의 보호자, 전능한 페퍼코른, 댁에게 목걸이를 선물한 페퍼코른이 누워 있지만."

"그리고 당신은 당신 스스로를 위해, 당신 자신을 풍요롭게 하기 위해 그와 사이좋게 지내고 있지요."

"그걸 갖고 내게 불만을 품지 않았으면 해. 세템브리니 씨도 내가 그와 가깝게 지낸다고 꾸짖었지만 그건 인습에서 비롯된 편견일 뿐이야. 그는 은혜를 베푸는 사람이야. 그는 인격자인 데다 나이도 들었어. 나는 댁이 그를 여자의 입장에서 사랑하고 있다는 걸 잘 알고 있어. 그를 정말로 사랑하지?"

"나의 귀여운 독일 청년님, 당신의 철학에 경의를 표합니다." 그녀가 그의 머리를 가볍게 건드리면서 말했다. "하지만 그분을 향한 내 사랑에 대해 당신에게 말하고 싶지 않아요. 그건 인간적이지 않은 것 같아요."

"오, 클라브디아, 왜 안 된다는 거지? 인류에 대한 사랑은 천박한 사람들이 인간적인 것이 끝났다고 생각하는 곳, 바로 거기서 출발한다고 나는 믿고 있어. 그러니 마음 놓고 그를 향한 사랑을 이야기해도 괜찮아. 그를 열정적으로 사랑하고 있지?"

"그분이 나를 사랑하고 있어요." 그녀가 말했다. "그의 사랑이 나를 자랑스럽게 만들고 감사하게 만들어요. 그래서 그 사람을 받드는 거예요. 댁은 그런 나를 이해할 수 있을 거예요." 그녀는 마지막 말을 불어로 했으며 당신이라는 경칭 대신 댁이라는 말을 사용했다. 그녀는 말을 이었다.

"이제 솔직하게 털어놓을게요. 댁이 자신의 이기심으로 그분과 가까이 지낸다고 내가 말했지요? 나는 그 사실이 기뻤어요. 댁이 그분을 존경해서 고맙기도 했고요. 자, 우리 친구로서 사이좋게 지내도록 해요. 당신이 영리한지 어떤지는 잘 모르겠지만 당신은 속 깊은 사람이에요. 속이 깊은 젊은이예요. 우리 그 분을 위해 동맹을 맺어요. 약속의 표시로 손을 줄래요? 나는 가끔 겁에 질릴 때가 있어요. 그분과 함께 있는 고독이 두려워요. 있잖아요, 마음속 고독 같은 것. 그분은 사람을 두렵게 만들어요. 그에게 무슨 일이라도 일어날까 봐 두렵고 등골이 오싹하기도 해요. 나는 내 곁에 누군가가 있기를 바랐고…… 그렇기에, 당신이 어떻게 생각할지 모르겠지만, 내가 이곳, 댁의 집으로 그분과 함께 왔는지도…… ”

한스가 몸을 앞쪽으로 기울이고 있었고 둘은 무릎과 무릎을 맞대고 앉아 있었다. 마지막 말을 하면서 그녀는 그의 얼굴 앞에 바싹 다가앉아 그의 손을 꼭 잡았다.

“나의 집이라고? 오, 클라브디아! 정말 너무나 아름다운 말이야! 그와 함께 내게 왔단 말이지? 그러고도 내가 기다린 게 어리석다고, 나쁜 짓이며 헛된 일이라고는 말하지 않겠지! 그를 위해 친구가 되어달라는 말을 내가 거절한다면, 그 말에 들어 있는 뜻을 모른 채 거절한다면 나는 얼마나 어리석은 놈이 될까!”

그러자 그녀가 그의 입술에 키스를 했다. 러시아식 키스였다. 저 광활하고 영혼이 깃든 나라에서 드높은 종교 축일에 사랑의 서약으로 교환하는 키스였다. 두 젊은이가 나눈 그 키스는 경건한 사랑을 의미할까, 아니면 열정적이고 육체적인 사랑을 의미할까? 그 러시아식 키스에 그런 애매한 구석이 있었을까? 우리가 그 질문을 회피한다면 독자는 뭐라고 말할까? 열정적인 사랑과 정신적인 사랑을 확실하게 구분해서 말한다면 분명 훨씬 분석적이 될 수 있을 것이다. 하지만 그것은 한스의 표현대로 어리석은 짓이며 최소한 친절한 것처럼 보이지는 않는다. 사랑을 두고, 분명하게 구분한다는 것이 무엇을 의미할까? 그 주제가 너무 모호하고 경계가 불확실하니 그 질문은 대담하게 일소(一笑)에 붙이기로 하자.

가장 경건한 사랑으로부터 가장 육체적이고 관능적인 사랑에 이르기까지 온갖 종류의 사랑에 대해 '사랑'이라는 단 하나의 언어밖에 존재하지 않는다는 것은 정말 좋은 일이 아닌가? 그 안에는 온갖 모호함이 녹아 있다. 사랑은 제아무리 경건하다 하더라도 육체적일 수밖에 없으며 아무리 육체적인 사랑이라 할지라도 경건하지 않을 수 없다. 더없이 예민한 다정한 사랑의 경우건, 열정에 푹 빠져 있는 경우건 사랑은 사랑 그 자체이다. 사랑은 유기적 공감이며 부패할 수밖에 없는 것을 관능적으로 포옹하는 것이다. 그리고 아무리 미쳐 날뛰는 듯한 열정이라도, 반대로 아무리 경건한 열정이라도 그 속에는 종교적 사랑이 들어 있다. 그 의미가 너무 다양하다고? 그렇다면 제발 다양한 대로 내버려두라. 그래야 사랑이 살아 있고, 사랑이 인간적이 된다. 그 사실 때문에 불편해하는 것은 '깊이'가 없다는 것을 드러내는 딱한 일이 될 것이다.

이 젊은 입술들이 러시아식 키스를 나누는 동안 우리는 그 작은 공간의 조명을 서서히 끄고 무대를 다른 곳으로 옮겨보기로 하자. 우리가 들려주기로 약속한 두 대화 중 두 번째 것을 들려주기 위해서이다. 이윽고 어두침침한 홀 대신, 해동기 어느 봄날 해 질 무렵의 다소 생각에 잠긴 듯한 어스름한 불빛이 무대를 밝힌다. 그리고 우리의 주인공 한스 카스토르프가 여느 때처럼 민헤어 페퍼코른의 침대 맡에 앉아 이 위대한 인물과 친근하면서도 공손한 대화를 나누고 있다. 자주 그 대화의 자리에 함께 하곤 했던 쇼샤 부인은 오후 4시 차 마시는 시간이 끝나자 플라츠로 쇼핑을 하러 내려가고 없었다.

그들은 전날 산책하다가 들렀던 식당에서의 식사가 즐거웠다는 이야기를 나눈 후, 식당에서 세템브리니가 보인 태도를 빌미로 한스는 세템브리니와 나프타의 신상에 대해 비교적 소상히 페퍼코른에게 이야기해주었다. 세템브리니에 대한 이야기가 나오자 페퍼코른이 생각해둔 것이 있었다는 듯 말했다. 그는 열에 시달리고 있음에도 불구하고 오늘 저녁에는 평소와 달리 떠듬거리지 않고 비교적 정확하게 말끝을 완결 짓는 말투였다.

"그는 기사처럼 예의 바르고 명랑한 사람이오. 하지만 그에게는 편견이 좀 있는 것 같아. 당신도 눈치챘겠지만 내 여행 동반자인 쇼샤 부인은 그를 별로 높이 평가하지 않는 것 같더군. 아마 그녀를 대하는 그의 태도에 편견이 있어서 그런 모양이오. 그만합시다, 젊은이. 당신이 그에게 호감을 갖고 있는 것을 문제 삼자는 게 아니니까. 그가 정말 깍듯한 예의범절을 지닌 사람이라는 것을 부정하는 게 아니니까."

페퍼코른은 자신이 땀을 많이 흘려 수분을 너무 발산했다고 말하더니 수분 보충을 위해 포도주를 마셔야겠다며 한스에게도 권했다. 한스는 기꺼이 그가 권하는 잔을 받아들였다. 한스는 페퍼코른이 권하는 포도주를 거푸 들이켠 후 말했다.

"저는 당신의 사고방식으로부터 대단히 큰 가르침을 받고 있습니다. 당신은 일종의 신학을 펼쳐 보이고 있으며 그 속에서 인간은 대단히 영예로운 존재가 됩니다. 또한, 이런 말씀을 드

제7장

려도 된다면 당신의 생각 속에는 뭔가 엄격함이 들어 있어, 어딘지 사람을 오싹하게 합니다. 이런 말을 해서 죄송합니다. 모든 종교적인 엄격함은 평범하게 생긴 사람들을 오싹하게 만드는 면이 있는 법이니까요. 당신의 생각을 비판하는 게 아닙니다. 다만, 당신이 말한 쇼샤 부인에 대한 세템브리니 씨의 편견에 대해 한마디 하고 싶어서입니다. 나는 세템브리니 씨와 수년 전부터 알고 지내고 있습니다. 그래서 당신에게 자신 있게 말하고 싶습니다. 설사 그에게 편견이 있더라도 그것은 쩨쩨한 부르주아적 성격과는 거리가 멀다는 사실입니다. 그건 터무니없는 생각입니다. 그가 보여주는 편견이란 것은 일반적인 의미에서의 편견, 비개인적인 편견이며, 모종의 교육적 원칙과 연관이 있습니다. '인생의 걱정거리 자식'인 나와 연관이 있는……. 하지만 그 이야기를 하자면 너무 장황해질 수도 있고……. 정말 복잡한 문제라서 한두 마디로 잘라 말하기는……."

"그런데 당신, 쇼샤 부인을 사랑하고 있지요?" 페퍼코른이 갑자기 물으면서 제왕 같은 얼굴을 한스 쪽으로 돌렸다. 한스는 깜짝 놀랐다. 그는 더듬거리며 말했다.

"저는, 저는…… 그러니까……. 저는 쇼샤 부인을 대단히 존경하고 있습니다. 그녀 성격이……."

"잠깐!" 페퍼코른이 그의 말을 저지하려는 듯 손을 뻗으며 말했다. "되풀이해서 말하지만 나는 그 이탈리아 양반이 쇼샤 부인에게 예의 없었다고 비난하는 게 아니오. 난 어느 누구에게도 그런 비난을 하지 않아. 그냥, 지금 기분이 너무 좋다는 걸 말하고 싶었을 뿐이야. 정말 진심으로 기분이 좋아. 당신은 나보다 훨씬 전에 그녀와 알고 지냈지. 게다가 그녀는 아주 매력적이고 나는 그저 병든 늙은이일 뿐이야. 내가 오늘 컨디션이 좋지 않아 그녀 혼자 물건을 사러 갔지. 동반자 없이⋯⋯. 어떻게 그런 일이? 아마 세템브리니 씨의 교육 원칙 탓이겠지? 내 말을 오해하지 않았으면 좋겠는데."

한스의 안색이 차츰 변하고 있었다. 그는 공허한 미소를 띠고 말했다.

"이곳에서는 모든 일이 평지처럼 상례대로 진행되지 않습니다."

이어서 그는 자신도 알아듣지 못할 말을 횡설수설했다. 그러자 페퍼코른이 말했다.

"이봐요, 젊은이. 애써 설명하려 할 필요 없어요. 어쨌든 뭔가 부자연스러워, 당신의 기질과도 어울리지 않아. 산책할 때 그녀를 대하는 태도에서도 부자연스러운 게 느껴져. 당신, 고개를 갸우뚱거리면서 뭔가 열심히 생각하고 있군. 하지만 별로 신통치 않은 것 같아. 그래도 내가 무슨 소리를 하고 있는지는 분명 알고 있겠지? 나는 당신이 그녀에게 말을 걸지 않는다거나, 대답해야 할 경우에도 대답을 하지 않는 태도를 문제 삼고 있는 게 아니야. 그냥 부자연스러워. 뭔가 억제하고 회피하는 것 같아. 무슨 일방적인 노름을 하는 것 같단 말이야. 당신은 그녀를 향해 일반적인 호칭을 사용하지 않고 있어. 즉, 그녀에게 결코 당신이라는 표현을 쓰지 않는다 이 말이야."

한스 카스토르프는 고개를 들지 못했다. 그는 고개를 숙인 채 침대 시트를 매만지고 있었다. 그의 얼굴은 새파랗게 질려 있었다. 그는 속으로 '결국 이렇게 됐구나. 그럴 줄 알았어. 그리고 이렇게 되도록 내가 스스로 행동한 거야'라고 생각했다.

두 사람 사이에 2, 3분 정도 침묵이 흐른 것 같았다. 마치 이런 상황에서 미세한 시간의 단위가 얼마나 길게 늘어질 수 있는지 증명해주는 것 같았다.

먼저 입을 연 것은 피터 페퍼코른이었다.

"당신을 알게 되어 기뻤던 바로 그날이었소." 그는 평소와 달리 마치 노래하듯 말했다. "우리는 기분이 좋아서 팔짱을 끼고 내 방으로 돌아갔지. 내 방 앞에서 헤어질 때 갑자기 당신에게 쇼샤 부인의 이마에 키스를 하라고 요구하고 싶어졌어. 그전에 이곳에서 함께 지낸 친한 친구로서 말이오. 그런데 당신은 그런 짓이 상식에 벗어난다며 내 요구를 딱 잘라 거절했지. 왜 상식에 벗어난다는 건지 설명이 필요하지 않을까? 당신이 이제까지 설명을 하지 않았으니 이제 설명 좀 해주지 않겠소?"

'아, 그렇구나. 그걸 다 눈여겨보고 있었구나'라고 한스는 생각했다. '심장이 쿵쿵거리네. 잘못하다가는 제왕의 분노가 폭발하지 않을까? 아, 정말 꼼짝도 못하겠어.'

그때 페퍼코른이 갑자기 그의 손목을 잡았다.

'아니,' 한스는 생각했다. '내가 왜 겁에 질린 강아지가 꼬리를 감추듯 이렇게 쩔쩔매고 있지? 내가 이 사람에게 무슨 해를 끼치기나 했나? 절대로 그런 건 없어. 다게스탄에 있는 그녀의 남편이라면 또 몰라. 대체 이 사람이 나에 대해 불평할 게 뭐 있지? 전혀 없어. 전혀. 그런데 왜 내 가슴은 이렇게 뛰는 걸까? 그래, 이제 일어나서 당당하게 그를 바라봐야 해. 물론 그의 인격에 대한 존경심을 버리면 안 되겠지만.'

그는 마음먹은 대로 했다. 그 위대한 인물의 얼굴은 누런색이었으며 깊은 주름 아래 흐린 눈이 있었고 상처 입은 입술에는 비통한 표정이 떠올라 있었다. 위대한 노인과 하찮은 젊은 이는 서로의 눈을 바라보았고, 페퍼코른은 여전히 한스의 손목

제7장

269

을 잡고 있었다. 마침내 페퍼코른이 상냥하게 말했다.

"젊은이, 당신은 클라브디아가 전에 이곳에 있었을 때 그녀의 애인이었지."

한스 카스토르프는 다시 한번 고개를 떨구었다. 하지만 곧 고개를 쳐들고 숨을 몰아쉰 뒤 입을 열었다.

"민헤어 페퍼코른 씨! 당신에게는 절대로 거짓말을 하지 않겠습니다. 거짓을 피할 방법을 찾고 있지만 쉽지 않습니다. 당신의 말을 인정하면 나는 허풍을 떠는 꼴이 될 것이고, 당신의 말을 부정하면 거짓말이 될 것입니다. 자, 무슨 뜻에서 하는 말인지 설명해 드리겠습니다. 저는 이 집에서 오랫동안, 아주 오랫동안 당신의 여행 동반자인 클라브디아와 함께 지낸 후에야 서로 안면을 트게 되었습니다. 우리들의 관계는, 아니 차라리 그녀에 대한 나의 관계는 사회적인 것이 아니었습니다. 다만 그 관계가 언제부터 시작되었는지는 확실히 모르겠다는 말씀은 드리고 싶습니다. 나는 마음속으로 그녀를 언제나 '댁'이라고 불렀고 실제로도 그렇게 불렀습니다. 어느 날 밤, 교육적인 족쇄에서 풀린 나는 감히 그녀에게 접근했습니다. 사육제 날 밤이었습니다. 그날은 가면과 자유의 날이었고 무책임한 시간이었으며 마술과 꿈의 힘에 의해 '댁'이라는 호칭이 완전히 지배하던 날이었습니다. 그날은 클라브디아가 이곳을 떠나기 바로 전날이기도 했습니다."

"완전히 지배한 날이라⋯⋯." 페퍼코른이 한스의 말을 되풀이했다. "아주 적절한 말이야. 아주 잘 말했어." 그는 한스의 손목을 놓고 자신의 얼굴 양쪽을, 눈두덩을, 뺨을, 턱을 마사지하기 시작했다. 그는 마치 한스를 외면하듯 머리를 왼쪽으로 기울였다.

한스가 계속 말을 이었다.

"저는 가능한 한 최선을 다해 대답해드린 겁니다. 조금도 과장하거나 조금도 줄여 말하지 않으려 애썼습니다. 그날 밤은 이상한 밤이었습니다. 달력 밖에 존재하는 날이었고 덤으로 생긴 날이었습니다. 말하자면 2월 29일과 같은 날이었습니다. 그렇기에 당신의 단정적인 말을 내가 부인했다면 그건 거짓말이었을 겁니다."

페퍼코른은 아무 말도 없었다. 한스가 계속 입을 열었다.

"그리고 또 한 가지 털어놓고 말씀드릴 게 있습니다. 제 개인적인 경험입니다. 저는 모든 것이 불확실한 가운데 의심을 확증하지도 못하고 그렇다고 떨어버리지도 못하는 상황이 얼마나 사람을 화나게 만드는지 경험했습니다. 당신은 이제 그 2월

29일의 남자가 누구인지, 당신이 지금 권리를 지니고 있는 여인과 경험을 공유한 남자가 누군지 명확히 알게 되었습니다. 하지만 나는 그녀에 관해 내 앞서 있던 일에 대해 아무것도 모릅니다. 당신은 베렌스 원장이 취미 삼아 그림을 그린다는 것을 알고 있지요? 나는 그가 쇼샤 부인을 앉혀 놓고 초상화를 그렸다는 사실을 알고 있습니다. 그 초상화를 보면 너무 생생하고 실감이 나서 정말 눈이 휘둥그레집니다. 그래서 나는 둘의 관계에 대해 너무 생각이 많을 수밖에 없었고 그 수수께끼 때문에 고통스러웠으며 지금도 그렇습니다."

"당신, 아직도 그녀를 사랑하고 있군." 페퍼코른이 고개를 돌리지 않은 채, 즉 여전히 한스를 외면한 채 말했다. 넓은 방은 점점 더 황혼에 물들어갔다.

"죄송합니다, 페퍼코른 씨. 저는 당신을 향해 무한한 존경과 경탄을 느끼고 있습니다. 그런 마당에 현재 당신의 동반자에 대한 제 감정을 털어놓는 것이 꺼려집니다. 그리고 지금은 클라브디아와 당신에 대해서가 아니라 나의 인생과 운명 전반에 대해 당신께 털어놓고 싶습니다. 제가 영광스럽게 당신의 신뢰를 얻고 있고, 또 이렇게 말할 수 없이 예외적이고 특별한 황혼녘이니 말입니다."

"어디, 이야기해봐요." 페퍼코른이 정중하게 말했고 한스 카스토르프는 이야기를 계속했다.

"저는 이곳에 온 지 오래되었습니다. 벌써 몇 해가 지났습니다. 얼마가 지났는지는 정확히 모르겠지만 내 인생의 몇 년인 것만은 확실합니다. 저는 사촌을 문병하러 이곳에 왔습니다. 그는 정말 성실하고 용감한 군인이었지만 결국 저를 이곳에 남겨두고 죽었습니다. 들어서 아시겠지만 저는 건실하고 합리적인 직업을 갖고 있었습니다. 하지만 솔직히 말씀드리면 저는 그 직업에 별로 마음이 끌리지 않았습니다. 그 사실만은 확실히 말씀드릴 수 있지만 그 이유는 분명하지 않다고 말씀드릴 수밖에 없습니다. 마치 당신의 여행 동반자인 쇼샤 부인을 향한 제 감정이 어디서 온 것인지 모호한 것과 마찬가지입니다.

제가 그녀의 눈을 처음 보고 그녀를 향해 느낀 감정은, 아시겠지만, 이성을 넘어서는 것입니다. 그녀에 대한 사랑을 위해 저는 세템브리니 씨에게 저항하고, 비이성의 원칙, 말하자면 병의 영적인 원칙을 선언하면서 이곳에 남았습니다. 그리고 더이상 내가 얼마나 이곳에 머물렀는지 잊게 되었고 나의 친척들, 나의 직업, 삶에 대해 내가 갖고 있던 생각 등, 모든 것들과 관계가 끊겼습니다. 게다가 클라브디아가 이곳을 떠난 뒤로는 그녀가 돌아오기만 기다리고 있었기에 저 아래 삶에서 완전히 사라진 존재가 되었고 저곳 친구들이 보기에 죽은 사람과 마찬가지가 되었습니다. 이 이상 더 자세히 해드릴 말씀은 없습니다."

그의 말이 끝나자 페퍼코른은 약간 편한 자세로 고쳐 앉으며 말했다.

"젊은이, 잘 들었소. 모든 걸 아주 잘 알겠소. 나도 모르게 당신에게 아주 가혹한 행위를 한 셈이란 걸 잘 알겠소. 보상을 해주겠소. 또한, 내 여행 동반자가 당신에게 고통을 끼친 데 대해서도 책임을 지겠소. 사나이 대 사나이로서 당신이 무엇을 요구하건 응할 준비가 되어 있소. 하지만 보다시피 나는 나이도 많고 열에 시달리고 있소. 그래서 다른 제안을 하겠소. 바로 이거요. 내 기억이 옳다면 우리가 처음 만나던 날, 내가 당신에게 형제처럼 지내자고 하려다가 너무 경솔한 짓 같아 그만둔 적이 있소. 당신의 천성이 마음에 들었던 거요. 좋아요. 지금 다시 그 순간으로 돌아갑시다. 그때로 다시 돌아가, 이제 수습 기간이 끝난 것을 선언하겠소. 젊은이, 우리는 형제요. 젊은이, 좀 전에 '댁이라는 호칭이 완전히 지배하던 날'이라는 말을 했지? 좋아요. 우리들 관계도 그렇게 '완전히 지배적인 것'이 되게끔 합시다. 형제애라는 감정이 온갖 제약에서 벗어나게 해줍시다. 내가 고령이라 다른 방법으로 당신을 만족시킬 수 없으니 대신 형제 결의를 맺자는 거요. 대개 그런 결의는 누군가 제3자에게 대항하기 위해서, 혹은 세상이나 다른 사람 모두와 맞서기 위해 맺는 것이지만 우리는 그 누군가를 위한 우리의 감정의 이름으로 의형제를 맺읍시다. 자, 포도주잔을 높이 들어요. 자, 쭉 들이킵시다. 어때, 만족하오?"

한스는 페퍼코른이 따라수는 포도수를 페퍼코른과 마찬가지로 단숨에 마신 다음 말했다.

"여부가 있습니까? 오히려 너무 기뻐서 어찌할 바를 모를 지경입니다. 마치 꿈같습니다. 정말 너무나 큰 영광입니다! 제게 이런 영광을 누릴 자격이 있는지 모르겠습니다."

"자, 이제 그만 가보시게, 젊은 친구! 밤이 되었어. 우리들의 연인이 당장이라도 돌아올지 몰라. 사실 자네와 이렇게 단둘이 있는 걸 들키는 게 별로 좋은 일은 아닐 거야."

"맞습니다. 날이 저물었군요. 갑자기 세템브리니 씨가 들이닥쳐 이성과 관습이 지배하는 불빛을 밝힐지도 모르겠다는 생각이 드는군요. 그럼 안녕히 주무십시오."

한스는 작별 인사를 하고 그 방에서 나왔다.

민헤어 페퍼코른(결말)

폭포는 언제나 매력적인, 소풍의 목적지였다. 플뤼엘라 계곡 숲속에 있는 이 아름다운 폭포에 왜 한스 카스토르프가 아직까지 한 번도 찾아가 보지 않은 것인지 그 이유는 설명하기 힘들다. 요아힘이 살아 있을 때는 규칙과 의무를 중시하는 그의 엄격성 때문에 그들의 행동반경은 베르크호프 주변으로 한정되어 있었다. 하지만 요아힘이 죽은 뒤에도 겨울철에 스키를 타는 것 외에는 한스와 이곳 산 경치와의 관계는 단조롭다 못해 보수적이었다. 이 젊은이는 육체적으로 행동반경에 제한을 둔 채, 대신 정신 활동을 드넓게 펼치면서 그것들 간의 대비를 묘하게 즐기고 있었다. 하지만 어느 날, 그의 가까운 친구 일곱 명이 그곳으로 마차를 타고 소풍 가자는 계획을 세우자 한스는 쌍수를 들어 환영했다.

5월이 되었다. 평지에서라면 사람들을 환희에 들뜨게 하는 달이었지만 이곳은 아직 찬 기운이 남아 있었다. 하지만 해빙기는 분명히 지나서 여기저기 간간이 눈이 보일 뿐, 사방의 푸른색이 사람들을 유혹하고 있었다. 한스를 비롯한 일곱 명의 소모임은 그동안 활동이 활발하지 못했다. 페퍼코른의 4일 열이 맹위를 떨친 데다, 열이 내린 날에도 침대에 누워 있어야 했기 때문이었다. 베렌스 원장이 주변에 은밀히 알려준 바에 의하면 비장과 간도 좋지 못한 상태였고 위도 정상이 아니었다. 따라서 요즘 페퍼코른은 밤의 주연도 한 번밖에 하지 못했고 산책도 가까운 곳으로 단 한 번 하는 것으로 그쳤다.

그런 가운데 드디어 폭포로의 소풍 일자가 잡혔다. 페퍼코른이 모든 것을 직접 결정했다. 그는 그곳까지 소풍을 갈 수 있을 만큼 몸이 좋아졌다고 느꼈다. 4일 열의 공격이 있은 지 사흘째 되는 날이었다. 그는 관리인에게 식사와 마차 준비 등 모든 것을 일일이 지시를 해놓았다.

일행 다섯 명은 오후 3시에 베르크호프 요양원 정문 앞에 모였다. 페퍼코른과 쇼샤 부인, 한스와 베잘, 페르게가 그들이었으며 세템브리니와 나프타는 가는 도중에 픽업할 예정이었다. 보다 정확히 말한다면 일행은 한 명 더 있었다. 말레이인 하인이 동행한 것이다.

햇빛이 눈부셨으며 아름답고 화창한 날이었다. 하지만 마차가 달리게 되면 추울 것 같아 모두 춘추 외투들을 걸치고 있었다. 마차는 얼마 되지 않아 포도 넝쿨로 덮인 식품점에 도착했다. 세템브리니와 나프타가 이미 밖에 나와 있었기에 일행은

제7장

277

지체할 필요가 없었다. 세템브리니는 낡은 털가죽 재킷을 입고 있었고 나프타는 아주 멋진 노란색 봄 외투를 입고 있었다. 두 사람이 마차에 오르자 마차는 곧 출발했다. 나프타는 세 사람이 타고 있는 앞 마차의 페르게 옆자리에 앉았고 세템브리니는 한스와 베잘이 탄 마차에 올랐다. 세템브리니는 기분이 아주 좋은 듯, 농담을 하며 베잘이 양보해 준 뒷자리에 앉았다.

정말 흥겨운 드라이브였다. 마차를 모는 네 필의 말도 모두 이마에 흰 점이 있는 건장한 말들로서 힘차게 질주했다. 얼마 가지 않아 마차는 숲에 이르러 멈추었고 모두 마차에서 내렸다. 그곳으로부터 폭포까지는 도보로 산책을 할 계획이었다. 마차가 멈추자 제법 먼 거리에 있는 폭포 소리가 그곳까지 들렸다. 때로는 졸졸거리는 소리처럼 들리다가 때로는 쏴쏴 하는 소리처럼 들리기도 했다.

폭포에 여러 번 와본 적이 있는 세템브리니가 말했다.

"여기서는 아직 잔잔하게 들리지요. 하지만 가까이 가면 소리가 엄청납니다. 특히 요즘 계절에는 더 합니다. 자기 말소리조차 들리지 않을 정도입니다."

일행은 축축한 침엽수가 깔린 길을 따라 숲속 깊이 들어갔다. 페퍼코른은 모자를 깊이 눌러 쓴 채 쇼샤 부인의 부축을 받으며 선두에서 몸을 흔들며 걸어갔다. 바로 그 뒤를 한스가 휘파람을 불며 주위를 둘러보면서 따라갔다. 그 뒤를 나프타와 세템브리니가 따르고 있었고 이어서 페르게와 베잘이, 맨 뒤로는 말레이인 하인이 따랐다. 그들은 숲길을 걸으면서 숲에 대해 수군거렸다. 숲의 모습이 여느 숲과는 아주 다른 면이 있던 때문이었다. 그림같이 아름답고 이국적이었으면서 동시에 뭔가 초자연적인 으스스함도 지니고 있었다. 숲에는 이끼류가 번창해서 숲 전체를 완전히 뒤덮고 있었다. 따라서 침엽수 잎사귀는 보이지 않고 온통 이끼뿐이었다. 마치 마법에라도 걸린 것 같았고 숲 전체가 병들어 있는 것 같았으며, 모두 비슷한 느낌이었다. 이윽고 목적지에 가까워지자 폭포수 소리가 세차게 들려오더니 세템브리니의 말을 증명이라도 해주듯 점차 우렁찬 굉음으로 바뀌었다.

길모퉁이를 돌자 다리가 나타났고 암석으로 이루어진 협곡 아래 폭포수가 떨어지고 있었다. 폭포수가 눈에 들어오는 순간 귀가 멍할 정도의 굉음이 들렸다. 정말이지 엄청나다는 말을 할 수밖에 없는 소리였다. 엄청난 양의 물이 폭포수가 되어 수직으로 떨어졌고 바위 위에 흰 포말이 일었다. 폭포의 높이는 7~8미터 정도였으며 너비도 상당했다. 마치 그 물소리에 함성,

나팔 소리, 부서지고 깨지는 소리, 폭발음, 진동 소리, 종소리 등 생각할 수 있는 모든 소리들이 섞여 있는 것 같았다. 정말로 정신을 차릴 수 없을 정도였다.

방문객들은 폭포수 바로 아래 바위까지 가서 물안개에 휩싸여, 귀가 멍멍한 채 서로 눈길을 교환했고 머리를 절레절레 흔들며 미소를 짓기도 했다. 거의 미친 듯한 엄청난 굉음에 그들은 너무 놀라 감각이 마비되는 것 같았으며 마치 저 위, 저 아래, 그리고 사방에서 경고의 외침 소리, 나팔 소리, 거친 남자의 목소리 들이 들려오는 것 같았다.

일행은 민헤어 페퍼코른의 등 뒤에 모여서 그 엄청난 폭포수를 그와 함께 바라보았다. 페퍼코른의 얼굴은 보이지 않았지만 모자를 벗어 들고 불꽃 같은 백발을 휘날리며 상쾌한 공기를 가슴으로 들이마시는 모습을 볼 수 있었다. 이들은 모두 눈짓과 손짓으로 의사소통을 하고 있었다. 아무리 귀에 바싹 대고 소리쳐도 폭포 소리 때문에 말소리는 아무 쓸모가 없었던 것이다. 입술 모양으로 보아 모두들 찬탄과 경이의 소리를 발하고 있는 것이 분명했지만 그 소리는 전혀 들리지 않았다.

이제 간식을 들며 차를 마실 때가 되었다. 대부분의 사람들은 폭포로부터 좀 떨어진 곳에서 소음을 피해 간식을 들자는 의견을 눈짓과 손짓으로 교환했지만 페퍼코른의 생각은 달랐다. 그는 고개를 저으며 여러 번에 걸쳐 손가락으로 땅을 맹렬하게 가리켰다. 크게 벌린 그의 입 모양으로 보아 "여기서!"를 외치고 있는 것이 분명했다. 어찌할 도리가 없었다. 언제나 그가 명령했고 그의 인격이 모든 것을 결정했다. 비록 그가 이 탐험을 계획하고 주동한 것이 아니라 할지라도 아무 상관이 없었다. 스케일은 언제나 전제적이고 권위적인 법이다. 이제까지 그래 왔고 앞으로도 그럴 것이다. 민헤어 페퍼코른이 폭포를 바라보며, 그 우레와 같은 소리를 들으며 간식을 들기를 원했고, 그것이 바로 그의 거스를 수 없는 강력한 의지였다. 쫄쫄 굶을 생각이 아니라면 감히 누가 거역할 수 있겠는가?

그들 대부분은 불만이었다. 세템브리니 씨는 대화와 인문학적인 의견 교환의 기회가 사라진 것을 보고 절망과 체념의 손짓을 해보였다. 말레이인은 주인의 뜻을 따르기 위해 부지런히 움직였다. 그는 주인과 쇼샤 부인을 위해 가져온 접이식 의자를 바위 위에 펼쳐 놓고, 큰 보자기를 펼치더니 그 위에 커피세트와 유리잔, 보온병, 빵과 포도주 등을 꺼내 놓았다. 모두들 보자기 주변에 모여들어 커피와 빵이 담긴 접시를 받은 뒤 주변에 앉아 시끄럽게 물소리가 울리는 가운데 묵묵히 간식을 들었다.

제7장

281

페퍼코른은 외투의 깃을 세우고 모자를 옆에 놓더니 포르투 갈산 적포도주를 몇 잔 비웠다. 그러더니 갑자기 말을 하기 시작했다. 오, 정말로 이상한 사나이였다! 자신의 말을 자신도 알아들을 수 없었으니 당연히 다른 사람들도 그의 말을 한마디도 알아들을 수 없었다. 페퍼코른은 오른손에 은제 포도주잔을 든 채 집게손가락을 들어 올렸고 손바닥을 위로 향한 채 왼쪽 팔을 물을 향해 뻗쳤다. 곧이어 사람들은 무언가 말을 하면서 움직이는 그의 제왕 같은 얼굴을, 단어들을 밖으로 내뱉는 그의 입술 모양을 볼 수 있었다. 하지만 마치 공기가 없는 진공에 대고 말하는 듯 소리는 들리지 않았다. 사람들은 당황한 미소를 지으며 이 헛된 행동을 지켜보았다. 그들은 그의 행동이 그리 오래 가지 않으리라, 그가 그 무의미한 행동을 곧 그치리라 생각했다. 하지만 그는 긴장되고 절제된 몸짓으로, 그가 내뱉는 단어들을 집어삼키는 굉음을 향하여 쉬지 않고 열변을 토했다. 그는 이마의 깊이 팬 주름 아래 흐릿하고 지친 눈을 크게 치켜 뜨고 사람들을 차례차례 둘러보았다. 그와 눈이 마주친 사람은 눈을 크게 뜨고 고개를 끄덕이며 그의 말을 들으려 애쓰고 있다는 뜻으로 손을 귀로 가져갈 수밖에 없었다.

이제 그는 자리에서 일어나기까지 했다! 땅에 닿을 만큼 긴,

구겨진 외투 깃을 세우고, 모자도 쓰지 않은 채, 손에 술잔을 들고, 이교도의 우상처럼 주름이 잡힌 이마를 높이 쳐들고, 불꽃 같은 백발을 휘날리며 그는 암벽에 우뚝 섰다. 그는 그렇게 바위에 서서 말을 하고 있었다. 그는 엄지와 검지로 동그라미를 만들고 나머지 세 손가락은 뾰족하게 창처럼 얼굴 앞에 세운 채 분명 건배를 제의하고 있었고, 비록 들리지는 않았지만, 사람들은 그 뜻을 분명히 알 수 있었다. 그리고 그의 입 모양으로 보아 그가 입버릇대로 "자, 됐습니다"와 "정해진 거야"라고 말하고 있음을 알 수 있었다. 하지만 그것으로 끝이었다.

그의 머리가 옆으로 기울어지더니 그의 입술에 비통함이 서렸고 사람들은 그런 그의 모습에서 수난받는 그리스도의 모습을 보았다. 그런데 홀연 그의 뺨에 보조개가 나타나더니 향락적인 장난꾸러기의 표정이 떠올랐다. 마치 음란한 제의에서 옷자락을 걷어 올리고 미친 듯 춤을 추는 이교도 사제 같은 모습으로 변신한 것이다. 그는 잔을 들어 올려 사람들 눈 위에서 반원을 그리더니 잔의 바닥이 완전히 위로 향할 때까지 한 방울도 남김없이 꿀꺽꿀꺽 술을 들이켰다. 그런 후 팔을 뻗어 잔을 말레이인에게 넘기고는 이제 잔치가 끝났다는 신호를 했다.

모두 서둘러 그의 명령을 따르면서 허리 굽혀 그에게 감사했

제7장

283

다. 바닥에 앉아 있던 사람들은 자리에서 일어났고, 다리 난간에 걸터앉아 있던 사람들은 뛰어 내렸다. 일행은 올 때와 마찬가지로 이낀 낀 숲을 지나 마차가 기다리고 있는 곳으로 돌아갔다.

  그날 밤 한스의 영혼이 그 무언가 파멸, 혹은 영(靈)의 전조를 알았기에 그가 깊은 잠을 이룰 수 없었던 것일까? 그래서 평상시 이곳 베르크호프의 평화롭던 밤과는 약간 다른 분위기, 희미한 소동 소리, 멀리서 들리는 오가는 발자국 소리에 눈을 뜨고 일어나 앉았던 것일까?

  실제로 그는 새벽 2시가 조금 지나, 누군가 그의 방문을 노크하기 얼마 전부터 잠에서 깨어 있었다. 그가 대답을 하자 간호사가 들어서며 큰 소리로 쇼샤 부인이 곧 2층으로 와 달라고 하더라는 전갈을 전했다. 한스는 얼른 자리에서 일어나 옷을 입은 후 대체 이 시간에 무슨 일일까, 궁금해하며 2층으로 내려갔다.

  2층으로 내려가니 페퍼코른의 응접실로 통하는 문과 침실로 통하는 문이 모두 열려 있는 것이 보였다. 안으로 들어가니 두 명의 의사, 수간호사, 쇼샤 부인, 말레이인 하인까지 모두 다섯 명이 방 안에 있었다.

"잘 왔소." 크로코브스키 박사와 낮은 목소리로 뭔가 이야기를 나누고 있던 베렌스 원장이 한스를 보자 말했다. "어쩔 도리가 없었소. 한번 가서 보시오. 우리가 할 수 있는 일이 아무것도 없다는 걸 알게 될 거요."

쇼샤 부인이 자신에게 아무런 주의도 기울이지 않는 것을 곁눈으로 확인하면서 한스는 발끝으로 침대로 다가갔다. 침대로 다가간 그는 경건하게 명상하는 표정으로, 붉은 비단 이불을 덮고 있는 페퍼코른의 시신을 내려다보았다. 두 손은 이미 검푸른 빛을 띠고 있었고 얼굴에도 여기저기 검푸른 반점이 나 있었다. 그 때문에 얼굴이 약간 추하게 보였지만 제왕 같은 풍모는 여전했다.

얼마 후 원장이 턱으로 응접실을 가리켰고 한스는 그를 따라갔다.

"자살인가요?" 한스가 낮은 목소리로 짧게 물었다.

"그렇소." 베렌스가 어깨를 으쓱하며 대답하고는 덧붙였다. "완벽해요. 최상입니다. 당신 이런 걸 본 적이 있나요?" 그는 가운 주머니에서 작은 상자를 꺼내어 그 속에 들어 있는 작은 물건을 한스에게 보여주면서 물었다. "나도 처음 보는 물건인데 눈여겨볼 만한 가치가 있는 물건이요. 배움에는 끝이 없는 법 아닙니까? 정말 기상천외하고 교묘한 물건이요. 그가 손에 들고 있던 거요. 조심해요. 조금만 스쳐도 피부에 물집이 생길 수 있으니."

한스는 그 물건을 손에 들고 조심스럽게 살펴보았다. 강철과 상아, 금, 고무 등으로 만든 아주 정교하고 기묘한 물건이었다. 끝이 갈퀴처럼 구부러진 아주 날카로운 두 개의 바늘 모양의 물건이었다. 상아에 금박을 씌운 중간 부분은 나선형 모양이었고 바늘은 그 동체 안으로 어느 정도 들어갔다 나왔다 할 수 있게 되어 있었다. 그리고 동체 끝에는 검은 고무로 만든 대롱 같은 것이 달려 있었다. 전체 길이는 5센티미터 정도였다.

"이게 뭡니까?"

"그건 아주 정교한 주사기입니다. 코브라에게 물렸을 때와 같은 효과를 내게끔 고안한 겁니다. 코브라 이빨과 똑같이 생겼고 독을 뿜어내는 과정도 그대로 모방한 겁니다. 이 고무 대롱이 말하자면 이빨의 뿌리 역할을 하는 셈이지요. 이런 물건을 고안해 내는 건 보통 어려운 일이 아닙니다. 아마 이 사람이 직접 고안해서 주문했을 겁니다. 그리고 독은, 나중에 분석을 해봐야 알겠지만, 동물성 물질과 식물성 물질을 혼합해 만든

최상의 독이었을 겁니다. 갑자스럽게, 아무 고통 없이 질식사했을 겁니다."

한스는 한숨과 함께 그 기묘한 물건을 원장에게 되돌려 주고 침실로 돌아왔다. 페퍼코른의 침실에는 이제 말레이인과 쇼샤 부인밖에 없었다. 한스가 침대로 다가가자 쇼샤 부인이 고개를 들어 그를 바라보았다.

"당신에게는 초대받을 권리가 있었어요." 그녀가 말했다.

"불러주셔서 고맙습니다." 그가 대답했다. "잘한 겁니다. 그분과 나는 형제 사이니까요. 그걸 감추려 한 것을 깊이 부끄럽게 여기고 있습니다. 임종을 지켜보았나요?"

"모든 게 끝난 다음에야 하인이 나를 불렀어요."

"그는 정말 스케일이 큰 인물이었어요." 한스가 말했다. "그는 감정의 결여를 신성 모독이나 우주적 재앙으로 여겼으니까요. 그는 자신을 신의 결혼 도구로 여기고 있었습니다. 당신도 그걸 알아야 해요. 마치 제왕 같은 허튼짓이었지요. 감동을 받으면 어리석고 불경한 말도 하게 되는 법이니까요. 하지만 그 말들은 전통적인 종교적 형식보다 훨씬 장엄하고 엄숙한 것입니다."

"그건 포기예요." 그녀가 불어로 말했다. 이어서 다시 독일어

제7장

287

로 그녀가 말했다. "우리가 저지른 바보 같은 짓을 그가 알고 있었을까요?"

"클라브디아, 나도 어쩔 수 없었소. 그가 있는 앞에서 그대 이마에 키스하라는 명령을 내가 거부했을 때 그는 이미 짐작하고 있었던 거요. 이제 지금, 그의 존재는 실제라기보다는 상징이 되었소. 그렇더라도 이렇게 그의 앞에서 그 일을 해도 되겠소?"

그녀는 가볍게 고개를 끄덕이며 눈을 감은 채 이마를 앞으로 내밀었다. 그는 자신의 입술을 그녀의 이마에 갖다 댔다. 말레이인이 갈색의 동물 같은 눈으로, 눈동자를 옆으로 굴려 흰자위를 드러낸 채 그 모습을 바라보고 있었다.

풍성한 음의 하모니

우리는 한스를 새롭게 사로잡은 새로운 흥밋거리에 대해 이야기하기 전에 그에게 중요하게 여겨질 수밖에 없는 일이 한가지 벌어졌다는 사실에 대해 알려주어야겠다. 페퍼코른이 맞은 비극적 결말이 빚은 결과였다. 클라브디아 쇼샤 부인이 이곳을 떠난 것이다. 자신의 보호자가 비극적으로 삶을 포기한 사실에 타격을 받은 그녀는 이곳 사람들과 작별 인사를 하고 이곳을 떠났다.

이 모든 일을 겪고 나서 한스에게는 삶이라는 것 자체가 조금도 그럴듯한 것처럼 여겨지지 않았다. 이후 그는 다른 사람들과 어울려 카드놀이에 열중했다. 그런데 한스는 홀연 그토록 열중했던 카드놀이를 그만두고 새롭게 다른 것에 몰두했다. 새로운 흥밋거리가 이곳 베르크호프 요양원에 나타난 것이다. 바로 요양원에서 새로 구입한 기계였다. 대체로 그것이 무엇이었기에 한스가 거기에 푹 빠지게 된 것일까?

그것은 바로 축음기였다. 우리로서는 별로 계산을 해보고 싶은 생각은 없지만, 요양원 당국으로서는 막대한 지출을 한 것이 틀림없었다. 게다가 이전의 조잡한 기계 장치보다 훨씬 멋진 최신식 모델 축음기였다. 그것이 어느 날 피아노실에 설치된 것을 보고 모두 환호성을 질렀지만 그 누구보다 기뻐한 것은 우리의 주인공 한스라고 자신 있게 말할 수 있다.

베렌스는 "여러분 이 마법의 보물을 마음껏 즐기도록 하십시오. 하지만 소중하게 다루어야 합니다. 자, 시험 삼아 한 곡 틀어볼까요?"라고 말하더니 앨범 한 곡을 축음기 위에 올려놓았다.

오펜바흐 「서곡」의 첫 부분이었다. 사람들은 입을 벌린 채 미소를 지으며 귀를 기울였다. 곡이 끝나자 모두 한 곡 더 듣자고 했고 이번에는 이탈리아의 유명한 바리톤 가수의 음성이 부드럽고 힘차게 흘러나왔다. 「세비야의 이발사」에 나오는 아리아였다. 이어서 원장은 「라 트라비아타」에 나오는 아리아를 틀었고 루빈스타인의 「로망스」를 튼 뒤에 밖으로 나갔다. 원장은 축음기를 계란처럼 조심스럽게 취급하라고 말하고 밖으로 나갔다. 그리고 이후 음악을 틀어주는 일은 바로 한스의 역할이 되었다. 과연 어떻게 해서 수많은 사람들 가운데 그가 책임자가 된 것일까? 실은 한스가 꾀를 부려 그렇게 된 것이었다.

축음기를 보는 순간 한스는 마치 저 아래 평지의 젊은이가 예상치 않게 큐피드 화살에 심장을 맞은 것과 같은 기분이었다. 베렌스가 음악을 틀어주고 사람들이 열광하는 동안 그는 뒷짐을 진 채 베렌스 옆에 서서 그를 유심히 지켜보면서 기계 조작법을 익혔다. 이어서 베렌스가 밖으로 나가고 사람들이 축음기 주위에 몰려들어 바늘과 레코드판을 바꾸려 했을 때 앞으로 나서서 "제게 맡겨주십시오"라고 무뚝뚝하게 말했다. 완전히 전문가 같은 말투와 행동이었고 사람들은 자연스럽게 축음기 조작을 그에게 맡기게 되었던 것이다. '공공 재산이라고? 어림도 없지. 호기심만으로는 저것을 소유할 권리도 없고 힘도 없는 법이야. 열정이 있어야지'라고 그는 속으로 생각하고 있었다.

이후, 한스는 사람들이 모두 자기 방으로 돌아간 다음에도 몰래 살롱으로 되돌아와 문을 모두 닫고 밤이 샐 때까지 축음기와 앨범에 완전히 몰두했다. 그는 축음기 조작법을 열심히 익혔으며 앨범을 자세히 살펴보았다. 앨범은 큰 것과 작은 것 두 종류였으며 모두 열두 권이었고 각각의 앨범에는 레코드가 열두 장씩 들어 있었다. 첫날부터 한스는 음량을 줄여 스물다섯 장가량의 레코드를 틀어보았다. 여기 있는 음악들 외에 다른 것들이 세상에 또 있을까 싶을 정도로 온갖 음악이 총망라되어 있었기에 한스는 더없이 행복했다. 한스는 혼자서 부지런히 레코드를 선별하고 정리했다. 그러면서 마음에 드는 곡들을 축음기에 걸어, 지금까지 잠자고 있던 소리에 생명을 불어넣었다. 그리고 피터 페퍼코른과 처음 연회를 가졌던 그날 밤처럼 아주 늦게야 방으로 돌아와서 새벽 2시부터 7시까지 그 마법의 상자에 대한 꿈을 꾸었다.

다음 날 아침 한스는 이른 아침 식사 전에 이미 살롱에 앉아 팔짱을 낀 채 마법 상자에서 흘러나오는 바리톤 음성에 취해 있었다. 저녁이면 그가 능숙한 솜씨로 사람들에게 음악을 틀어

제7장

291

주었으며 밤 모임이 끝나 모두 자기 방으로 가버리면 살롱은 그의 세상이 되었다. 그는 홀로 살롱에 남아서, 혹은 몰래 다시 되돌아와서 밤늦게까지 혼자 음악을 감상했다. 처음에는 음악 소리에 사람들 잠을 방해하지나 않을까 걱정했지만 이내 그 걱정도 사라졌다. 음악 소리는 예상과는 달리 멀리까지 퍼져나가지 않아 다른 사람들에게 전혀 방해가 되지 않았던 것이다. 그러는 가운데 자연스럽게 한스는 특별히 몇 장의 레코드를 애지중지하게 되었다. 성악곡과 기악곡으로 이루어진 그 레코드는 아무리 들어도 결코 싫증이 나지 않았다.

그중 몇 장은 오페라 「아이다」의 마지막 장면을 담고 있는 레코드들이었다. 한스가 이미 알고 있는 내용이어서 그는 음악을 들으면서 그 장면을 머리에 떠올리며 매혹에 잠겼고 감동했다. 이어서 그는 드뷔시의 「목신의 오후」를 들으면서 홀로 풀밭에 누워 꿈을 꾸고 있는 자신의 모습을 그렸다. 그 꿈속에서 그는 피리를 불면서 노래를 흥얼거리고 있었고 그 주변을 곤충들이 붕붕거리며 날아다니고 있었다. 이어서 그가 들은 음악은 비제의 오페라 「카르멘」이었다. 역시 한스가 극장에서 여러 번 본 적이 있어 줄거리를 훤히 알고 있는 오페라였다. 그는 서너 장에 이르는 오페라를 들으면서 오페라의 주인공들에게 공감하며 속으로 노래를 따라 했다.

　그 레코드들 외에 그가 좋아한 레코드가 하나 더 있었다. 그 곡은 전형적인 독일 음악으로서 오페라가 아니고 가곡이었다. 그 곡은 민요이면서 명곡이었고 그 둘이 결합됨으로써 독특한 영적인 세계를 압축해 보여주고 있었다. 아니다. 이런 식으로 변죽을 울릴 필요가 없이 곧바로 말하자. 그 곡은 바로 슈베르트의 저 유명한 가곡 「보리수(린덴바움)」였다.

　음반의 가수는 단조와 장조를 반복해 가며, 어찌 보면 이 단순한 노래에 온갖 감정을 이입하고 고조시킬 줄 알았기에 한스는 노래를 들으면서 진한 감동에 사로잡혔다. 이 가곡이 왜 그렇게 한스에게 의미가 있는지 밝히는 것은 정말 어려운 문제이다. 자칫하다가는 도움이 되기는커녕 해가 되지 않도록 아주 섬세한 접근이 필요할 것이다.

　이 문제를 밝히려 애쓰기 전에 우선 전제해야 할 것이 있다. 하나의 정신적인 개념이 의미 있는 개념이 될 수 있는 것은 그것이 그 자체를 넘어서서 보다 넓은 개념의 표현이나 상징이 되었을 때이며 감정과 느낌의 세계 전체를 대표할 수 있을 때이다. 그리고 그 넓은 개념, 혹은 전체는 한 개념 속에 때로는 충분히, 때로는 충분하지 못하게 반영되어 있으며 그 정도에

제7장

따라 그 의미의 중요도가 정해질 수 있다. 또한, 누군가 그 어떤 창작물을 사랑하고 좋아한다는 것은 그 자체 그 좋아하는 사람 속에 들어 있는 그 무엇인가를 보여준다는 점에서 의미가 있다. 그것은 그가 그 개념이 표상하는 더 넓은 세계와 맺고 있는 관계를 특징적으로 보여주며 그가 의식적이건 무의식적이건 그 개념이 표상하는 세계를 그 자체 사랑하고 있음을 보여주는 것이다.

우리는 우리의 단순한 주인공이 여러 해 동안 연금술적인 교육을 받은 결과, 또한 존재의 한 스테이지에서 다른 스테이지로 상승하면서 이제 그가 그의 사랑과 그 사랑의 대상의 '의미 심장함'에 대해서 충분히 의식할 수 있을 만한 수준에 이르렀다고 생각해야 할 것인가? 우리는 그렇다고 주장하고 그렇다고 확언한다. 그에게 「보리수」라는 노래는 세계 전체, 그가 사랑했어야 하는 세계 전체를 의미하고 있었으며, 만일 그렇지 않았다면 그는 그 노래가 그에게 보여주는 것, 그 노래가 그에게 상징하는 것을 그토록 간절하게 사랑할 수 없었을 것이다. 만일 그에게 이 가곡이 그토록 심오하게, 그토록 신비스럽게 집약하고 있는 '감정의 세계'와 '일반적인 마음 상태'의 매력에 빠져들 수 있는 기질이 없었다면 그의 운명은 달라질 수 있었을 것이라고 우리는 덧붙일 수도 있다. 사실 그의 운명은 스테이지들, 모험들, 깨달음들로 점철되어 있으며 그것을 통해 수많은 성찰과 회의(懷疑)의 과정을 겪었고 그 결과 이 감정의 '세계', 그 세계에 대한 '정교한 이미지', 그리고 그 세계에 대한 자신의 '사랑'에 대해 직관적인 비평을 할 수 있을 정도로 성숙했다고 말하는 것이 옳다. 심지어 이 세계와 이미지와 그에 대한 사랑을 '재고 조사'하여 그것을 그의 양심에 의해 의구, 혹은 망설임의 대상으로 삼을 수 있는 정도가 되었다.

그러한 의구심이 사랑하는 대상의 가치를 손상할 수 있다고 생각하는 사람이 있다면 그런 사람은 부드러운 열정이 무엇인지 전혀 모르는 사람이다. 사실은 정반대이다. 그런 의구심은 사랑에 깊이와 맛을 더해준다. 그것은 사랑에 정열이라는 박차를 가해주는 것이며 그렇기에 우리는 정열을 불안한 사랑이라고 정의할 수도 있다. 그런데 한스 카스토르프가 「보리수」라는 매혹적인 가곡과 그것이 보여주는 이미지의 세계에 대해 느낀 사랑이 궁극적으로 타당한 것이라면 한스의 양심상의 불안이나 의구심은 어디에서 오는 것일까? 이 노래 뒤에 어떤 세계가 있었기에 그의 재고 조사에 의해, 혹은 그의 양심의 움직임에 의해 이 노래가 금지된 사랑의 세계처럼 보이게 된 것일까?

그것은 죽음이었다.

아니 무슨 말도 안 되는 미친 소리를 하고 있는 것인가! 그토록 멋진 노래에 죽음이라니! 민족의 가장 깊고 성스러운 감정에서 솟아오른 걸작인데! 귀중한 보물이며 진정함의 원형이며 육화된 사랑스러움인데! 이 무슨 비열한 중상(中傷)이란 말인가!

맞다. 정말로 맞다. 정신이 똑바로 박힌 사람이라면 누구나 그렇게 말할 것이다. 하지만, 그럼에도 불구하고 이 사랑스럽고 기분 좋은 예술 작품 뒤에는 죽음이 도사리고 있다. 이 작품은 죽음과 연관이 있으며 우리는 그 연관을 의식적으로, 혹은 일종의 재고 조사의 의미로서 사랑할 수 있다. 사랑에는 그 어떤 금지된 요소가 들어 있음을 인정하게 되는 것이다.

아마 이 작품은 원래 죽음과 공감하는 것은 아니었을 것이다. 이 곡은 민중적인 것, 삶의 활기를 담으려 했을 것이다. 하지만 이 곡에 정신적으로 공감한다는 것은 죽음에 공감하는 것이기도 하다. 애초에는 순수함과 경건함에 공감하여 얼굴이 붉어지지만, 그 곡을 다 듣고 나서는 불길함을 느끼게 된다. 환상적인 어두운 구석, 염세적이고 고문실 같은 생각, 칼라를 세운 스페인식 검은 옷, 사랑이 아닌 관능욕, 바로 이것들이 순수한 눈을 한 사랑의 출구에서 기다리고 있는 것들이었다.

한스 카스토르프는 자신이 세템브리니 씨를 전적으로 신뢰하고 있지 않다는 것을 알고 있었다. 하지만 그는 이 명석한 스승으로부터 옛날, 그러니까 그가 연금술적인 배움의 길에 나서던 초창기에 암흑시대로의 '정신적인 퇴보'에 대해 받았던 교훈을 기억하고 있었다. 그가 주었던 그 교훈을 지금의 경우에 조심스럽게 적용하는 것이 좋을 것 같다. 세템브리니는 그 퇴보를 병의 축도(縮圖) 그 자체라고 규정했다. 그의 교육자적인 마인드로서는 그러한 퇴보가 허용되는 세계관, 그 퇴보에 접어든 시기가 병적이라고 여겨졌을 것이다. 하지만 정말 그럴까? 한스가 향수를 느끼는 사랑스런 노래, 그 노래가 속해 있는 감정 세계가 병적이란 말인가? 천만의 말씀이다! 그것은 이 세상에서 가장 건전하고 가장 다정한 것이다. 그것은 지금 이 순간, 그리고 당분간 가장 싱싱하고 윤기가 흐르는, 하지만 동시에 썩어버릴 수밖에 없는 과일이다. 제때 즐긴다면 정신을 더없이 상쾌하게 해주지만 곧이어 사람들 사이에서 부패와 파멸을 퍼뜨릴 수도 있는 것이다. 그것은 죽음을 품고 있는, 붕괴를 품고 있는 삶이라는 과일이다. 그것은 비양심적인 미(美)의 축복을 받은 눈에는 가장 드높은 영혼의 기적이다. 하지만 동시에 그 과일은 그 '유기체를 향한 사랑'을 날카롭게 재고 조사하는 눈에 의해 불신의 대상이 되는 것이 합당하다. 그리고 그것은 양심이라는 판관의 명령에 의해 자기 극복의 대상이 될 것이다.

그렇다. 이 자기 극복이야말로 이 사랑, 그 불길한 과일을 품고 있는 '영혼의 홀림'을 이겨낼 수 있는 본질인지도 모른다.

한스 카스토르프는 생각했다. 혹은 그의 예언적인 '반(半) 생각'은 그가 한밤중에 홀로 네모난 음악 석관(石棺) 앞에 앉아 있는 동안 한없이 높이 날아올랐다. 몽상에 잠긴 그 '반(半) 생각'은 그의 오성(悟性)보다 더 높이 날아올라 연금술적으로 고양되었다. 오, 이 '영혼의 홀림'이란 그 얼마나 강력한 것인가! 우리는 모두 그 홀린 영혼의 자식들이며 우리가 그것에 봉사하는한, 지상에서 엄청난 것들을 이루어낼 수 있다. 우리가 이 노래에 이 세상을 정복할 만한 거대한 힘을 부여할 수 있는 '홀린 영혼'의 예술가가 되기 위해 「보리수」를 작곡한 작가만큼 천재가 될 필요는 없다. 다만 약간의 재능이 필요할 뿐이다. 왕국들이, 결코 향수병 같은 것은 없는, 지상의 견고한, 진보적인 왕국들이 그 위에 건립될 수도 있을 것이다. 그리하여 음악을 전기에 의해 작동되는 축음기 음악으로 변질시킬 수도 있을 것이다. 하지만 영혼에 홀린 충실한 자식들은 자기 극복 속에서 삶을 소비한 뒤에 그가 이제껏 어떤 식으로 말해야 할지 알지 못했던, 그런 새로운 사랑의 말을 입가에 담으면서 죽어갈 것이다. 오, 매혹적인 가곡은 그것을 위해 죽을 만한 가치가 있도다! 하지만 그 가곡을 위해 죽는 자는 더 이상 그 가곡을 위해 죽는 자가 아니다. 그가 주인공, 혹은 영웅인 것은 오로지 그가 새로운 사랑의 말, 그의 마음속에서 속삭이는 새로운 미래의 말을 위해서 죽은 때문이다.

과도한 흥분 상태

세월이 흘러가는 동안 베르크호프 요양원에 유령이 돌아다니기 시작했다. 한스 카스토르프는 그 유령이 악마의 직계라고 추측하고 있었다. 이곳 사람들은 마치 이전에 무감각에 빠져들듯이 이미 그 악마에 빠져들거나 그 분위기에 젖어들고 있었다. 하지만 한스 카스토르프는 그의 기질상 지금 사람들이 빠져들고 있는 흥분 상태에 빠져들 가능성이 별로 없었다.

도대체 이곳에 무슨 일이 있었던 것일까? 무엇이 이곳 공기 중에 떠돌고 있었단 말인가? 흥분하기 쉬운 상태, 날카로운 과민성, 뭐라 이름 붙이기 어려운 증오들이 바로 그것이었다. 서로 독설을 주고받았으며 분노를 폭발시켰고 심지어 주먹다짐까지 벌일 태세였다. 매일 격한 언쟁이나 욕설이 오갔으며, 곁에 있는 사람들은 그 싸움을 말리려 하기보다는 언제라도 그 싸움에 뛰어들 태세였다. 싸움을 하는 당사자뿐 아니라 국외자까지도 흥분해서 몸을 부들부들 떨었다. 사람들은 히스테리를 부리며 싸울 권리를 획득한 눈앞의 사람들을 부러운 눈으로 바라보았다. 자신도 따라 하고 싶은 마음에 몸이 근질근질했으며 얌전히 물러날 자제력이 없는 사람들은 그 소용돌이에 휩싸이고 말았다. 싸움 당사자들 간의 진정서 제출이 끊이지 않고 이어졌고 요양원 당국이 사태를 진정시키려 애를 썼지만 그들 자신도 이 사나운 분위기에 놀랄 정도로 쉽게 물들어버렸다.

이곳 요양원의 분위기를 실감나게 전하기 위해 내키지는 않지만 두 가지 예를 들어보기로 하자. 요양원 식구 중에 동그란 안경을 쓴 청년이 있었다. 처음에는 소년의 몸으로 이곳에 왔지만, 어느새 청년이 된 친구였다. 몸이 빈약한 그 청년은 식탁에서 음식을 허겁지겁 먹어치우고 냅킨으로 두꺼운 안경알을 닦는 것 외에는 별로 남들의 눈길을 끌지 않는 청년이었다.

그러던 어느 날이었다. 첫 번째 아침 식사 때, 이 청년이 갑자기 발광을 일으켰다. 이 젊은이는 파랗게 질린 얼굴로 자기 앞에 서 있는 난쟁이 식당 아가씨에게 고래고래 고함을 지르기 시작했고, 놀란 사람들이 모두 그쪽을 바라보았다.

"이런 거짓말쟁이! 무슨 차가 이렇게 차가워! 아이스티를 가져온 거야, 뭐야! 어디 한번 마셔보고 거짓말을 하든지 해! 이런 구정물 같은 차를 어떻게 마시라는 거야! 도대체 나를 뭐로 보는 거야! 이따위 차는 안 마셔! 절대로 안 마신다고!"

그는 쇳소리를 내며 탁자를 쾅 하고 내리쳤고 그 바람에 식탁 위 그릇들이 덜그렁거리며 춤을 추었다.

"따끈한 차를 달라니까! 펄펄 끓는 차를 달라고! 그게 하느님과 인간들 앞에서의 내 권리야! 이걸 마시느니 차라리 죽고 말겠어! 알겠어? 이 병신 난쟁이야!"

그는 마지막 자제심까지 내던진 것처럼 '병신 난쟁이'라는 말을 입 밖에 내고 말았다. 그리고 그 말을 하면서 마치 식당 아가씨를 즉각 내리칠 것처럼 주먹을 쳐들었고 입에 거품을 물고 이를 드러냈다. 식당 안에 있던 사람들은 곧 그 청년의 광란에 함께 휩싸였다. 심지어 몇몇 사람들은 벌떡 일어나 그와 똑같이 이를 악물었고 이글거리는 눈으로 그곳을 바라보았다. 자리에 앉아 있는 사람들도 새파랗게 질린 얼굴로 몸을 부르르 떨고 있었다. 그리고 제풀에 지친 그 청년이 새로 가져온 차를

마시지도 않은 채 그 자리에 풀썩 무너져 내리는 모습을 바라
보고 있었다.

이게 도대체 어찌 된 일이란 말인가?

또 이런 일도 있었다. 이곳 베르크호프 공동체에 비데만이
라는 30세쯤 되는 상인이 있었다. 병이 오랫동안 낫지 않아 이
곳저곳 요양원을 전전하다 최근에 이곳으로 온 사내였다. 그는
신념에 가득 찬 반유대주의자였다. 그는 마치 게임이라도 하듯
유대인 배척에 즐겁게 열을 올렸으며 유대인에 대한 부정적인
이야기를 떠벌이는 것이 그의 자랑거리였고 그의 삶의 내용이
었다. 한때 상인이었고 지금은 하는 일이 없었지만, 그는 여전
히 반유대주의자였다. 게다가 그는 병 때문에 망상에 시달리고
있었기에 그 누군가를 불신하지 않고는 견디기 어려워했고, 사
람들을 향해 뭔가 감추고 있는 것을 끄집어내려는 것 같은 위
협적인 눈초리를 보내고 있었다. 그는 가는 곳마다 빈정거렸고,
중상과 비방을 일삼았으며 욕설을 퍼부었다. 그는 자신이 유대
인이 아니라는 것을 유일한 장점으로 삼아 그런 장점을 지니지
못한 사람을 찾아내어 상대방을 헐뜯는 데 온 정력을 다 쏟았
으며 그것이 바로 그의 주요 일과라고 해도 과언이 아니었다.
또한 우리가 좀 전에 지적한 이곳 베르크호프 요양원을 지배하

고 있는 분위기가 비데만의 상태를 극도로 악화시켰다.

이곳 요양원에서 그는 그가 지닌 장점, 즉 유대인이 아니라는 장점을 지니지 못한 사람을 당연히 만날 수 있었으며 그로 인해 끔찍한 장면을 연출하고 말았다. 우리가 지금 화제로 삼고 있는 이곳 분위기를 보여주기에 충분한 광경이었으며 한스도 그 장면을 목격했다.

이곳에 또 한 사나이가 있었다. 그는 자신의 정체를 숨길 수 없었다. 그의 이름은 존넨샤인이었고, 너무나 분명하게 '더러운' 이름이었기에 그가 이곳에 온 첫날부터 그는 비데만의 조롱거리가 되었다. 비데만은 끊임없이 그를 곁눈질했고, 심지어 언제라도 그를 한 대 칠 기세였다.

존넨샤인은 비데만처럼 상인으로 태어나 상인으로 살아간 사람이었다. 그도 중한 병을 앓고 있었고 병 때문에 예민한 상태였다. 상냥한 사람이었고 미련하지도 않았으며 천성적으로 쾌활한 사람이었지만 비데만이 그를 미워했기에 그 역시 비데만을 미워하게 되었다. 그러던 어느 날 오후 두 사람이 홀에서 엉겨 붙어 짐승처럼 처절한 싸움을 벌이게 된 것이다.

정말 끔찍한 광경이었다. 그들은 마치 어린아이들처럼 난투극을 벌였다. 하지만 어른들끼리의 싸움이었기에 더욱 처절했다. 이들은 서로 얼굴을 할퀴고 코와 목을 비틀었으며, 서로 치고받으며 홀 바닥에 엉겨 붙어 뒹굴었다. 그들은 끔찍하고 처절하게 싸우면서 침을 뱉고, 걷어차고, 밀고, 잡아당기고, 내려치고, 입에 게거품을 물었다. 사무실 직원이 달려와 겨우 둘을 뜯어낼 때까지 둘은 치열하게 싸웠다. 한스는 이런 광경을 이제껏 본 적이 없었으며 그런 모습을 보게 되리라고는 상상도 못 했었다. 비데만은 머리칼을 뻣뻣이 세운 채 황급히 그 자리를 떠났고 존넨샤인은 한쪽 눈이 퍼렇게 멍이 든 채 머리에서 피를 흘리고 있었다. 존넨샤인은 직원을 따라 사무실로 가서 의자에 털썩 주저앉으며 엉엉 소리 내어 울었다.

우리가 소개한 두 사건 이외에도 크고 작은 소동이 그치지 않았지만 그 정도로도 이곳 분위기를 전하는 데는 충분하다고 본다. 이런 소동들을 보면서 한스는 이 모든 것이 너무 지나치다고, 이런 분위기를 그냥 일소에 붙여 버리기에는 자신의 힘이 부친다고 생각했다. 하지만 그는 세템브리니라면 다르리라고 기대했다. 그런데 아니었다. 그 프리메이슨 단원의 맑은 눈조차도 이곳에 만연해 있는 우울함으로 흐려져 있었으니 그 분위기가 그의 정신을 무겁게 짓눌렀고 그의 쾌활함을 빼앗아 가 버린 것이다. 게다가 삶의 주인공인 그가 건강 때문에 정신적으로도 고통을 앓고 있었다. 그는 자신의 건강 상태를 혐오했고 비웃었으며 스스로를 저주했다. 그리하여 며칠에 한 번은 자리에 누워 있어야만 했다.

세템브리니와 한 집에 기거하고 있는 그의 논적 나프타의 상태도 좋지 않았다. 이 고지대의 희박한 공기도 그의 병의 진행을 막을 수는 없었던 것이다. 그도 종종 침대에 누울 수밖에 없었으며 열이 심해짐에 따라 말수도 더 많아졌고 어조는 더욱 신랄해졌다. 그는 병의 악화를 슬픔과 번민으로 받아들인 것이 아니라 조롱기와 호전성으로 받아들였고, 그로 인해 의심, 부정, 혼란에 과도할 정도로 집착했다. 따라서 둘 사이의 지적인 논쟁은 날이 갈수록 날카로워졌다.

우리가 확실하게 말할 수 있는 것은, 두 사람은 분명 한스가 곁에 있을 때만 논쟁을 벌였다는 사실이었다. 한스는 그들의 교육의 대상으로서 그들의 논쟁에 불을 지피는 불쏘시개였다. 그리고 그 논쟁 속에서 나프타는 점점 더 과격해졌고 세템브리니는 그의 말을 듣고 있는 제자의 귀를 틀어막고 싶을 지경이었다.

이제 나프타는 세계 전체를 병의 상징을 통해 보았다. 그는, 진보를 통해 세상을 개선하겠다고 믿는 것은, 자세를 바꾸면 병이 줄어들 것이라고 믿는 환자의 태도일 뿐이라고 비웃었으며 세상에 은밀하게 퍼져 있는 전쟁 욕구는 그것을 잘 보여준다고 말했다. 그러면서 그는 세템브리니가 꿈꾸는 안전하고 평화로운 시민 국가를 비웃었다. 그리고 그는 전쟁을 찬양했다. 병을 감추는 것보다는 병을 드러내는 것이 더 정직하다는 논조였다. 그리고 온 세상에 전쟁의 기운이 감도는 것은 존중할 만한 일이라며 '전쟁! 전쟁!'을 외쳤다.

그런데 세템브리니가 정의라는 단어를 토론에 끌어들이자 그의 논점이 바뀌었다. 세템브리니가 국제적이건 국내적이건 파국을 막는 유일한 방법은 정의뿐이라고 말하자 이제까지 물질적인 모든 것을 비웃으며 정신적인 것을 강조하던 나프타가 정신적인 것이 공허하다며 열을 올려 비난한 것이다. 한 마디로 나프타는 '이성'을 교란하고 무효화하기 위해서라면 아무리 논리에 벗어나더라도 상관없이 온갖 노력을 다했다. 그는 과학을 믿고 안 믿고는 사람에게 달린 일이기에 과학도 종교적 신앙과 마찬가지로 하나의 신앙이라고 주장했고 과학 자체가 신기루 같은 도그마라고 비판했다. 이어서 그는 사실주의라는 것도 결국 허무에 도달할 것이라고, 아무리 큰 것이라도 무한에 비하면 영(零)에 불과하기에 무의미한 숫자를 중시하는 사실주의나 과학은 허무하다고 말했다. 이어서 그는 과학의 입장에서 펼쳐지는 우주론이 허망하다고 비웃었다. 지구에서 별까지의 거리를 영이 몇십 개 달린 숫자로 환산한 뒤, 마치 인간의 정신이 무한과 영원의 본질을 들여다 볼 수 있다는 듯 우쭐대는 게 얼마나 가소로운 짓이냐는 것이었다.

우리는 이전에도 나프타와 세템브리니 사이의 논쟁에 대해 여러 번 지면을 할애한 바 있기에, 이쯤에서 그들의 논쟁이 결국 어떤 파국을 맞이하게 되었는지 소개할 때가 된 것 같다.

2월 어느 날 오후, 일행은 마을에서 썰매로 한 시간 반 정도 걸리는 몬슈타인으로 소풍을 떠났다. 일행은 나프타, 세템브리니, 한스, 페르게, 베잘, 이렇게 다섯 명이었다. 그들은 오후 3시에 소풍을 떠나 저녁 무렵 '요양 호텔'로 되돌아왔다. 그들은 호텔 식당에 앉아 간식을 들고 포도주와 커피를 마시며 겉보기에 화기애애한 분위기에서 환담을 나누고 있었다. 하지만 말이 환담이지 실은 거의 나프타의 독백이라고 보는 것이 옳았다. 나프타는 얼굴을 한스에게로 향한 채 다른 사람들은 거의 무시하는 듯한 태도로 줄곧 이야기했다.

한스는 나프타의 말을 거의 이해하기 힘들었다. 그만큼 일관성이 없었고 말하는 투도 혼란스러웠다. 나프타는 낭만주의의 매력과 한계에 대하여, 나폴레옹에 대항한 독일의 해방전쟁에 대하여 일장 연설을 했으며 이어서 자유의 개념에 대하여 열변을 토했다. 자신의 피교육자를 나프타에게 빼앗긴 채 망연한 표정으로 앉아 있던 세템브리니가 드디어 참지 못하고 입을 열었다.

"실례지만 한 가지만 물어봅시다. 당신의 그 애매모호한 이야기를 이제 좀 끝내면 안 되겠습니까?"

그의 어조는 매우 고압적이었다. 그 말을 하면서 그는 자세를 고쳐 앉았다. 너무 꼿꼿이 앉아 몸이 뒤로 젖혀질 정도였다. 그는 검은 눈을 번득이며 정적을 노려보았다.

"무슨 뜻으로 한 말인지 묻고 싶군요." 나프타가 맞받아쳤다.

"내 말은, 이런 무방비 상태의 연약한 젊은이를 그런 모호한 말로 괴롭히지 못하게 막고 싶다는 거요."

"말조심하길 요구하는 바요."

"그런 요구는 할 필요가 없소. 나는 언제나 말조심을 하고 있으니까. 나는 지금 정확하게 사실을 말하고 있는 거요. 이렇게 흔들리기 쉬운 젊은이를 정신적으로 혼란에 빠뜨리고 그의 정신력과 지력을 무력하게 만드는 당신의 태도는 파렴치한 짓이며 아무리 강한 징계를 주어도 모자랄 판이라고 말하고 있으니까."

'파렴치한'이라는 단어를 입 밖에 내면서 세템브리니는 손바닥으로 탁자를 치고 자리를 박차고 일어났다. 마치 이게 신호가 된 듯 모두 자리에서 일어났다. 논쟁 당사자들은 물론, 모두하얗게 질린 얼굴이었다. 침묵이 흐르는 가운데 나프타의 이가는 소리만이 들렸다. 그는 무서울 정도로 자제하고 있는 것같았다. 이어서 그의 입에서 나온 말이 예상외로 차분했다. 심지어 그는 웃음기까지 띠고 있었다.

"파렴치하다? 징계를 한다? 오, 음매, 음매 울던 양이 뿔로들이받았군. 문명 옹호 정치가께서 무기를 빼 들었군. 거참 신나는 일이네. 내가 가볍게 승리를 거둔 셈이야. 대수롭지 않은말만 가지고도 우리의 도덕 수호자가 무기를 빼 들게 만드는데 성공했으니! 자, 선생, 이제 다음에 어떤 일이 벌어질지는자명해졌어. 징계를 한다? 당신은 시민으로서의 원칙을 입에달고 다니니, 당신이 내게 어떤 빚을 지게 된 것인지 모르지는않겠지? 만일 모른다면 그 원칙이 어떤 건지 내가 한번 시험해보는 수밖에……"

세템브리니는 몸을 곧추세웠다. 그 뜻을 정확히 알아차리고나프타가 말을 계속했다.

"아, 그럴 필요 없다는 뜻이로군. 당신은 내 방해물이고 나는 당신의 방해물이야. 좋아. 적당한 장소에서 우리의 차이점이 어떤 건지 확실히 밝히도록 하지. 하지만 분명히 밝힐 게 있어. 내가 이 젊은이에게 해준 말에 대해 당신이 왜 불안을 느끼는지 알아? 당신의 휴머니즘은 끝이 났기 때문이야. 그건 이제 한물 갔고 김빠진 고전주의의 잔재이며 정신적인 권태에 불과하기 때문이야. 그저 하품만 나오게 할 뿐이지. 반면에 우리의 새로운 혁명의 물결이 그 권태를 쓸어버리려 하고 있어. 우리의 회의(懷疑)로부터만, 도덕적 혼돈으로부터만 시대가 요구하는 절대, 신성한 공포가 솟아날 수 있어. 당신을 가르치고 나 자신을 정당화하기 위해 이런 말을 하는 거야. 나머지는 나중에 해결하도록 하지. 내가 통보를 하겠어."

"아니, 선생! 내가 통보를 하지!" 세템브리니가 탁자를 떠나 외투를 걸어놓은 옷걸이를 향해 바삐 걸어가는 나프타의 등 뒤에 대고 소리쳤다.

"파괴자! 미친개! 피에 굶주린 흡혈귀!" 세템브리니는 숨을 헐떡이며 이탈리아어로 부르짖었다.

"그가 결투를 신청한 거지요?" 한스가 무거운 목소리로 물었다.

"물론이지. 어쨌든 여러분, 우리의 즐거운 소풍이 이렇게 끝난 게 유감이오. 난 이론적으로도 결투에 반대하고 법도 준수

하는 사람입니다. 하지만 실제상으로는 전혀 다른 문제입니다. 경우에 따라서는 전혀 반대의 경우도 생기기 마련이니까. 난 그의 요구에 응할 거요."

이 책을 처음 쓰면서 절대로 서두르지 말자고 했지만, 이 대목에서는 좀 서둘러 말하기로 하자. 결국 세템브리니와 나프타의 결투는 기정사실로 굳어졌다. 그리고 모욕을 순 당사자가 세템브리니였으니 무기 선택권은 나프타에게 있었고, 나프타는 권총으로 결투를 하자고 했다. 한스는 어떤 식으로건 이 결투를 막고 싶었다. 하지만 그는 그것이 불가능함을 알고 깜짝 놀랐다. 그들의 결심이 확고한 때문이기도 했지만, 한스 자신도 주위에 만연되어 있는 정신 상태에 어느 정도 감염되어 있었던 것이다. 그는 '그래, 결투를 할 수밖에 없어. 그래도 그게 비데만과 존넨샤인이 두 마리 짐승처럼 싸우던 것보다는 나으니까. 최소한 결투에는 기사도적인 규칙이라도 있으니까'라고 생각했다.

페르게가 세템브리니 쪽 입회인이 되었으며, 베잘이 나프타의 입회인이 되었다. 한스가 심판 자격을 행사하게 된 셈이었던 것이다. 그리고 입회인끼리의 절충 끝에 두 결투자는 각각의 라인에서 열다섯 걸음 떨어져 대치하고 있다가 다섯 발 전진해서 총을 한 발씩 쏘는 것으로 결정되었다. 물론 세템브리니와 나프타에게는 총이 없었다. 하지만 무기 문제도 곧 해결되었다. 베르크호프 요양원의 환자인 알빈 씨에게 권총이 몇 정 있었고, 그 사실을 알고 있던 한스가 그에게 총을 두 정 빌릴 수 있었다.

이후 이런저런 잡다한 일들 때문에 결투는 둘 사이의 결정적 말다툼이 있은 지 사흘 후에 벌어졌다. 그날 아침 7시에 한스는 홀로 요양원을 나서서 결투가 벌어질 숲으로 향했다. 아직 날이 완전히 밝지 않았고 안개가 걷히기 시작하고 있었다. 그는 무거운 마음으로 기계적인 발걸음을 옮기고 있었다. 그는 자신이 결투에 입회하는 것은 당연한 일이라고 생각하고 있었다. 또한, 자신이 현장에 있음으로 해서 사태가 호전될지도 모른다는 막연한 기대도 하고 있었다.

이윽고 그는 도르프의 썰매 코스 종점에서 아주 좁은 오솔길을 따라 비탈을 올라 눈에 덮여 있는 숲에 도착했다. 이어서 약속된 곳으로 향하는 오솔길을 계속 걸어가다 보니 앞에 페르게와 세템브리니의 모습이 보였다. 그가 두 사람과 합류하여 얼마를 걸어가다 보니 앞에서 걸어가고 있는 나프타와 베잘의 모습도 곧 눈에 들어왔다. 얼마쯤 가다가 세템브리니가 갑자기 걸음을 멈추더니 한스의 손을 잡고 그 위에 다른 한 손을 얹으며 말했다.

"이보게, 난 죽이지 않을 거야. 그의 총알을 받아들일 거야. 그게 가장 명예로운 행동이야. 나는 그를 죽이지 않을 거야."

세템브리니는 한스의 손을 놓고 계속 걸어갔다. 한스는 깊은 감동을 받았다. 몇 걸음 걸은 후 그가 말했다.

"정말 훌륭합니다, 세템브리니 씨. 이제……. 상대방만……. 만일 그가……."

그러자 세템브리니는 고개를 가로저을 뿐이었다. 한스는 한쪽이 쏘지 않으면 다른 쪽도 쏘지 않을 것이고, 그렇다면 일이 자기 생각대로 될 수도 있으리라는 생각에 마음이 한결 가벼워졌다.

이윽고 모두 결투 장소에 도착했고 당사자들은 한스로부터 총을 한 자루씩 건네받았다. 곧이어 페르게가 발걸음으로 거리를 계산해서 열 걸음 떨어진 안쪽 경계선과 바깥쪽 경계선을 표시했다. 한스는 페르게의 모습을 살펴보며 묘한 기분에 젖지 않을 수 없었다. '저 선량한 페르게가 저토록 성실한 자세로 일을 하고 있다. 하지만 이런 끔찍한 일을 저토록 열심히 하고 있

는 저 사내는 도대체 무엇에 사로잡혀 있는 것일까?'

이어서 두 사람이 페르게가 그린 선 뒤에 섰다.

"자, 신호를!"

나프타가 외쳤다. 하지만 아무도 신호를 주지 않았다. 과연 신호를 누가 할 것인가에 대해 아무런 논의도 약속도 없었던 것이다. 심판의 역을 맡은 한스가 신호를 해야 하는 것 같았지만 한스는 입을 다물고 있었고 아무도 그의 역할을 대신하지 않았다.

"자, 우리 시작합시다." 나프타가 선언했다. "자, 선생, 앞으로 다가와서 쏘시오." 그 말과 함께 그는 권총을 들고 세템브리니를 겨누면서 앞으로 나가기 시작했다. 믿을 수 없는 광경이었다. 세템브리니도 똑같은 자세로 앞으로 나아갔다. 세템브리니가 세 발자국 걸어갔을 때 나프타는 이미 발사 경계선에 도달해 있었다. 하지만 나프타는 총을 쏘지 않았다. 세템브리니는 총구를 높이 들고 하늘을 향해 총을 발사했다. 날카로운 총성이 숲속에 울렸다.

"당신, 공중에 쐈군." 나프타가 권총을 내리면서 냉정하게 말했다.

"내가 쏘고 싶은 곳에 쏜 거요." 세템브리니가 대답했다.

"다시 쏘시오."

"그럴 생각 없소. 한 발씩만 쏘기로 했잖소. 이제 당신 차례요." 세템브리니는 고개를 들어 하늘을 바라보았다. 상대방과 정면으로 맞서지 않고 몸을 약간 옆으로 돌리고 있었다. 아마 결투에서는 상대방에게 가슴을 정면으로 드러내는 법이 아니라는 것을 누군가에게서 들은 것 같았고 그는 그런 규정대로 행한 것이다.

"비겁자!" 나프타가 비명에 가까운 소리를 질렀다. 그는 그 비명을 통해 총을 맞는 사람보다 총을 쏘는 사람에게 더 큰 용기가 필요하다는 것을 보여준 셈이었다. 그는 총을 들어 올렸다. 하지만 결투와는 아무 상관없는 방향이었다. 그는 자신의 머리에 총을 대고 방아쇠를 당겼다.

처참하고 잊을 수 없는 광경이었다. 날카로운 총소리가 산에 울려 퍼지는 사이 나프타는 두세 걸음 비틀거리더니 몸 전체를 오른쪽으로 비틀 듯 눈 속에 쓰러졌다. 모두가 한동안 아연한 채 서 있었다. 세템브리니가 권총을 멀리 내던지고 제일 먼저 나프타에게로 달려갔다.

"오, 이 무슨 짓을!" 그가 이탈리아어로 부르짖었다. "이게 신에 대한 사랑으로 할 짓이란 말인가?"

제7장

315

한스는 세템브리니를 도와 나프타의 시신을 반듯이 눕혔다. 관자놀이에 검은 구멍이 보였다. 그들은 나프타의 얼굴을 들여다본 다음 가슴 주머니 밖으로 살짝 모습을 보이고 있는 비단 손수건으로 그 얼굴을 잘 덮어주었다.

청천벽력

한스 카스토르프는 7년간 이 위의 사람들 사이에 머물렀다. 십진법을 신봉하는 사람이라면 똑 떨어지는 숫자를 더 좋아할지 모른다. 하지만 7이라는 숫자는 그 자체로 아주 훌륭한 숫자이다. 이 숫자는 그림처럼 멋지고 신화적인 냄새가 난다. 우리는 이 숫자가 반 다스, 즉 6이라는 숫자보다 우리의 정신을 더 충만하게 해준다고 말할 수도 있다.

우리의 주인공은 이 위에 7년간 머물면서 식당에 있는 7개의 식탁에 모두 앉아보았다. 한 식탁당 대략 1년씩 앉아보던 셈이다. 마지막으로 그는 아르메니아인 두 명, 핀란드인 두 명, 부하라인 한 명, 쿠르드인 한 명과 함께 러시아 식탁에 앉았다. 그는 짧은 턱수염을 기르고 있었는데, 마치 자신의 외모에 대한 철학적인 무관심을 보여주는 것 같다고 말하고 싶다. 아니, 우리는 한 걸음 더 나아가 그가 자기 자신에게 무관심하게 된 것은 그에 대해 세상 전체가 무관심해진 것과 관련이 있다고 말하고 싶다. 요양원 당국에서도 그를 위해 특별히 신경을 쓰지 않았으며, 베렌스 원장도 그를 보면 잘 잤냐고 그냥 겉치레 인사만 할 뿐이었고 다른 사람들도 그에게 별로 말을 걸지 않았다. 한마디로 사람들은 그를 그냥 내버려두었다. 그는 마치 낙제가 기정사실이 되어 선생이건 학생이건 아무도 관심을 갖지 않게 된 학생과 비슷한 처지에 있었다. 일종의 방종한 자유를 누리게 된 셈이었다. 하지만 우리로서는 자유라는 것에 이와는 다른 형태의 것이 존재할 수 있는지 반문하고 싶어지기도 한다. 좀 더 구체적으로 말한다면 그는 이제 당국이 눈여겨볼 필요가 없는 사람들 중의 한 명이 된 셈이었다. 그는 이곳을 떠나 어디론가 간다는 무모하고도 반항적인 결심을 절대로 하지 않을 환자로 간주되었다. 말하자면 그는 이곳에 정착한 것이다. 이미 오래전부터 그는 이곳 외에 자신이 어디로 갈 수 있을지에 대한 생각도 접었고, 평지로 되돌아갈 수 있으리라는 생각도 전혀 하지 않았다. 그가 러시아 식탁에 앉게 된 것도 당국에서 그에 대해 아무런 배려와 염려를 하지 않고 있다는 증거가 아니겠는가?

시간은 거의 눈에 띄지 않는 시계의 작은 움직임과 같으며, 평소에는 거의 자라지 않는 것 같던 풀이 어느 날 갑자기 크게 자라 있는 모습을 드러내는 것과 같다. 시간이라는 것은 면적이 없는 점들의 연속으로 이루어진 선(線)이다(나프타가 있었다면 면적이 없는 점이 제아무리 많이 모이더라도 어떻게 선을 이룰 수 있겠느냐고 즉각 반박했겠지만). 시간은 은밀히 눈에 띄지 않게 움직이면서 변화를 가져온다. 예를 들어 테디 소년은 어느 날—물론 특정한 어느 날이 아니라 막연히 언제부터인지 모르는 날부터—더 이상 소년이 아니게 되었고 부인들은 더 이상 그를 무릎 위에 앉힐 수 없게 되었다. 어느새 키가 훌쩍 자란 청년이 되어 있었던 것이다. 하긴 그가 21세의 나이로 죽어버렸으니 키가 훌쩍 커버린 사실이 그에게는 아무 소용이 없었지만.

죽음에 대한 이야기가 나왔으니 우리의 주인공에게 중대한 의미를 지닌 또 다른 죽음에 대해 이야기해보자. 그 죽음은 우리의 주인공과 가까운 관계를 유지하고 있던 평지 사람의 죽음이다. 최근에 그의 종조부이자 양아버지이기도 한 티나펠 영사가 뇌졸중으로 세상을 뜬 것이다. 그가 사망했다는 전보를 받고 한스는 사촌과 다름없는 제임스 숙부에게 편지를 썼다. 그는 이로써 자신이 말하자면 세 번째 고아가 된 셈이라고 썼으며, 형편상 이곳을 떠나 종조부의 장례에 참석할 수 없기에 이 슬픈 소식에 더욱 깊은 슬픔을 느낄 수밖에 없다고 덧붙였다.

노인이 세상을 떠남으로써 평지 세계와 그를 이어주고 있던 강한 끈 중의 하나가 끊어진 셈이었고, 따라서 그의 죽음은 그가 '자유'라고 부른 것을 완벽하게 만들어주었다. 우리가 한스에 대해 이야기하고 있는 이 시점에서 그와 평지와의 접촉은 완전히 끊겨 있었다. 그는 평지로 편지를 보내지 않았고 평지에서도 편지가 오지 않았다. 그는 마리아 만치니를 더 이상 평지에서 주문하지 않았다. 대신 이곳에서 마음에 드는 시가를 발견해, 그 시가에 충성을 바쳤다. 또한 그는 이 위에서 시계를 보지 않았다. '자유'를 위해서였다. 그런 가운데 그는 정지해 있으면서 영속하는 것들을 기렸다. 그는 시간의 대양을 산책했고 연금술적인 마력에 홀렸다. 연금술적인 것은 그의 삶에서의 근본 모험이 되었으며 바로 그 안에서 한스 카스토르프라는 소박한 실체는 모든 연금술 과정을 체험했다.

그는 그렇게 누워 있었다. 그리고 그렇게 그가 이곳에 도착한 한여름이 다시 빙 돌아왔고 그사이—그는 모르고 있었지만—그가 이곳에 머문 지 7년이 흐른 것이다.

제7장

319

그런데 천둥소리가 울렸다.

하지만 그 천둥소리에 대해 처음 경험하는 것인 양, 경천동지인 양 과장하여 이야기하는 것은 옳지 않으며 겸손하지 않은 짓이기도 하다. 그에 대해 허풍을 떠는 것은 아무래도 적합하지 않다. 그보다는 차라리 목소리를 낮추어 우리가 이미 알고 있던 천둥이 울렸다고 하는 것이 옳다. 오랫동안 쌓여 왔던 열정과 권태가 폭발하면서 우리 귀를 멍하게 했다고 하는 것이 옳다. 우리가 숨을 죽여 속삭이던 그 역사적 벼락 소리가 지구의 기반을 흔든 것이다. 하지만 우리 입장에서 보자면 그것은 '마의 산' 밑의 광산을 폭파해서, 7년 동안 단잠에 빠져 있던 우리의 주인공을 문밖으로 내몬 그런 벼락 소리였다. 한스 카스토르프는 졸린 눈을 한 채 잔디밭에 앉아 두 눈을 비비면서 그동안 그의 지중해 친구인 세템브리니가 그토록 강하게 권했음에도 불구하고 가까이 하지 않았던 신문을 읽고 있었다.

이제 세템브리니와 한스 카스토르프와의 관계는, 이런 표현이 허락된다면, 완전히 역전이 되어 있었다. 이제까지는 세템브리니가 한스의 침대 곁에 앉아 삶과 죽음에 대해 한스에게 영향을 미치고 교육을 하려 했다. 하지만 요즘은 한스가 세템브리니의 다락방 침대 곁에 앉아 그의 말에 조용히 귀를 기울였다. 나프타의 극단적인 최후, 그 독설적인 논쟁가의 마지막 테러 행위가 세템브리니에게 큰 충격을 주었고, 그는 너무나 쇠약해져서 자주 자리에 누워 있어야만 했던 것이다.

세템브리니는 더 이상 사회 병리학에 대한 작품을 쓰지 못했다. 국제 연맹에서는 인류가 겪고 있는 고통을 없앤다는 그 중요한 주제에 대한 그의 글을 여전히 기다리고 있었지만 소용이 없었다. 그는 한스 곁에서 글로 쓰지 못한 내용을 말로써 풀어냈다. 비록 말투는 비둘기처럼 조용하고 온화했지만 내용은 독수리처럼 용맹스러웠다. 그는 여전히 보수의 원칙이 타도되어 시민적 민주주의라는 신성 동맹이 실현될 날, 여러 민족들이 하나의 민족이 되는 날을 기다리고 있었으며 그 기다림 속에는 비둘기의 온순함과 독수리의 용맹함이 섞여 있었다.

그렇다. 그 속에는 서로 방향이 다른 두 목소리가 함께 하고 있었다. 세템브리니는 휴머니스트인 동시에 반쯤은 공공연하게 호전적이었던 것이다. 난폭한 나프타와의 결투에서 그는 인간답게 처신했다. 하지만 시민의 창을 인류의 제단에 바치는 중요한 문제에 이르게 되면, 다시 말해 개인적인 문제와 멀어지게 되면 그가 손에 피 묻히는 것을 꺼리리라고 장담할 수 없었다.

제7장

321

현존하는 거대한 정치 체제에 대한 그의 태도가 분열되고 혼란스러워하고 회의에 빠지는 일이 자주 일어났다. 특히 최근에 그의 조국 이탈리아가 오스트리아와 공동보조를 취했다는 사실 때문에 그가 하는 말들이 자주 핵심을 잃고 휘청거렸다. 그 연합이 아시아적인 러시아와 대적하기 위해 이루어졌다는 사실에 고무되는 한편 그것이 보수의 상징인 빈과의 야합이라는 점 때문에 그는 괴로웠다. 그리고 작년 가을 러시아가 폴란드에 철도망을 가설할 수 있도록 프랑스가 러시아에 거액의 자금을 차관으로 주었다는 사실 역시 그에게 모순된 감정을 불러일으키기에 충분했다. 그의 할아버지가 천지 창조와 동일시한 7월 혁명의 나라 프랑스가, 그 개화된 문명국이 비잔틴 문명, 스키타이 문명을 받아들이다니! 또 그는 러시아 황태자 사살 사건이 벌어지자 그 행위 자체에 대해서는 야만적인 짓이라고 분개하면서도 그것이 빈에게 저항하는 민족해방운동의 일환이라는 점에서 열렬히 찬동했다. 한마디로 세템브리니가 겪고 있는 감정상의 혼란은 급속도로 파국으로 치닫는 유럽의 문명처럼 복잡하기 이를 데 없었다. 그러면서도 그는 비록 노골적으로 털어놓지는 않았지만 제자에게 암시적인 말로 유럽의 운명을 예견하는 안목을 키워주려고 노력했다.

이윽고 최초의 동원령이 내려졌고 최초의 선전포고가 선언되었다. 세템브리니는 한스에게 두 손을 내밀고 그의 손을 잡았다. 한스는 그 뜻을 제대로 이해할 수 없었지만 어쨌든 감동을 받았다.

"이봐요, 친구. 화약과 인쇄술, 그걸 당신이 우리들에게 준 게 분명해요. 하지만 당신들이 혁명에 거스르고 있다는 생각을 하면……. 오, 친구!"

유럽이 초긴장 상태에서 고통받고 있는 그 격변의 나날 동안 한스는 세템브리니 씨를 찾아가지 않았다. 사납고 혼란스러운 내용들을 담은 신문들이 이제 그의 발코니까지 전달되었으며 그 신문들은 요양원 전체를 뒤흔들었고, 식당은 물론 중환자실, 위독한 환자실까지 숨 막히는 유황 냄새로 가득 채웠다. 우리의 주인공 한스 카스토르프가 자신에게 무슨 일이 일어났는지도 모르는 채 천천히 풀밭에서 몸을 일으켜 자리에 앉아 눈을 비비던 순간은 바로 그러한 일들이 일어나고 있던 때였다.

자, 우리의 주인공 마음속에 무슨 일이 일어나고 있었는지 정확히 이해하기 위해 그 모습을 끝까지 그려보기로 하자.

그는 두 다리를 끌어당기고 자리에서 일어났다. 그는 자신이 마술에서 풀려나 해방된 것을 알았다. 그 자신의 힘에 의해서

제7장

323

가 아니었다. 그것은 외부의 힘에 의한 것임을, 그 활동에 의해 그 자신의 해방이 이룩된 것임을 부끄럽지만 인정하지 않을 수 없었다. 하지만 그의 보잘것없는 운명이 비록 세계의 보편적 운명 앞에서는 하찮은 것에 불과하다 할지라도 그 속에는 무언가 그에게 개인적으로 자비를 베풀고 은총을 내리려는 신의 선의와 정의가 표명되어 있던 것이 아닐까? '삶'이 그 삶의 방황하는 '걱정거리 자식'을 다시 품 안에 받아들이기 위해 쉬운 방법이 아니라 보다 심각하고 준엄한 방법을 택한 것이 아니었을까? 그것도 '생활' 한가운데가 아니라 죄인인 그의 무덤 위에서 쏘아 올리는 세 발의 예포가 울리는 가운데 받아들인 것이 아니었을까?

그렇게 그는 돌아왔다. 그는 무릎을 꿇고 앉아 얼굴을 들고 하늘을 향하여 두 손을 쳐들었다. 비록 어둡고 유황 냄새 풍기는 하늘이었지만 더 이상 죄인의 상태에서 바라보던 어두운 동굴이 아니었다. 그리고 세템브리니는 그런 자세를 취하고 있는 한스를 발견했다. 물론 비유적, 지극히 비유적인 표현이다. 우리의 전통적인 청년이 결코 그런 자세를 취했을 리가 없다. 실제로 세템브리니가 목격한 것은 트렁크를 꾸리고 있는 한스의 모습이었다.

한스가 갑자기 깨어난 순간, 요양원 사람들이 평지의 청천벽력에 놀라 출발의 소용돌이에 빠진 모습이 한스의 눈에 들어왔다. 이곳 '고향' 베르크호프의 사람들은 공황상태에 빠진 개미들 같았다. 그들은 시련에 빠진 평지로 5,000피트의 높이에서 거꾸로 추락해갔다. 그들은 소형 열차 앞으로 몰려들었고, 승강장은 발 디딜 틈도 없었으며 짐이 플랫폼에 산더미처럼 쌓여 있었다.

한스도 이들과 함께 추락했다. 혼잡한 가운데 로도비코 세템브리니가 한스를 껴안고 뺨에 입을 맞추었다. 그리고 기차가 떠나는 순간 그는 한스를 '조반니'라고 불렀으며 개화된 서구 사회에서 사용하는 예의 바른 '당신'이라는 표현 대신 '자네'라고 불렀다.

"드디어 돌아가는군." 그가 말했다. "이제야 떠나는군. 잘 가게나 조반니! 나는 자네가 이와는 다른 방식으로 떠나는 걸 보고 싶었는데. 하지만 괜찮네. 신의 뜻이 그런 걸 어쩌겠나. 자네가 다시 일자리로 돌아가길 원했었는데, 이제는 자네 동족들과 함께 싸우게 되겠군. 아, 우리의 소위(少尉) 요아힘이 아니라 자네가 그렇게 되다니! 이 무슨 운명의 장난이란 말인가! 자, 가게나. 자네의 핏줄이 자네를 부르네. 가서 용감하게 싸우게. 그

제7장

325

외에 더 이상 할 수 있는 것은 없네. 내가 내 조국이 영혼과 신성한 이기심이 명하는 곳에서 싸우도록 내 남은 힘을 다해 독려하고 있더라도 나를 용서해주게나. 자, 잘 가게나."

한스 카스토르프는 사람들의 머리로 가득 찬 차창 밖으로 고개를 내밀었다. 그는 손을 흔들었다. 세템브리니도 답례로 오른손을 흔들었다. 동시에 그는 그의 왼손 약지로 부드럽게 눈시울을 훔쳤다.

이것이 무엇일까? 우리는 어디에 있는 것일까? 꿈이 우리를 어디로 데려간 것일까? 여명, 비, 더러운 진창. 하늘에 작열하는 불꽃, 끊임없이 울려대는 무거운 포성. 축축한 공기를 채우는 날카로운 윙윙 소리, 지옥을 지키는 개처럼 미친 듯 날뛰며 으르렁거리는 소리, 갈라지고 터져 나오고 불타오르는 그 소리들. 이어지는 신음 소리와 비명 소리, 터질 듯 요란하게 울리는 나팔 소리, 점점 빠르게 두들겨 대는 북소리가 대기를 가득 채우고 있다. ―저곳에 숲이 있다. 그 숲이 같은 색의 옷을 입은 떼거리들을 토해내고 그들은 달리고 넘어지고 다시 튀어오르고 다시 달린다. 그들 뒤로 언덕이 줄지어 서 있고 다시 하늘을 향해 포성이 울리며 화염이 피어오른다. 우리들 주위로는 진흙탕이 된 밭이랑들이 물결처럼 출렁이고 있다. 역시 진흙탕이 된 국도가 부러진 나뭇가지로 뒤덮여 마치 숲과 같은 모습이다. 잎이 떨어지고 가지가 꺾어진 나무 그루터기들이 쓸쓸히 찬비를 맞으며 서 있다.

여기 도로 표지판이 하나 있지만 어두울 뿐 아니라 포격에 여기저기 부서지고 찢어져 있어 도저히 읽을 수 없다. 여기가 동쪽인가, 서쪽인가? 이곳은 평지이다. 이곳은 전쟁터이다. 우리는 길가에 겁을 먹고 서 있는 그림자들이다. 우리는 그림자처럼 안전하게 있는 것을 부끄러워할 뿐 호들갑을 떨 생각은 추호도 없다. 단지 우리는 우리의 이야기의 영(靈)을 다시 한번 보기 위해 이곳으로 온 것이다. 저 숲에서 북소리에 따라 달려나와 넘어지는 회색 무리들 중에서, 우리가 오랫동안 알고 지냈으며 너무 자주 그 목소리를 들었던 우리의 친구 모습이 우리의 시야에서 사라지기 전에 그를 다시 한번 보기 위해서이다.

이 전우들은 이미 온종일 계속된 전투에 최후의 일격을 가하기 위해 이곳에 왔다. 이들의 목적은 이틀 전에 적에게 빼앗긴 저 언덕 위의 진지와 그 후방에서 불타고 있는 마을을 탈환하는 것이었다. 이들은 지원병 연대로서 대부분 대학생으로 구성되어 있었고, 일선에 투입된 지 며칠 되지 않았다. 이들은 밤 사이에 출동 명령을 받고 아침까지 기차로 운반되어 왔으며 점심때가 지나도록 진흙탕 길을 행군했다. 그들은 비를 흠뻑 맞아 무거울 대로 무거워진 외투를 입은 채 7시간을 강행군했다. 질척거리는 땅에서의 이 행군은 저 위 요양원에서의 기분 좋은 산책과는 전혀 다른 것이었다. 군화를 진흙탕에 빼앗기지 않으려고 수시로 고개를 숙여 군화의 혀를 잡아 빼고, 진흙탕에서 발을 빼내야만 했다. 이들은 젊은이의 혈기로 온갖 장애를 뛰어넘은 것이다. 이들은 잠을 자지도 못했고 먹지도 못했지만 그것을 원하지도, 요구하지도 않았다. 비와 땀에 젖은 데다 흙탕물 범벅이 된 이들의 얼굴은 철모 아래서 벌겋게 상기되어 있었다. 행군 도중 아군이 입은 손실을 목격하고 흥분해서 얼굴이 벌겋게 상기된 것이다. 적들은 이들의 진격을 막으려고 유탄발사기와 수류탄을 끊임없이 퍼부었다.

이 3,000명의 소년병들은 임무를 완수해야 했다. 지휘부는 마을을 탈환하기 위해서는 최소한 2,000명 이상이 최후까지 살아남아 마을로 진격할 수 있어야 한다고 판단하고 이들을 3,000명으로 편성했다. 막대한 인명 피해가 생기더라도 계속 싸워서 이기는 것이 이들의 임무였다. 그리고 지휘부의 계산대로 벌써 수많은 병사가 고립되고 낙오되었다.

하지만 숲에 도착한 청년들은 약간의 사상(死傷)에도 꿈쩍 않고 여전히 밀집부대를 이루어 전진하고 있었다. 숲 가장자리에 이르자 이들은 익숙한 손놀림으로 총에 검을 꽂는다. 나팔 소리가 요란하게 울려 퍼지고 북소리가 천둥처럼 울린다. 청년들은 고함을 지르며 진흙이 뒤엉킨 무거운 발을 질질 끌며 돌진한다. 이들은 윙윙, 포탄이 날아오면 땅에 엎드렸다가 다시 일어나서 함성을 지르며 돌격한다. 포탄에 맞아 이마며 심장이며 복부에 관통상을 입고 쓰러져 다시는 일어나지 못한다. 그래도 청년들은 쓰러진 전우들 사이를 뚫고 비틀거리며 전진을 계속한다.

오, 이 젊은 피들! 배낭을 등에 지고 검을 꽂은 총을 든 젊은이들! 진흙투성이 외투를 입고 군화를 신은 젊은이들! 우리는 우리의 인본주의적, 심미안적 눈으로 그들을 바라보며 전혀 다른 모습으로 그려볼 수도 있다. 햇빛 양양한 만(灣)에서 말을 물로 씻겨주는 모습, 해변을 따라 애인과 걸어가고 있는 모습, 사랑스러운 신부의 귀에 입술을 대고 속삭이는 모습, 행복하게 활쏘기를 겨루는 모습을 상상할 수 있다. 그러나 여기서는 그렇지 않다. 그들은 포탄이 떨어지는 진흙탕 속에 코를 처박고 있다. 그들은 무한한 번뇌를 안고 있으면서도, 또한 이루 말할 수 없는 향수(鄕愁)를 간직하고 있으면서도 기꺼이 이곳으로 달려온 것이다. 그리고 이것은 그 자체 숭고하면서도 우리를 부끄럽게 만드는 행위이다. 하지만 그렇다고 해서 그들이 이런 일을 겪게 해야 한다는 이유는 되지 않는다.

그곳에 우리의 친구, 우리의 한스 카스토르프가 있었다! 요양원에 있을 때부터 기르던 턱수염 때문에 우리는 아주 멀리서도 단번에 그를 알아볼 수 있다. 그도 다른 전우들과 마찬가지로 진흙탕 범벅에 얼굴이 벌겋게 상기되어 있다. 그도 착검한 총을 들고 진흙 때문에 잔뜩 무거워진 군화를 질질 끌며 달리고 있다. 보라! 그가 쓰러진 동료의 손을 밟고 지나간다. 찢긴 나뭇가지가 흩어져 있는 진창에 깊숙이 박혀 있는 전우의 손을 밟은 것이다. 하지만 그는 분명 그이다. 그런데 무슨 일일까? 그는 흥분해서 숨을 헐떡거리면서도 앞을 응시하며 아무 표정도 없이 자신도 모르게 혼자 노래를 흥얼거리고 있다. 「보리수」였다.

가지에 사랑의 말 새겨 놓고서…….

그는 쓰러진다. 아니다. 몸을 납작 엎드린 것이다. 지옥문을 지키는 개가 으르렁거리듯 거대한 폭발음이 울리며 무시무시한 지옥의 폭탄이 날아온 것이다. 그는 차가운 진흙탕에 얼굴을 파묻고 다리를 벌린 채 발꿈치를 땅에 대고 엎드린다. 길을 잘못 든 과학의 산물이 그와 30보쯤 떨어진 곳에서 악마의 화신처럼 땅에 깊숙이 박히며 엄청난 힘으로 폭발하고, 흙덩이와 불과 철과 납, 그리고 산산조각 난 인체가 집채만큼 높이 공중으로 튀어 오른다. 그곳에는 두 명의 젊은이가 엎드려 있었다. 친구 사이인 그들은 엉겁결에 함께 엎드린 것이며 이제 포탄에 맞아 흩어지며 뒤섞인 채 그렇게 가버린 것이다.

오, 그림자처럼 안전하게 지켜보고 있는 우리가 부끄럽도다! 자, 이제 퇴장하자! 더 이상 이야기를 하지 말자! 하지만 우리의 친구는? 그가 포탄에 맞았는가? 그는 한순간 자신이 당했다고 생각했다. 거대한 찬 흙덩이가 그의 정강이를 때리자 그는 고통을 느꼈다. 하지만 그는 씩 웃으며 몸을 털고 일어나 진흙이 엉겨 붙은 무거운 군화를 질질 끌고 다리를 절면서 비틀비틀 계속 걸어갔다. 그는 자신도 모르게 노래를 흥얼거리고 있었다.

나뭇가지가 살랑거리며 내 귀에 속삭이네.

이리하여 이 소동 속으로, 빗속으로, 어스름 속으로 그는 우리의 시야에서 사라져간다.

잘 가게나, 정직한 한스 카스토르프! 인생의 진짜 걱정거리 녀석이여, 잘 가게나! 자네 이야기는 끝이 났네. 우리는 자네 이야기를 끝까지 한 것이라네. 길지도 않고 짧지도 않은, 연금술적인 이야기였다네. 우리는 우리의 이야기를 위해서 자네 이야기를 한 것이지, 자네를 위해 이 이야기를 한 것이 아니었네. 자네가 단순한 젊은이였기 때문이었지. 하지만 다시 생각해보면 이 이야기는 분명 자네에 대한 이야기였다네. 이 일은 자네에게 일어난 일들이고 자네는 우리가 생각하는 것만큼 그냥 단순한 젊은이가 아니었으니까. 그리고 이 이야기를 하면서 자네에게 다분히 교육적인 애착을 지니고 있었음을 부인하지 않겠네. 그런 애착이 있었기에 이제 자네를 영영 볼 수도 없고, 영영 자네 목소리를 들을 수 없다는 생각에 살짝 손가락을 뜨거워진 눈시울로 가져가게 되는군.

잘 가게나. 자네가 살아 있건 죽었건 말일세! 전망이 그다지 밝지는 않군. 자네의 운명이 말려 들어간 그 절망의 무도회가 몇 년간 죄악의 춤을 계속할 것이기 때문일세. 그 무도회가 끝나기 전에 자네가 무사하리라고 큰 기대는 않겠네. 솔직히 말하자면 우리는 그런 질문을 남기면서 별로 걱정을 하지 않고 있다네. 자네의 단순성을 고쳐시켜준 살과 정신의 모험은 살로서의 자네가 결코 이룰 수 없던 것을 자네의 정신 속에서 알 수 있게 해주었네. 자네는 죽음으로부터, 살의 반란으로부터 자네에게 마치 자네가 자기 자신을 재고 조사하듯 사랑의 꿈이 다가오는 그런 순간들을 겪었네.

이 세계를 뒤덮고 있는 저 죽음의 축제로부터, 비가 씻어내는 저 저녁 하늘을 불태우고 있는 저 끔찍한 열병과도 같은 불길 속으로부터 어느 날 '사랑'이 솟아오를 날이 오지 않겠는가?

『마의 산』을 찾아서

토마스 만(Thomas Mann, 1875~1955)의 『마(魔)의 산(Der Zauberberg, Magic Mountain)』은 서문부터 알쏭달쏭하다.

우리가 이제부터 펼쳐놓게 될 한스 카스토르프의 이야기
는 사실 그 친구를 위한 이야기가 아니다. 이 책을 읽다
보면 독자 여러분은 그가 기분 좋은 젊은이이긴 하지만
매우 평범한 젊은이라는 것을 곧 알게 될 것이기 때문이
다. 이 이야기는 그 친구를 위한 이야기가 아니라 이야기
자체를 위한 이야기이다. 이 이야기는 이야기해줄 가치
가 매우 높아 보이기 때문이다.
그럼에도 불구하고 이 이야기는 바로 그의 이야기이며

누구에게나 일어나는 이야기는 아니라는 사실 또한 염두에 두어야 한다. 또한 이 이야기는 아주 오래된 이야기라는 것, 말하자면 역사의 때가 켜켜이 묻어 있는 이야기로서 저 머나먼 과거의 이야기를 할 때 어울릴 법한 시제를 사용해야 한다고 우리는 말하고 싶다. (『마의 산 1』 8~9쪽)

우리는 소설을 읽으면서 작가가 주인공으로 삼은 인물은 뭔가 특별한 점이 있는 예외적 개인이라고 생각하기 십상이다. 또한 우리는 주인공의 성격, 행동에 초점을 맞추어 소설을 읽게 되며 소설을 읽으면서 은근히 주인공과 동화되고 주인공 편이 된다. 또한, 우리는 당연히 그 작품의 시간적, 공간적 배경을 염두에 두고 소설을 읽는다. 그런데 『마의 산』의 작가는 이 이야기가 주인공을 위한 이야기가 아니라고 말한다. 주인공이 매우 평범한 인물이라는 것이다. 그러면서도 또한 이 이야기는 바로 그 주인공의 이야기이지 다른 사람의 이야기가 아니라고 말한다. 게다가 한술 더 떠서 이 이야기가 주인공이 살았던 시간·공간에 국한된 이야기가 아니라 역사의 때가 켜켜이 묻어 있는 이야기라고 말한다. 대체 무슨 소리인지 당장에 이해하기 쉽지 않다. 그 말이 무슨 말인지 이해하는 것으로 이 작품의 해설을 대신하기로 하자.

『마의 산』은 20대 초반의 '겸손한' 젊은이인 한스 카스토르프가 스위스 다보스에 있는 베르크호프라는 요양 시설을 찾는 것으로부터 시작한다. 그는 폐결핵으로 그곳에서 요양하고 있는 사촌 요아힘을 방문할 겸 자신도 잠시 휴양을 하기 위해 3주 예정으로 그곳을 찾아간다. 그런데 그는 예정된 3주 뒤에 그곳을 떠나지 못한다. 그도 환자가 되어 그곳에 머물게 된 것이다. 『마의 산』은 우리의 주인공 한스 카스토르프가 그 요양원에 7년간 머물면서 겪은 이야기이다. 그렇다면 이 소설의 주 무대이자 이 책의 제목이기도 한 '마의 산', 베르크호프 요양원은 어떤 곳인가?

베르크호프 요양원은 높은 산(마의 산)에 자리 잡고 있는 별천지이다. 그곳은 일상적인 삶, 건강한 삶이 영위되고 있는 저 아래 '평지'와 대비되는 곳이다. 평지에서의 건전하고 상식적인 눈으로 본다면 건강하지 못한 곳이고 죽음(병)이 지배하는 곳이며, 온갖 타락과 환락이 지배하는 곳이다. 한마디로 말한다면 그곳은 이승과 대비되는 지옥으로 비유할 수 있다. 그곳이 지옥을 상징하고 있음을 보여주는 대표적인 인물이 있다. 바로 그 요양원 원장인 베렌스이다. 그는 마치 지옥의 심판관인 미노스와 라다만토스처럼 군림하며 환자들에게 형량(그곳에 머물 기간)을 부과한다.

그런데 묘한 게 있다. 그곳이 지옥이라면 의당 환자들이 오로지 고통에 시달리기만 하는 곳이어야 한다. 그런데 그곳은 고통뿐 아니라 타락과 환락이 지배하는 곳이기도 하다. 하지만 실은 그렇기에 그곳은 완벽한 지옥의 면모를 갖추게 되는 셈이기도 하다. 무슨 말인가?

지옥이란 어떤 곳인가? 지상에서 지은 죄로 인해 그 죄인들이 영원한 형벌을 받고 있는 곳이다(『마의 산』에서는 그 죄를 '병'이 대신한다). 그런데 조금 관점을 달리하면 지옥은 지옥이면서 동시에 파라다이스이기도 하다. 지옥이 파라다이스라니? 무슨 궤변인가? 여기서 잠깐 단테의 『신곡』의 지옥 편을 한번 상기해 보기로 하자. '지옥'은 지상에서 죄를 지은 자가 영원히 벗어날 길 없는 형벌을 받는 곳이다. 그곳의 죄인들은 '최후의 심판'의 날이 오기까지 그 형벌에서 벗어날 길이 없다. 지옥의 죄인들은 연옥의 죄인들처럼 죄를 씻을 길이 없다. 그래서 지옥에서도 계속 죄를 짓는다. 지상에서 지은 죄로 인해 벌을 받으면서 계속 죄를 짓는다니 무슨 뜻인가? 그들은 실은 지상에서의 욕망을 제어하지 못하고 그대로 반복하는 벌을 받고 있다는 뜻이다. 그들에게 죄와 벌은 하나이다. 몇 가지 예를 들어보자. 평생 애욕에 빠져 있던 자들, 말하자면 평생 바람만 피우던 자들은 거센 바람에 휘몰려 있으며—평생 바람을 피웠으니 실컷 바람의 맛을 보아라!—식탐에 빠졌던 자들은 진흙탕에서 진흙을 마구 입에 처넣어야 하는 벌을 받고 있다.—실컷 먹어라!—물욕에 빠졌던 자들은 무거운 짐을 지고 헛되이 빙빙 돌고 있으며—재물이라는 무거운 짐을 놓지 말라!—분노를 이기지 못했던 자들은 스틱스강에서 싸움을 벌인다.—죽어서도 실컷 싸워라!—다른 사람들의 피를 흘리게 한 폭군은 펄펄 끓는 피의 강물에서 고통받고 있으며—실컷 피의 맛을 보아라!—자살한 자들, 아첨꾼, 이간질을 일삼은 자, 도둑, 사기꾼, 배신자 들도 지상에서 행했던 죄를 그대로 반복하는 벌을 받고 있다(궁금하면 『신곡』을 읽으며 확인해보면 된다). 따라서 지옥은 지상에서 지은 죄로 인해 별도로 정해진 형벌을 받는 곳이 아니다. 그곳은 죽어서도 지상의 욕망을 버리지 못하는 곳, 그 욕망을 완벽하게, 영원히 실현하고 있는 곳이다.

그렇다면 묘한 역설이 성립된다. 인간이 지니고 있던 욕망이 금기시되는 것이 아니라 오히려 아무런 제약 없이 충족되는 곳이라면, 그곳은 혹시 파라다이스가 아닐까? 지상에서 어느 정도 억제되었던 욕망이 오히려 한껏 실현되는 곳이 아닐까? 천국으로의 정신적 상승을 통해 도달한 파라다이스가 아니라, 육체적 욕망에 의한 악으로의 하강을 통해 도달한 파라다이스! 지옥-파라다이스!

　베르크호프 요양원은 그런 의미에서 지옥-파라다이스이다. 그곳은 병으로 인해 고통 받고 있는 사람들이 살고 있는 곳이지만, 동시에 저 아래 평지의 온갖 도덕과 관습으로부터 자유로운 곳이며 마음 놓고 타락과 환락을 즐길 수 있는 곳이기도 하다. 그곳 환자들은 지상과 유리된 신비적인 환경에서 살고 있으며 그곳에는 육욕과 방기(放棄)가 흘러넘친다. 작가는 '발푸르기스의 밤'(중부 유럽과 북유럽에서 4월 30일이나 5월 1일에 널리 행하는 봄의 축제. 괴테의 『파우스트』에서 같은 제목하에 온갖 향락이 지배하는 곳으로 묘사된다)이라는 소제목하에 이곳 요양원의 사육제 축제를 환락의 밤으로 묘사하고 있다(한스가 쇼샤 부인에게 사랑을 고백하는 바로 그 사육제 날 밤이다). 병과 죽음의 장소이면서 동시에 육욕과 방기의 장소인 베르크호프 요양원은 분명히 지옥-파라다이스이다. 달리 말한다면 형벌(병)이 죄인(환자)을 고통스럽게 하는 것이 아니라 한껏 자유롭게 해주는 곳, 저 아래에서라면 어느 정도 금기시되었던 욕망을 한껏 발휘하게 해주는 곳이 바로 베르크호프 요양원이며 '마의 산'이다. 작품에서 쇼샤 부인에 대해 '병이 그녀를 자유롭게 해주었다'라는 표현이 자주 나오는 것을 우리는 그렇게 이해하면 된다. 단테의 『신곡』에서는 형벌이 죄인들을 고통스럽게 만들지만 『마의 산』에서는 병이 환자를 자유롭게 해주고, 그 죄를 마음껏 누리게 해준다.

　바로 그곳에 이 소설의 주인공 한스가 찾아온다. 그러나 그는 환자로 찾아온 것이 아니다. 산 사람이면서 죽은 사람들의 세계인 지옥을 방문한 오디세우스(호메로스의 『오디세이아』의 주인공)와 아이네이아스(베르길리우스의 『아이네이스』의 주인공)처럼 그는 '건강한 사람'으로서 이곳을 방문한다. 그런데 그는 오디세우스나 아이네이아스처럼 다시 이승(저 아래 평지)으로 돌아가지 못한다. 이곳의 판관인 베렌스 원장이 그에게 이곳에 머무르라고 명한 것이다. 그에게 빈혈과 열이 있다는 것이다. 그 결과 한스는 이곳을 떠나지 못하고 머물게 된다. 그리고 이곳에서 '적응할 수 없는 것에 적응하는' 삶을 살게 된다. 좀 다르게 표현한다면 산 사람으로서 죽은 사람들의 세계인 지옥에서 지내게 된 셈이라고 보면 된다. 너무 간략하게 압축해서 말한다는 느낌이 들긴 하지만 소설 『마의 산』은 살아 있는 채로 지옥을 경험한 사람의 이야기이다. 이곳 높은 곳의 사람들이 앓고 있는 병을 함께 앓고 있지 않으면서 이곳의 '적응할 수 없는 것에 적응하는 삶'을 살아간 이야기이다. 이방인으로서 이곳에 적응한 사람의 이야기이다. 지옥이 죽음 이후의 세계를 의미하니까, 살아 있으면서 죽음을 경험한 오디세우스와 아이네이아스의 후손이 바로 한스 카스토르프인 셈이다. 그러나 다시 말하지만, 그는 오디세우스나 아이네이아스와 결정적으로 다르다. 그들은 지옥을 잠시 방문하고 돌아가지만 한스 카스토르프는 이곳을 떠나지 않는다. 오디세우스와 아이네이아스는 이승과 결별하지 않지만 한스는 저 아래 평지의 삶과 서서히 단절되면서 이윽고 완전한 단절을 이룩한 채 이곳에 머문다. 그렇다고 해서 그가 완전히 이곳 사람들과 같아지는 것은 아니다. 그는 끝까지 폐병 환자가 아니다. 그렇다고 그는 완전히 건강한 사람도 아니다. 그는 열에 시달리고 빈혈증을 앓고 있다. 그는 이곳 사람이 아니면서 동시에 이곳 사람이다. 그러면서 그는 이곳을 체험한다. 무엇을? 저곳 평지에서는 금지된 것들, 저곳 평지에서 조선기사로서, 소시민으로서 건전하게 살았다면 경험하지 못했을 것들, 차마 하지 못했을 것들, 사랑, 일탈, 비사회적인 인간관계들을 겪고 성찰한다. 그와 동시에 저곳 평지에 있었더라면 배우지 못했을 것들을 배우면서, 저곳 평지와는 다른 식으로 성장한다.

한스 카스토르프가 이곳, '적응할 수 없는 것에 적응하는' 삶을 살면서 배운 내용은 어떤 것일까? 그는 이곳에서 어떤 식으로 저곳 평지에서와는 다르게 성장하는 것일까? 그 내용을 제대로 이해하기 위해 반드시 고려해야 할 이곳 '마의 산'의 아주 중요한 특징적 성격이 한 가지 있다.

베르크호프 요양원이 있는 이곳 높은 곳 '마의 산'은 저곳 평지와는 전혀 다른 시간이 흐르는 곳이다. 아니, 시간이 평지와 다르게 흐를 뿐 아니라 이곳에서 지내는 사람들은 시간에 대한 감각을 아예 잃어버린다. 이곳이 지옥과 비슷한 속성을 지닌 곳이라면 시간이 지워지는 것이 당연하다. 지옥은 모든 것이 반복되는 곳이다. 아니다. 반복이 아니다. 반복은 그 어떤 일의 진행과 변화를 전제로 한다. 그리고 그 진행과 변화가 똑같이 반복되어야 올바른 의미에서의 반복이다. 지옥에서의 시간은 영원히 흐르면서 정지되어 있는 곳이다. 이곳 베르크호프 요양원이 지옥과 같은 곳이라면 그런 정지된 시간 속의 공간, 영원한 공간이어야 한다. 하지만 이곳은 분명 그 무슨 일인가가 진행되고 변화가 일어난다. 그런 의미에서 시간이 영원 속에서 정지된 곳은 분명히 아니다. 이곳에서도 시간은 분명히 흐른다. 하지만 저곳 평지와는 전혀 다른 식으로 흐른다. 도대체 이곳의 시간과 저곳 평지의 시간은 어떻게 다른가?

사실 『마의 산』은 시간 소설이기도 하며 작품 곳곳에 시간에 대한 철학적 성찰이 등장하고 시간에 대한 고찰을 담은 별도의 절(節)이 마련되어 있기도 하다. 하지만 우리는 시간에 대한 작가의 성찰을 뒤따르는 일은 삼가기로 하자. 그러다가는 아예 작품에 대한 본격적인 작품론이 되어버릴 우려가 있기 때문이다. 우리로서는 아주 단순하게 이곳의 시간은 공간과 결합된 시간(부피를 가진 시간)이며, 초현실적인 시간이라고만 말하기로 하자. 오해하지 말자. 초현실적인 시간은 비현실적인 시간이 아니다. 현실에서 벗어난 현실 밖의 시간이 아니다. 초현실적인 시간은 물리적 시간을 뛰어넘으면서 품는 시간이다. 우리로서는 그냥 물리적인 시간, 저곳에서 시계로 측정하는 시간과는 다른 시간이 흐르는 곳이라고만 말하기로 하자. 감각과 정신이 혼미해지고 이윽고 현기증에 취하게 만드는 그런 시간이라고만 말하기로 하자. 그리고 한스 카스토르프는 이곳에서 지내면서 점점 그 시간에 취(醉)하게 되었다고만 말하기로 하자.

> "이 새로운 곳에서 시간이 천천히 흘러가는 것처럼 보이는 건 정말 이상해. 말하자면……, 물론 지루하다는 이야

기가 아니야. 반대로 정말 즐겁다고 할 수 있어. 하지만 돌아보면 내가 여기 온 게 언제인지 모를 정도로 오래 있었던 것 같은 생각이 들어. 아주 먼 옛날 일 같다는 생각이 든다니까. 이건 순전히 느낌의 문제이지, 이성이라든지, 일반적으로 시간을 잰다거나 하는 것과는 아무 상관이 없어." (『마의 산 I』 134쪽)

하지만 이후 감각과 정신의 기만(欺瞞)은 그 도가 점점 더 심해졌고 그는 그 현기증에 취했다. 그 현기증에는 일종의 공포와 열렬한 환희가 뒤섞여 있었다. 그 현기증은 우리의 주인공을 현혹시키고 아찔하게 만들었을 뿐 아니라 '지금'과 '그때'를 구별할 수 없게, 그리하여 이 둘을 시간이 없는 '영원' 속에서 뒤섞어버리게 만들었다. (『마의 산 II』 192쪽)

이곳은 이전에 중요하게 여겼던 것이 하나도 중요하지 않게 여겨지는 곳, 방종이 지배하는 곳이다. 그리고 이전에 등한시했던 것, 하찮게 여겼던 것들이 저 아래 평지보다 훨씬 심각한 성찰의 대상이 되는 곳이다. 등한시했다거나 하찮게 여겼다는 표현 때문에, 이곳에서 말 그대로 하찮은 일에 집착하게 되었다는 뜻으로 읽으면 안 된다. 사실은 일상사에 묻혀 우리가 잊고 있던 삶의 근본 문제들이 이곳에서 한층 더 강조되고 훨씬 중대해 보이며 한층 더 새롭게 보인다고 말해야 한다. 이곳에서의 시간은 망각의 시간이면서 집중의 시간이고 외적인 도덕률에서 벗어난 성찰의 시간이 되는 것이다. 그 성찰의 시간은 한편으로는 '꿈같은 시간'이기도 하다. 그리고 그 '꿈같은 시간'에서 시간은 한없이 늘어나기도 하고 압축되기도 한다.

여러분 혹시 미국 작가 워싱턴 어빙의 『립 반 윙클』이라는 작품을 읽어보았는가. 주인공 립이 산에 가서 술에 취해 하룻밤을 자고 마을로 내려오니 실제 시간은 20년이 흘렀다는 내용이다. 우리가 유심히 보지 않았다면 놓쳤을 수도 있을 『마의 산』에서의 시간도 그와 비슷하다. 더 정확히 말하자면 완전히 그 반대이다. 주인공 한스 카스토르프는 분명 7년간 베르크호프 요양원에 머문다. 그가 요양원을 방문했을 때 20대 초반이었으니 그곳에서 내려왔을 때는 30대여야 한다. 그런데 작품 말미에서 그는 소년병으로 전쟁터에 나서 있다. 30대 소년병이라는 것은 있을 수 없으니 그사이 시간이 흐르지 않았다는 뜻이다. 아니다. 20대 초반도 소년병이 되기에는 너무 나이가 많으니 어찌 보면 시간이 거꾸로 흘렀다고 보아도 된다. 말하자면 7년이 지나는 꿈을 꾸었는데 겨우 하루가 지난 것이고, 그 하루가 영원에 버금가는 하루였다는 뜻으로 보아도 된다. 혹은 7년이 지나는 꿈을 꾸었는데 이상하게 더 젊어졌다는 뜻으로 보아도 된다. 『립 반 윙클』의 완전한 역전이다. 『립 반 윙클』에서는 분명 하룻밤 꿈을 꾸었는데 현실은 20년이 지나 있다. 그런데 『마의 산』에서는 분명 꿈속에서 7년을 지내며 변화를 겪었는데, 현실에서는 하루도 시간이 흐르지 않은 것, 혹은 거꾸로 흐른 것이다. 이 역전이 너무 재미있다. 이 역전이 제대로 이루어지면 우리는 현실 속 찰나에서 영원을 경험할 수도 있다. 무엇에 의해서? 물론 내적인 깨달음을 통해서이다. 지나는 길에 재미있는 사실 한 가지만 더 지적하기로 하자. 작품 말미의 전쟁터에서 한스 카스토르프는 요양원에서처럼 여전히 턱수염을 기르고 있다. 재미있지 않은가? 당신은 혹시 꿈속에서 어깨를 세차게 맞는 꿈을 꾸었는데 깨어보니 어깨가 뻐근한 경험을 해본 적이 있지 않은가?

그렇다면 그는 시간이 완전히 무화된 곳에서 지낸 것일까? 그렇지 않다. 그는 분명히 변화를 겪었으니, 그 변화와 함께 분명히 시간은 흘렀다. 비록 거꾸로일지는 몰라도 시간은 분명히 흘렀다. 한마디로 그는 물리적 시간에서 벗어난 시간을 산 것이다. 그것은 공간과 함께 하는 시간이며, 내적 체험과 함께 하는 시간이며 물리적 시간을 뛰어넘어 영원과도 닿아 있는 초현실적 시간이다. 그리고 그 초현실적 내적 체험의 시간은 현실 밖의 시간이 아니라 모든 현실을 품는 시간이며 현실이 압축되어 있는 시간이다. 그 시간은 간단히 말하자면 신화적 시간이고 그런 의미에서 이 소설에서의 시간은 신화적 공간이 되기도 한다.

『마의 산』의 시간이 곧 신화적 공간임을 우리가 강조하는 이유가 있다. 신화는 저 고대 인류의 상상력의 산물이 아니다. 신화는 인류가 존재하는 한 언제고 존재할 수밖에 없는 꿈의 산물이다. 인류가 존재하는 한 신화는 존재한다. 그렇기에 신화는 가장 구체적이면서 가장 확장적이다. 그 신화적 공간에서 한 개인이 겪은 체험은 그의 구체적 체험이면서 동시에 인류 전체의 체험이 되기도 한다.

다시 줄여서 말하기로 하자. 『마의 산』은 현실에서 일탈한 곳이고 현실과 전혀 다른 시간이 흐르는 공간이지만 그렇기에 모든 현실을 품을 수 있는 곳이 된다. 한스 카스토르프는 그곳에서 한 개인의 물리적 삶을 사는 것이 아니라 인류의 삶을 산다. 한스 카스토르프라는 입문자(neophyte)는 세상에 입문해서 자신의 인격을 형성해가는 교양 소설, 성장 소설의 주인공이기도 하지만 그는 그곳에서의 배움을 통해 그가 처한 물리적인 사회·역사적 시공간에 속하게 되는 것이 아니라 그 배움을 통해 '인류'라는, 사회·역사적 공간을 초월하는 자리에 속하게 된다.

이 책의 서문에 또 한 가지 흥미 있는 발언이 있다.

우리의 이야기가 얼마나 오래되었는지 과장하듯 말하는 것은 이 이야기가 우리의 삶과 우리의 의식을 박살내어 이후 깊은 틈을 남겨버리는 그런 위기 바로 전에 일어난 일이기 때문이다. 이 이야기는 일어나고 있다. 혹은 현재 시제를 피하기 위해 말한다면 전에 일어났고, 아주 오래전에, 아주 옛날에 일어났었다. 그 시작과 함께, 언제고 거의 시작을 멈춰본 적이 없는 많은 일들이 시작되었던 세계 대전 이전에 일어났다. 그렇다. 이 이야기는 그 이전에 일어났다. 하지만 그다지 오래전은 아닌, 바로 그 이전에…… 과거의 과거성이 더 깊으면 깊을수록, 그것이 더 완전하면 완전할수록 그것은 더욱 전설처럼 되어 더욱더 즉각적으로 현재 앞에 놓이게 되는 것이 아닐까? 그뿐 아

니라 우리의 이야기는 그 성격상 어느 정도 전설적인 면
을 지니고 있다. (『마의 산 1』 9~10쪽)

　작가는 이 이야기가 아주 오래전에 일어난 일이면서 동시에
세계 대전 바로 이전에 일어난 일이라고 모순되는 말을 한다.
말하자면 이 소설이라는 꿈의 시공간, 신화적 시공간은 현실에
서 일탈한 시공간이 아니라 현실을 품는 꿈의 시공간이며 현실
을 꿈처럼 바라본 시공간이라는 뜻도 된다. 그런 꿈의 공간에
서 주인공 한스 카스토르프는 자신이 현실에 속해 있었다면 배
울 수 없었을 현실에 대한 새로운 인식을 배우고 얻는다. 그곳
은 모든 것이 다 가능한 시공간이기 때문이다.

　그는 이곳에서 저곳 평지에서라면 금지되었을 것들, 사랑,
일탈, 비사회적인 것을 겪고 경험한다. 그뿐이 아니다. 현실 속
에 함몰되어 있었다면 결코 획득할 수 없었던 현실에 대한 큰
전망을 배운다. 현실에 대한 보다 큰 조감도를 그릴 수 있게 된
셈이며 그가 그런 전망을 획득할 수 있도록 도움을 준 스승이
바로 세템브리니와 나프타이다. 그들만 해도 한스 카스토르프
에게는 큰 스승이다. 그들은 한스가 지적(知的)으로 세상에 대하
여 눈을 뜨게 해준 사람들이다. 우리가 세상에 거리를 두고 세

상을 보다 큰 눈으로 객관적으로 볼 수 있게 된다면 그보다 더 큰 다행이 없다. 그냥 산은 산이요, 물은 물인 줄 알고 살았는데, 세상사 이치를 좀 알게 되니 산은 그냥 산이 아니요, 물은 그냥 물이 아니라는 사실을 알게 되었다고 보면 된다. 세템브리니와 나프타의 논쟁에는 제1차 세계 대전이 터지기 전 토마스 만을, 아니 유럽의 모든 지식인들을 사로잡고 뒤흔들었던 문제가 압축되어 있다. 그 논쟁 속에서 우리는 프로이트의 정신분석학을 비롯해 마르크스의 유물론적 공산주의, 나치즘, 파시즘, 자본주의, 휴머니즘, 실증주의, 과학주의, 진보의 신화가 온통 소용돌이치고 있는 당시 지식인 사회를 한눈에 조망할 수 있다.

애당초 나는 그들 간의 논쟁에 대해 비교적 길게 분석하면서 20세기 초반 유럽 사회의 지적 조망도를 한번 그려볼 생각이었다. 하지만 포기했다. 그들의 논쟁은 이 작품을 진지하게, 또한 재미있게 만드는 중요 요소이긴 하지만 핵심은 아니라는 생각 때문이다. 실은 무엇보다 해설이 너무 길어져서 재미없게 되어 버릴 우려가 있어서이다. 나는 독자 스스로 휴머니스트이자 진보주의자이자이며 공화주의자인 세템브리니의 논리와 예수회 회원이면서 공산주의 예찬자이고 훗날 해체주의의 원형 격인 나프타의 공격적인 논리를 있는 그대로 즐겼으면 한다.

그런데 세템브리니와 나프타의 논쟁을 들으면서, 그들의 논쟁을 통해 세상에 대해 배우면서 자신의 생각을 가다듬어 가는 한스에게 제3의 인물이 나타난다. 바로 페퍼코른이라는 인물이다. 그는 한마디로 스케일이 큰 인물, '인물'이라는 이름에 적합한 인물이다. 결코 교육적이라고 할 수 없는 그의 출현으로 세템브리니와 나프타는 한마디로 왜소해진다.

> 이 인물은 교육적인 면모를 지닌 것처럼 보이지는 않았다. 하지만 교양을 쌓는 길 위에 있는 젊은이에게 이 인물을 만난 것은 얼마나 다행이고 얼마나 큰 선물이었던가! 두 사람이 결혼과 죄와 관용에 대해, 감각적 쾌락이 죄악인가 아닌가에 대해 열띤 논쟁을 벌일 때 이 수수께끼 같은 인물의 제왕 같은 면모를 바라보는 것은 얼마나 매혹적이었던가! (『마의 산II』 250쪽)

세템브리니와 나프타가 머리를 깨우치는 스승들이라면 페퍼코른은 감동을 주는 큰 인물이다. 천진한 생명력의 상징이요, 디오니소스적 인물인 그를 보고 세템브리니는 멍청한 사람이라 말하지만 그와 함께 있으면 스스로 왜소해지는 것을 느낀다.

세템브리니와 나프타는 일행이 함께 산책을 할 때도 논쟁을 그치지 않았다. 그리고 그들의 논쟁 덕에 분위기가 지적(知的)으로 되었을 때 그들은 가장 의기양양해했다. 그럴 때면 사람들은 두 논적의 격정적이고 학구적인 토론에 귀를 기울였다. 그들이 토론에 열을 올리는 동안 단지 이마의 주름과 몸짓과 비웃는 듯한 말 한마디로 사람들을 사로잡았던 '스케일이 큰 인물'의 영향력이 어느 정도 약화된 것은 사실이다. 하지만 사실은 그 인물의 존재가 그들의 토론을 흐려놓아 빛을 잃게 했고 힘을 잃게 만들었다. 페퍼코른이 의식하지 않고 있건 혹은 어느 정도 의식하고 있었던 간에 말하자면 그들의 토론에 역류를 흘려보낸 셈이 되어 그들의 토론을 하찮게 만들었던 것이다. 게다가 논쟁을 하는 당사자들까지도 마치 자신들이 쓸모없는 논쟁을 하고 있는 것 같은 느낌에 젖어 당황할 수밖에 없었다. 우리로서는 이런 식으로 말해도 될 것이다. 그들은 생사를 건 기지에 찬 논쟁을 계속하면서 그들 옆에서 걷고 있는 이 '큰 인물'을 은밀히 의식하고 있었으며, 그 인물이 뿜어내는 자력(磁力)에 의해 토론의 힘을 빼앗기고 있었다. (『마의 산 II』 247~248쪽)

페퍼코른은 세템브리니와 나프타의 제자인 '인생의 걱정거리 자식' 한스 카스토르프에게 세상을 완전히 다르게, 보다 큰 틀에서 보게 해준, 교육자적인 면모를 지니지 않은 스승이다. 그는 자연의 생명력을 한스 카스토르프에게 가르쳐준 인물이다. 그는 지적인 깨달음을 한스에게 준 것이 아니라 지적인 깨달음을 왜소화시키고 상대화시키는 생명력을 가르쳐준 사람이다. 한스가 눈에 갇힌 채 꾸는 꿈은 바로 그 생명력에 대한 깨침을 얻은 뒤의 꿈이다. 이 소설의 주제를 압축하고 있는 듯한 대목이니 좀 길더라도 인용해보자.

> 그런 상태에서 그는 여전히 꿈을 꾸는 듯했는데, 이미지로 꾸는 꿈이 아니라 생각으로 꾸는 꿈이었다. 하지만 그 꿈 역시 생생했으며 환상적이었다.
> "내내 꿈이라고 생각하긴 했어." 그는 중얼거렸다. "아름답고도 무서운 꿈이었어. 나는 그 모든 것을 내가 만들었다는 것을 내내 알고 있었어. 나무들이 있는 공원, 감미로운 대기 중의 습기, 기타 모든 것들, 아름다운 것과 무서운 것들……. 어쩌면 나는 그런 것들을 모두 미리 알고 있었던 거야. 그런데 그런 것들을 미리 알고 있었다면

왜 그 앞에서 행복과 공포를 한꺼번에 느낄 수 있었던 거지? 그래, 나는 이제 우리가 자신의 영혼만으로 꿈꾸는 게 아니라는 것을 알게 되었어. 우리는 각각 자신의 방식대로 익명의 꿈을, 공동의 꿈을 꾸는 거야. 우리가 그 일부분인 위대한 영혼이 우리를 통해, 우리들의 꿈의 방식으로 그 위대한 영혼의 내밀한 꿈을 꾸는 거야. 그 위대한 영혼의 청춘에 대해, 그것의 희망에 대해 그것의 기쁨과 평화에 대해…… 그리고 그 영혼의 피의 제의(祭儀)에 대해…….

나는 이곳 나의 돌기둥에 누워 내 꿈의 잔재(殘在)들, 산 자를 제물로 바치는 제의의 얼어붙은 공포뿐 아니라 내 가슴 깊은 곳을 채웠던 환희, 태양의 자식들의 행복과 훌륭한 태도들을 여전히 느끼고 있어. 그건 아주 적절하고 당연한 거야. 나는 이제 내게, 이렇게 이곳에 누워 그런 꿈을 꿀 자격이 있다고 선언할 수 있어. 나는 이곳 '위'에 살면서 '이성'과 '무모함'에 대해 알게 된 때문이야. 나는 세템브리니와 나프타와 함께 아주 높고 위험한 곳을 방황했어.

나는 인류의 살과 피를 맛보았어. 나는 병든 클라브디아 쇼샤에게 프리비슬라프 히페의 연필을 돌려주었어. 그리고 그렇게 몸, 삶을 알게 된 자는 죽음도 알게 돼. 하지만 그게 전부가 아니야. 교육적으로 말하자면 그건 시작일 뿐이야. 거기다가 스토리의 나머지 반, 다른 측면을 덧붙여야 해. 질병과 죽음에 대한 관심은 삶에 대한 관심을 달리 표현한 것일 뿐이야. 의학이 그걸 증명하고 있어. 의학은 언제나 라틴어로 멋지게 병에 대해 말하지만 실은 언제나 삶을 다루고 있는 거야. 제대로 말한다면 '인간 존재', '인생의 걱정거리 자식'인 인간, 우주 속에서의 그의 위치와 설 자리에 대해 다루고 있는 거야. 나는 이제 인간에 대해 적잖이 이해할 수 있어. 이 '위'에서 많을 것을 배웠어. 저 평지에서 내몰린 나 같은 사람으로서는 숨이 막힐 정도였지.

하지만 바로 나의 이 기둥으로부터 나는 나름대로의 내 전망을 갖게 되었어. 그건 절대로 초라하거나 빈약한 전망이 아니야. 나는 여기서 인간의 위치, 예의바르고 문명화된 사회의 상태를 꿈꾸었어. 그리고 그 뒤쪽 신전 안에서는 무시무시한 피의 제의가 벌어지고 있었어. 그 태양의 자식들은 그 무시무시한 것을 말 없는 가운데 모두들 알고 있었기에 그토록 서로에게 친절하고 예의가 바른 게 아닐까? 정말로 훌륭하고 올바른 결론을 끄집어낸 거야. 그래, 나는 이제 나프타도 아니고 세템브리니도 아닌 바로 그들과 함께 할 거야. 그들은 둘 다 말재주꾼일 뿐이야. 한 사람은 사치스럽고 악담만 일삼고 있어. 또 한 사람은 언제나 이성의 나팔을 불면서 미친 사람도 제정신이 들게 할 수 있다고 헛된 꿈을 꾸고 있어. 그저 속물적 도덕일 뿐이고 비종교적이야. 나프타에게도 동의할 수 없어. 신과 악마, 선과 악이 온통 뒤범벅이 되어 개인을 공동체 속으로 침몰시킬 뿐이야. 귀족성, 고귀함에 대한 두 사람의 논쟁도 아무 의미가 없어. 죽음과 삶, 병과 건강, 정신과 자연, 이게 과연 대립되고 모순되는 것일까? 나는 묻고 싶어. 그것들에 무슨 문제가 있느냐고. 아니야. 거긴 아무 문제가 없어. 죽음의 무분별함은 삶 속에 이미 들어 있는 거야. 그것이 없다면 삶은 이미 삶이 아니야. 인신(人神)은, 죽을 수밖에 없는 존재이면서 동시에 종교적인 인간으로서의 인신은, 인간이 그 불가사의한 공동체주의와 공허한 개인주의 사이에 있듯이 '분별없음'으로서의 죽음과 '이성' 사이에 있는 거야. 바로 나의 돌기

등으로부터 나는 이 모든 것을 지각했어. 인간은 그 한가운데에서 씩씩하게, 서로에게 친절하고 서로를 존중하면서 살아야 해. 고귀한 것은 인간 자체이지 대립적인 입장 자체가 아니기 때문이야. 인간은 대립적인 입장의 주인이고 그런 입장은 인간에 의해서만 존재할 수 있어. 따라서 인간이 대립보다 고귀한 거야.

또한 인간은 죽음보다, 혹은 죽음에 비해서 고귀해. 그의 정신에 자유가 있기 때문이지. 인간은 삶보다, 혹은 삶에 비해서 고귀해. 그의 마음에 경건함이 있기 때문이지. 내가 말한 것에는 운율이 있고 이성이 있어. 인류에 대한 꿈의 시를 쓴 거야. 나는 나의 시를 고수할 거야. 나는 착하게 살 거야. 죽음이 내 생각을 지배하지 못하게 할 거야. 내 생각 속에 선이 있고 인류에 대한 사랑이 있고 다른 건 아무것도 없으니까.

죽음은 거대한 힘이야. 누구나 죽음 앞에서는 모자를 벗고 발끝으로 살금살금 걷지. 죽음은 떠난 자의 장중한 깃을 입고 있으며 우리도 엄숙한 옷을 입고 그것을 기리지. 이성은 그 앞에서 초라한 모습으로 서 있을 수밖에 없어. 죽음이 해방이며 광대함이며 방기(放棄)이며 욕망인데 반해 이성은 미덕에 불과하기 때문이야. 죽음은 욕망이라고 내 꿈은 말하고 있어. 강한 욕망일 뿐 사랑이 아니라고 말하고 있어. 죽음과 사랑? 안 돼. 그 둘을 묶어서는 시를 지을 수 없어. 운이 맞지 않아. 사랑은 죽음과 정면으로 대치하고 있어. 죽음보다 강한 건 이성이 아니라 사랑이야. 이성이 아니라 사랑만이 감미로운 생각을 줄 수 있어. 그리고 사랑과 감미로움을 통해서만 형식이 나올 수 있는 거야. 문명, 친근하고 밝으며 아름다운 인간의 교섭들, 피의 제의를 은밀히 인정하면서 나오는 그 모든 형식들 말이야.

그래, 나는 진짜 멋진 꿈을 꾼 것이고 모든 것을 다 살펴본 거야. 나는 기억할 거야. 나는 마음속으로 죽음과의 약속을 지킬 것이며 동시에 죽음에 우리의 생각과 행동을 지배할 힘을 주게 되면 죽음은 악이 된다는 것을, 죽음은 인간에게 적대적이 된다는 것을 기억할 거야. *선과 사랑을 위해, 결코 죽음이 인간의 사고를 지배하게 만들지 말아야 해.* 이것으로 내 꿈은 끝난 것이고 나는 목적을 달성한 거야. 나는 오래전부터 이 말을 찾고 있던 거야. 나는 바로 이 말을 찾기 위해 눈 덮인 산에 올라왔던 거야.

그리고 결국 찾아낸 거야. 내 꿈이 그걸 너무 분명하게 보여주었으니 이제 영원히 잊지 않을 거야. 오, 몸이 따뜻해졌네. 그 말을 찾은 기쁨 덕분이야. 심장도 세차게 뛰고 있네. 단순히 육체적인 이유 때문에 내 몸이 따뜻해지고 심장이 뛰는 게 아니야. 내 기쁜 정신 덕분에 인간적으로 따뜻해지고 심장이 뛰게 된 거야.

내가 꿈에서 찾아낸 그 말은 포도주나 흑맥주보다 더 달콤한 음료수야. 그 음료수가 사랑이나 삶처럼 내 혈관을 흘러 나를 잠과 꿈에서 깨어나게 하지. 그것들이 내 젊은 생명에 너무 위험하다는 것을 잘 알고 있기 때문이야. '일어나라! 일어나서 눈을 떠라! 너의 팔과 다리가 눈 속에 있다! 그것들을 끌어당기고 일어나라! 자, 보아라! 날씨가 좋아졌다!'"(『마의 산 II』 146~151쪽)

한스는 위대한 깨우침을 얻은 셈이다. 이 소설이 한스의 내면적인 깨달음만을 주제로 한 소설이었다면 위 대목은 그대로 결론일 수 있다. 한스는 쇼샤 부인에게 "삶에 이르는 길은 두 가지가 있지. 그중 하나는 규칙적이고 직접적이며 정직한 거야. 다른 하나는 나쁜 길이며 죽음을 통해 이르는 길이야. 그게 바로 영적인 길이지"(『마의 산Ⅱ』 259~260쪽)라고 진술하고 있으며 토마스 만 자신도 1953년에 출간된 영어 본 『마의 산』 출판 기념회에서 "한스는, 보다 드높은 건강 상태에 도달하려면 병과 죽음을 깊이 경험해야만 한다는 것을 이해하게 된 셈이다"라고 말한 바 있다. 그러나 이 소설은 그런 깨우침을 결론으로 제시하기 위한 소설이 아니다. 그런 깨우침 후에도 세상을 살아갈 수밖에 없는 인간 실존의 모습을 보여주는 소설이다. 또한 우리는 늘 그렇게 한껏 고양(高揚)된 상태에서 살아갈 수 없다(그런 연금술적인 고양에 음악이 한몫 담당한다는 사실을 지나는 길에 지적하자). 그런 의미에서 한스가 위의 꿈을 꾼 뒤의 대목이 아주 의미심장하다.

그로부터 한 시간 후 베르크호프의 고도로 문명적인 환경이 그를 맞아들였다. 그는 저녁 식사를 왕성한 식욕으로 해치웠다. 그리고 벌써 그가 산 위에서 꿈꾸었던 것이 그의 마음에서 희미해지기 시작했다. 그리고 그가 눈 속에서 생각했던 것들은 바로 그날 저녁부터 처음처럼 분명하지 않게 되었다. (『마의 산Ⅱ』 153쪽)

우리는 살면서 많은 내적 변모를 겪는다. 그렇더라도 세상은 변하지 않는다. 한스가 그런 깨우침을 얻었다고 해서 세상은 변하지 않는다. 전쟁은 여전히 벌어지고, 한스도 그 전쟁의 소용돌이에 빠져든다. 깨달음을 얻었건 아니건 그는 여전히 한스 카스토르프이다. 그런 깨달음을 얻은 한스 자신에게도 자신이 눈 속에서 분명하게, 아주 단호하게 깨달은 내용 자체가 현실 속에서 희미해진다. 다시 말하지만 우리는 늘 그런 고양 상태에서 살 수 없기 때문이다. 그게 바로 우리의 삶이다. 우리는 삶에서 중요한 것은 그 무엇보다 '사랑'이라고 홀연 깨달을 수 있고 그렇다고 말할 수도 있지만, 우리가 인간이기에 우리는 곧바로 그 깨달음의 내용을 잊어버리고 만다. 하지만 그렇기에 '그 사랑'을 자꾸 일깨워야 하고 자꾸 다짐해야 한다. 그래서 작가는 다음과 같은 대목으로 작품을 맺는다.

잘 가게나, 정직한 한스 카스토르프! 인생의 진짜 걱정 거리 녀석이여, 잘 가게나! 자네 이야기는 끝이 났네. 우리는 자네 이야기를 끝까지 한 것이라네. 길지도 않고 짧지도 않은, 연금술적인 이야기였다네. 우리는 우리의 이야기를 위해서 자네 이야기를 한 것이지, 자네를 위해 이 이야기를 한 것이 아니었네. 자네가 단순한 젊은이였기 때문이었지. 하지만 다시 생각해보면 이 이야기는 분명 자네에 대한 이야기였다네. 이 일은 자네에게 일어난 일들이고 자네는 우리가 생각하는 것만큼 그냥 단순한 젊은이가 아니었으니까. 그리고 이 이야기를 하면서 자네에게 다분히 교육적인 애착을 지니고 있었음을 부인하지 않겠네. 그런 애착이 있었기에 이제 자네를 영영 볼 수도 없고, 영영 자네 목소리를 들을 수 없다는 생각에 살짝 손가락을 뜨거워진 눈시울로 가져가게 되는군.

잘 가게나. 자네가 살아 있건 죽었건 말일세! 전망이 그다지 밝지는 않군. 자네의 운명이 말려 들어간 그 절망의 무도회가 몇 년간 죄악의 춤을 계속할 것이기 때문일세. 그 무도회가 끝나기 전에 자네가 무사하리라고 큰 기대는 않겠네. 솔직히 말하자면 우리는 그런 질문을 남기면서 별로 걱정을 하지 않고 있다네. 자네의 단순성을 고취시켜준 살과 정신의 모험은 살로서의 자네가 결코 이룰 수 없던 것을 자네의 정신 속에서 알 수 있게 해주었네. 자네는 죽음으로부터, 살의 반란으로부터 자네에게 마치 자네가 자신을 재고 조사하듯 사랑의 꿈이 다가오는 그런 순간들을 겪었네.

이 세계를 뒤덮고 있는 저 죽음의 축제로부터, 비가 씻어
내는 저 저녁 하늘을 불태우고 있는 저 끔찍한 열병과도
같은 불길 속으로부터 어느 날 '사랑'이 솟아오를 날이
오지 않겠는가? (『마의 산 II』332~333쪽)

한스가 이 높은 곳에서 받은 교육은 작가가 말하고 있듯이
연금술적인 교육이다. 연금술이 무엇인가? 가장 하찮은 원소
들을 결합하여 금을 만들려는 노력이 바로 연금술이다. 물론
불가능한 일이다. 그러니 연금술사들은 불가능한 것을 꿈꾸었
던 사람들이다. 그들은 죽을 수밖에 없는 유한한 인간 조건 내
에서 무한을 꿈꾸었던 사람들이고, 하찮을 수밖에 없는 인간
조건과 온갖 욕망들을 결합해서 그것들을 영원히 변치 않을 본
질적인 것으로 변모시키길 꿈꾸었던 사람들이다. 하지만 그 모
두 불가능한 것이다. 불가능을 꿈꾼다는 것은 현실적으로는 무
모한 짓이고, 황당한 짓이다. 그런데, 보다 높은 건강 상태에 도
달하기 위해 병과 죽음을 통과한다는 의미에서도 이 소설은 연
금술적이며, 그런 불가능을 꿈꾼다는 의미에서도 연금술적이
다. 생각해보라! 사랑이 하나의 실체적인 꽃처럼 피어나 누구
나 그 사랑을 간직하고 산다는 것은 불가능한 꿈이 아니겠는

가? 그러나 그렇다고 해서 사랑은 불가능하다고 버려야 하겠는가? 아니다. 사랑은 연금술적인 화금석(化金石)이 됨으로써 더욱 소중한 것이 된다. 우리가 인간으로 사는 한, 우리가 꿈을 꾸는 존재인 한, 언제고 추구해야 할 더없이 소중한 가치가 된다. 그리고 바로 그런 의미에서 이 『마의 산』은 연금술의 화로가 된다. 그리고 그 안에 들어 있는 모든 것들은 하찮은 것이 됨과 동시에 금을 빚어내는 소중한 재료가 된다. 어떤가? 작가와 함께 연금술 화로의 불빛을 받아 얼굴이 붉게 물든 채 함께 '사랑'을 빚어보지 않겠는가? 그와 함께 정말로 진지하게 우리를 둘러싸고 있는 세상에 대해, 우리의 운명에 대해, 우리의 삶에 대해 고민해보지 않겠는가? 그와 함께 진짜 '인생의 걱정거리 자식'이 되어보지 않겠는가?

참고로 한마디만 더 하자. 베르크호프 요양원 자체를 제1차 세계 대전이 발발하기 전의 유럽 사회의 압축으로 보는 견해도 있다. 베르크호프 요양원은 병자들이 살고 있는 죽음과 타락과 환락의 장소이지만 시선을 달리하면 무사태평의 안일과 사치가 지배하고 있는 곳이기도 하다. 그리고 그곳의 사치는 오로지 저곳 평지 사람들이 보내주는 돈에 의해서 가능하다. 즉 저 아래 자본주의 경제가 잘 돌아가야만 그곳 사람들은 가족들이 보내오는 돈으로 그곳에서 잘 지낼 수 있다. 『마의 산』은 그런 존재 형태가 전쟁으로 인해 파멸에 이르기 전에 부르는 「백조의 노래」 같은 것이 된다. 베르크호프 요양원을 종말론적인 세상이고 최후의 심판에 오른 유럽으로 읽어도 된다는 말이다. 이 소설이 포함하고 있는 함의가 풍부하다는 것을 보여주기 위해 사족으로 덧붙였다.

이제 우리는 우리가 이 해설을 쓰면서 제기한 질문에 답할 수 있다. 한스가 특별한 사람이 아니고 평범한 사람이라는 이야기는 이 소설이 어느 특별한 개인에 관한 이야기가 아니라 보편적인 이야기라는 것을 암시한다. 신화는 인간 누구나 꿀 수 있는 꿈의 기록이지 어느 특정 인물에 대한 이야기가 아니기 때문이다. 그러나 이 이야기는 그런 보통 사람이 구체적으로 체험한 것을 그 내용으로 하고 있다. 따라서 이 이야기는 바로 한스 카스토르프에게 일어난 이야기이다. 달리 말하자. 우리는 모두 한스처럼 순진하다. 그리고 언제나 한스처럼 배움의 길에 나설 수 있다. 하지만 우리는 각자 추상적인 존재가 아니라 구체적인 삶을 사는 존재이다. 우리는 한스와 마찬가지로 '우리'이지만 또 각자 '개인'이기도 하다. 우리는 역사적 시공간에 속해 있으면서 시공간을 뛰어넘는 존재이다.

끝으로 이 소설의 마지막을 사랑으로 장식했으니 사랑에 대한 소설 속의 아주 멋진 표현을 인용하기로 하자.

그러자 그녀가 그의 입술에 키스를 했다. 러시아식 키스였다. 저 광활하고 영혼이 깃든 나라에서 드높은 종교 축일에 사랑의 서약으로 교환하는 키스였다. 두 젊은이가 나눈 그 키스는 경건한 사랑을 의미할까, 아니면 열정적이고 육체적인 사랑을 의미할까? 그 러시아식 키스에 그런 애매한 구석이 있었을까? 우리가 그 질문을 회피한다면 독자는 뭐라고 말할까? 열정적인 사랑과 정신적인 사랑을 확실하게 구분해서 말한다면 분명 훨씬 분석적이 될 수 있을 것이다. 하지만 그것은 한스의 표현대로 어리석은 짓이며 최소한 친절한 것처럼 보이지는 않는다. 사랑에서 분명하게 구분한다는 것이 무엇을 의미할까? 그 주제가 너무 모호하고 경계가 불확실하니 그 질문은 대담하게 일소(一笑)에 붙이기로 하자.

가장 경건한 사랑으로부터 가장 육체적이고 관능적인 사랑에 이르기까지 온갖 종류의 사랑에 대해 '사랑'이라는 단 하나의 언어밖에 존재하지 않는다는 것은 정말 좋은 일이 아닌가? 그 안에는 온갖 모호함이 녹아 있다. 사랑은 제아무리 경건하다 하더라도 육체적일 수밖에 없으며 아무리 육체적인 사랑이라 할지라도 경건하지 않을 수 없다. 더없이 예민한 다정한 사랑의 경우건, 열정에 푹 빠져 있는 경우건 사랑은 사랑 그 자체이다. 사랑은 유기적 공감이며 부패할 수밖에 없는 것을 관능적으로 포옹하는 것이다. 그리고 아무리 미쳐 날뛰는 듯한 열정이라도, 반대로 아무리 경건한 열정이라도 그 속에는 종교적 사랑이 들어 있다. 그 의미가 너무 다양하다고? 그렇다면 제발 다양한 대로 내버려두라. 그래야 사랑이 살아 있고, 사랑이 인간적이 된다. 그 사실 때문에 불편해하는 것은 '깊이'가 없다는 것을 드러내는 딱한 일이 될 것이다. (『마의 산 II』 262~264쪽)

토마스 만은 북부 독일의 한자도시(Hansastadt 한자 동맹 : 13~17세기에 독일 북쪽과 발트해 연안에 있는 여러 도시 사이에서 이루어졌던 연맹) 뤼벡의 부유한 집안에서 태어났다. 뤼벡의 참정의원을 지낸 아버지 토마스 요한 하인리히 만은 냉철한 사고를 지난 도덕적 인물이었으며 독일인과 브라질인의 혼혈인 어머니 율리아 만은 감각적이고 자유분방한 성격이었다. 토마스 만이 17세 되던 해에 아버지가 사망하자 경제적으로 어려워진 가족은 뮌헨으로 이사했다. 잠시 보험회사 견습 사원으로 일하던 토마스 만은 뮌헨 대학에 청강하면서 문학에의 길을 준비했고 쇼펜하우어, 바그너, 니체 등에 심취했다. 그가 문학에 심취했던 19세기 말과 20세기 초는 문학적으로나 사상적으로나 격랑의 시기였다. 문학에서는 신고전주의·인상주의·신낭만주의·상징주의뿐 아니라 표현주의·초현실주의·다다이즘 등이 다양하게 밀어닥치고 있었고 프로이트의 정신분석학, 마르크시즘이 맹위를 떨치고 있었다. 한편 20세기와 함께 발발한 제1차 세계 대전은 지식인들을 반성과 논쟁과 모색의 소용돌이에 빠지게 만들었다. 토마스 만은 그러한 정치 사회적·사상적 소용돌이 속에서 굳건하게 민주주의의 길을 옹호했다.

1933년 히틀러가 정권을 잡자 토마스 만은 외국으로 망명길에 오른다. 그는 독일을 떠나 네덜란드, 벨기에, 프랑스를 거쳐 스위스의 취리히 호반에 거처를 정하고 머문다. 1938년 그는 미국으로 망명을 하고 1949년 괴테 탄생 200주년 기념 강연을 위해 독일 땅을 밟을 때까지 독일로 돌아오지 않았다. 그는 미국에서 매카시즘 열풍이 휘몰아치던 1952년 미국을 떠나 스위스에 거처를 정한 뒤 3년 후인 1955년 삶을 마감했다.

그는 1900년에 『부덴브로크가의 사람들』을 출간하며 나중에 이 작품으로 1929년 노벨 문학상을 수상했다. 하지만 그는 『마의 산』이 없었다면 노벨 문학상을 받지 못했으리라 생각했고, 프랑스 작가 앙드레 지드가 축전을 보내면서 자신은 『부덴브로크가의 사람들』보다 『마의 산』을 더 높이 평가한다고 쓴 사실은 널리 알려져 있다.

그는 37세 때인 1912년 죽음에 매혹된 한 예술가의 삶을 그린 「베네치아에서의 죽음」을 발표하며 이듬해인 1913년부터 『마의 산』 집필을 시작해서 1924년에 출간한다. 애당초 「베네치아에서의 죽음」의 속편으로서 짧게 구상했던 『마의 산』은 집필 도중 분량이 늘어나 대작이 된다. 훗날 미국에서 영문판 『마의 산』은 베스트셀러가 되었고 독일에서도 4년간 10만 부가 팔렸으며 세계 27개국에서 번역되었다.

1933년 4부작 연작 소설 『요셉과 그 형제들』의 제1부 「야곱 이야기」를 발표하고 바로 그 해에 히틀러가 수상이 되자 그는 스위스로 망명한다. 이후 1934년 『요셉과 그 형제들』의 제2부인 「청년 요셉」을, 1936년 제3부인 「이집트에서의 요셉」을, 1943년(미국 망명 중) 제4부인 「부양자 요셉」을 발표함으로써 4부작을 완성했다.

그는 노년에도 작품 활동을 그치지 않고 72세 되던 해인 1947년 『파우스트 박사』를 간행하고 이후에도 중·단편들을 계속 발표했다.

그는 생애 내내 반파시즘 투쟁을 그치지 않았고 히틀러 타도를 위해 4년 6개월 동안 매월 한 번 '독일 청취자 여러분'이라는 제목의 논평을 영국 BBC라디오에서 계속 방송했다. 또한, 1944년 미국 시민권을 획득한 후 프랭클린 루스벨트 대통령 후보의 선거 참모로도 활약했고 루스벨트는 그해 11월 대통령에 당선됐다. 훗날 루스벨트 대통령이 토마스 만에게 혹시 독일 수상이 될 생각이 있다면 기꺼이 도움을 주겠다고 했으나 토마스 만이 거절했다는 이야기도 전해진다. 한편 미국에 체류하면서 프린스턴 대학에서 강의를 맡은 동안 토마스 만이 아인슈타인과 친교를 맺었다는 사실은 유명하다. 심지어 토마스 만이 루스벨트 대통령의 오른팔이고 아인슈타인이 왼팔이었다는 이야기까지 전해진다.

『마의 산』은 결코 대중적인 소설이 아니다. 게다가 토마스 만이 노벨상을 수상할 때 평론가들은 이 책이 너무 독일적이어서 번역이 불가능하다는 평을 할 정도였다. 하지만 앞서 말했 듯이 이 책의 영어본은 미국에서 베스트셀러가 되었으며 독일에서도 4년간 10만 부가 팔렸고 전 세계 27개 국어로 번역이 되었다. 이 작품이 지닌 드높은 예술성, 정신성이 빛을 발했다는 뜻이다. 하지만 솔직히 이 책은 한 번에 독파하기 쉽지 않다. 수많은 사색과 성찰을 요구하기 때문이다. 토마스 만도 독자에게 이 책을 누 번 읽기를, 그래서 이 잭의 연금술석인 성격에 젖기를 권한 바 있다. 그는 마치 좋아하는 음악을 여러 번 들어야 그 참 의미가 살아나듯 단 한 번 읽는 것만으로는 이 책의 의미에 동참하기 어려울 것이라고 말했다. 나도 이 책의 상징과 암시를 즐기기 위해서는 반드시 두 번 이상 읽기를 권한다. 곁들여 이 땅에서 지식인으로서의 진정한 고뇌를 간직한 사람들이라면 꼭 한번 읽어보라고 권하고 싶다. 그리고 문학 지망생들도 꼭 한번 읽어보라고 권하고 싶다. 아니, 당신이 스스로를 '인생의 걱정거리 자식'이라고 생각한다면, 그래서 스스로 자율적인 주체로서 이 세상 살아가는 이치를 깨우치겠다는 욕심이 있다면 꼭 한번 읽어보라고 권하고 싶다. 그런 진지한 고민을 하는 사람이 너무 드문 세상에 우리가 살고 있기 때문이다.

마의 산 II

생각하는 힘: 진형준 교수의 세계문학컬렉션 78

펴낸날	초판 1쇄 2022년 7월 25일

지은이	토마스 만
옮긴이	진형준
펴낸이	심만수
펴낸곳	(주)살림출판사
출판등록	1989년 11월 1일 제9-210호

주소	경기도 파주시 광인사길 30
전화	031-955-1350 팩스 031-624-1356
홈페이지	http://www.sallimbooks.com
이메일	book@sallimbooks.com

ISBN	978-89-522-4660-8 04800
	978-89-522-3984-6 04800 (세트)

※ 값은 뒤표지에 있습니다.
※ 잘못 만들어진 책은 구입하신 서점에서 바꾸어 드립니다.